古典詩歌研究彙刊

第十九輯

龔鵬程 主編

第 **8** 冊

陳衍詩學研究
——兼論晚清同光體（下）

吳 姍 姍 著

國家圖書館出版品預行編目資料

陳衍詩學研究──兼論晚清同光體（下）／吳姍姍 著 — 初版
— 新北市：花木蘭文化出版社，2016〔民 105〕
目 4+220 面；17×24 公分
（古典詩歌研究彙刊 第十九輯：第 8 冊）
ISBN 978-986-404-467-2（精裝）
1. 陳衍 2. 詩學 3. 清代詩 4. 詩評
820.91　　　　　　　　　　　　　　　105001548

ISBN-978-986-404-467-2

9 789864 044672

古典詩歌研究彙刊
第十九輯　第八冊
ISBN：978-986-404-467-2

陳衍詩學研究──兼論晚清同光體（下）

作　　者　吳姍姍
主　　編　龔鵬程
總 編 輯　杜潔祥
副總編輯　楊嘉樂
編　　輯　許郁翎
出　　版　花木蘭文化出版社
社　　長　高小娟
聯絡地址　235 新北市中和區中安街七二號十三樓
　　　　　電話：02-2923-1455／傳眞：02-2923-1452
網　　址　http://www.huamulan.tw 信箱 hml 810518@gmail.com
印　　刷　普羅文化出版廣告事業
初　　版　2016 年 3 月
全書字數　342566 字
定　　價　第十九輯共 8 冊（精裝）新台幣 12,800 元
版權所有·請勿翻印

陳衍詩學研究
——兼論晚清同光體(下)

吳姍姍 著

目

次

第七章　同光體之形成與發展

　　詩歌流派的形成，與外在環境、時代背景、詩學內部觀念密切相關。關於同光體，目前文學史歸之所謂「晚清宋詩派」，而「晚清宋詩派」一詞涵蓋的詩人及意旨極寬泛，學者往往依據某人某一觀點即遽言其人爲宋詩派之先驅，或云已出現近代宋詩派的影子等等之語。例如，詩人主張「不俗」，或推舉「蘇黃」就以該詩人爲宋詩派而展開論述，然而，詩人在一個範圍崇尚宋詩，但是，在另一範圍卻未必適用於宋詩特色，甚至與宋詩精神大相逕庭，則所謂「宋詩派」意義是鬆散的。此龔鵬程《江西詩社宗派研究》所云治宋詩之難的客觀限制，即材料龐雜而「各照隅隙，鮮觀衢路」〔註1〕者，「各照隅隙，鮮觀衢路」亦目前研究晚清詩之主觀限制。因此，欲了解同光體須從大小環節觀照之，包括其形成背景、名稱義界及分支發展。本章以此三節分述之，以明同光體面貌。

第一節　同光體之形成背景

　　晚清是中國帝制之末，時代與政體均進行新舊汰換，古典文學運行至此，相對於新文學的萌生，其地位與影響勢必總結。晚清由於與五四運動之新文學接壤，尤具重鼎地位，但是，宏觀地看待清

〔註 1〕龔鵬程：《江西詩社宗派研究》，（臺北：臺灣學生書局，1983），頁 23。

代詩學與微觀地看晚清詩學是不同的兩件事：前者，鳥瞰清代詩壇，同光體在時間上的同治、光緒兩朝不過二三十年，或者再加上宣統與民國年間的影響，如此時間長度在中國古典詩的歷史中，只是微光一抹；後者，若聚集焦點詳審同光體則是中國文學史重要的碑誌，因其上承古典詩，下接新體詩，故後者之觀照角度不容忽視，此即本章細析同光體用意所在。

郭紹虞《中國文學批評史・清代篇》云：「大抵所謂同光體作風之形成，有兩種關係：一是文學的關係，又一是時代的關係。」，〔註2〕文學關係固爲文學現象之根本討論項目，文學的所有一切又在時代中成、住、壞、空，故文學與時代是互相關連並影響證成的。本章在文學與時代考察之外，更思考友朋唱和一項，民國以來，研究同光體者，依循錢仲聯〈論同光體〉〔註3〕之說，莫不指陳衍「標榜聲氣」，「標榜」一詞有褒義、貶義，錢仲聯的文章固以貶義居大，但是，從相對角度來說，一個流派的形成本由某種形態的「標榜」而來，標榜才形成凝聚，因凝聚故所以成派，凝聚的重要力量就在詩友唱和，故以下由文學背景、時代變革、友朋唱和論述同光體之形成環境。

一、文學背景

考察我國古典詩壇，學術風潮滲入詩歌而形成的體貌，例如漢之儒家化詩論、魏晉六朝之個體自覺、唐之興寄氣象、宋之理學哲思、清之考據實學，各朝有各朝的主體形象。清詩的主體形象，受到考據風潮影響，有「以學問爲詩」的現象，此「學問」含義豐富，指：考據金石、經史子傳、地輿之學、書畫藝術等，由這個詩家、學者奉之爲經的「學問」之莊重質性，可知清詩壇吸附著一種時代的渾厚氣息，但是從陳衍及其同時詩人言論裡，卻見晚清詩壇在「實學」的沉厚中，呈現與實學不相應的「空疏」──詩的空疏。

〔註2〕郭紹虞：《中國文學批評史》，（臺北：文史哲出版社，1990），頁1073。
〔註3〕錢仲聯：《夢苕盦論集》〈論同光體〉，（北京：中華書局，1993）。

（一）詩壇空疏

中國文學發展史上，清代由於前有所承，號稱是文學總結的年代，〔註4〕「總結」意味著內容上萬流匯聚、多采豐富，形勢上足以造成不可抵擋之力道。但是，以詩的大環境而言，陳衍《詩話》卷十八敘述清初至晚清詩壇之大概：

> 本朝盛各種學問，而惟詩實不振。無已，浙人為盛。嶺南詩人，初未大盛，張曲江後，其著者南園前後五子，屈、陳、梁三家而已。程可則、王說作、王震生、陳喬生、伍鐵山之倫，名章散句，采摘於新城長水諸筆記詩話，風調時時可喜。乾嘉以降，若馮魚山、黎二樵、張藥房、趙渭川輩，為翁覃溪、王蘭泉所稱道者，亦未足以特立。宋芷灣極力學杜幽秀一路，然為詩不多，工者皆近體。程春海言近人詩多困臥紙上，陳蘭甫能於紙上躍起，惜余未見其詩，春海之言必可信。

陳衍認為清代一朝，詩實不振。清初僅浙、嶺南寥寥數家，乾嘉以降，亦「未足特立」，晚近又「困臥紙上」，詩壇呈現節節衰退之象，並無特別可成氣候者。從當時詩論家文字中，晚清詩壇不成氣候，由以下的形勢造成。

〔註4〕鄔國平、王鎮遠：《清代文學批評史》第一章〈緒論〉：「清代是傳統文化學術總結和集大成的階段，文學批評也呈現出這樣一個特點。批評家往往具有寬宏的氣度和廣闊的視野，綜博旁貫，善納百川。他們互相之間也時常有商榷辯難，不同的流派和主張也發生自然的替易更迭，但是一般表現為比較溫和的移徙和漸進，以汲納補正代替了對抗和斷裂，這一點與明代文學批評相比較尤為突出鮮明。」（上海：上海古籍出版社，1996）；朱則杰：《清詩史》第一章〈緒論〉：「清朝處在中國古代社會的末尾，思想學術方面有著很高的成就。清代思想家和學者在前人的基礎上進整理、總結，並進一步做了發展。」（上海：江蘇古籍出版社，1992），頁 3；劉世南：《清詩流派史》〈第八章清初宗宋派〉：「清代是各種學術集大成（亦即總結）的時代，詩歌也不例外。……以詩論而言，神韻、格調兩派務崇唐音，肌理、性靈兩派卻頗推宋調。至於創作方面，清初即出現宗宋派，中期有浙派和性靈派，晚期則有宋詩派，後來衍變為同光體。」（上海：江蘇古籍出版社，1992），頁 240。

1、詩亡雅廢

陳衍說當日詩壇的情況「詩亡雅廢」,〈書海藏樓詩後〉云:

> 海藏善說詩,尤深《小雅》,……海藏往日之詩,既如之矣,
> 而況於今日《雅》廢《詩》亡之後乎?〔註5〕

以「《雅》廢《詩》亡之後」形容當時詩壇,取《詩》《雅》爲言,一見陳衍受傳統詩觀之世衰時變影響,申明詩教,二見至少咸、同、光、宣朝詩壇形勢「亡廢」。所謂「詩亡雅廢」原指春秋戰國時代,詩歌形式已無法記述興衰盛亡之跡,故記事的散文取代詩的地位而起,即「詩亡而春秋作」。《雅》是《詩經》體裁之一,在陳衍的時代,已不需去解釋散文何以取代詩歌地位的理由,所以「詩亡雅廢」實指詩的「亡」與「廢」之世變意義,遠大於散文取代詩的地位問題,且《詩》《雅》俱亡廢,晚清文學環境之困難程度更甚於《春秋》代《詩》而起的繼起與延續意義。在時代風潮的壓力下,詩人無所作爲,回眸自身價值是卑微的,樊增祥〈賦詩和王梅溪居武林小詩十一首〉之一:

> 秋實春華迥不同,夷言掃盡漢唐風。
> 龍頭總屬歐洲去,且置詩人五等中。〔註6〕

樊氏自注此詩:「向來考據家薄詞章家,道學家薄考據家,經濟家又薄道學;自西學盛,而中國之經濟又無用,遞推之而詩人居五等矣。」有志之士在晚清時局的困境中,有著:思所作爲,卻又所爲皆不是的感喟,於是,詩人是經濟家、道學家、考據家、詞章家之外的第五等人。

晚清詩壇亡廢,除了內憂外患、時局紛亂的大勢影響之外,可再從兩方面視之:詩壇主流之弊與詩歌歷史演變之後繼無力。金天羽〈答蘇戡先生書〉將晚清詩壇之頹墜溯及嘉道年間:

> 蓋詩至嘉道間,漁洋歸愚倉山三大支,皆至極敝,文敝而
> 返於質,曾文正以回天之手,未試諸功業,而先以詩教振

〔註5〕《陳衍詩論合集》下冊,頁1082。
〔註6〕引自陳子展:《最近三十年中國文學史》,(上海:上海古籍出版社,2000),頁147。

> 一朝之墜緒，毅然宗師昌黎、山谷，天下嚮風。(《天放樓文
> 言》卷十)

指出詩壇衰敝早已埋跡於神韻、性靈之流，其弊起於詩人對神韻性靈
之任性追求而不知止。傳統觀念裡，「靈」、「神」作爲人類的情意感
覺，是禮教的對立面存在，它是相對自由又不自由的，其自由若不能
知止或轉化，難免造成浮渺空虛。陳衍《竹林答問》問宋以後詩話之
弊，答：

> 宋人之論詩也繫，分門別式，混沌盡死。明人之論詩也私，
> 出奴入主，門戶是爭。近人之論詩也蕩，高標性靈，蔑棄
> 理法，其下者則摘句圖而已。〔註7〕

雖是論詩話之作，但也指出道光年間詩壇之「蕩」，源由詩人以標舉
性靈而蔑視理法。專講理法，詩乃生澀，不講理法，則易流於僞薄。
陳衍有另一則答「性靈詩」之問，指出性情與性靈不同，性情是詩的
必要條件，有情然後有詩，而性靈雖只一字之差，當世詩人以一字易
之，則舉凡詩之猖狂恣肆者便可歸之於「靈」，導致情亡詩亡。〔註8〕
此固爲陳衍見解，然而它所引述的晚清詩壇亦可略明一二。上引金天
羽〈答蘇戡先生書〉文中，從金天羽讚許曾國藩師法韓愈、黃庭堅而
能使「敝而返質」的「回天」之語亦說明當時詩壇浮空的危險，必須
有「回天」之術方能挽救，其實也道出詩弊的嚴重性。韓愈之險怪、
黃庭堅之奪胎換骨，在詩的表現上強調一種思致的凝煉，姑且不論凝
煉的美學效果優劣，它確實可以用來療治詩的虛靈。《詩話》又載有
侯銘吾〈讀石遺室詩集呈石遺老人八十韻〉歷敘清代詩歌情況，可視
作詩史，亦可知同光體之詩壇背景：

> 有清一代間，論詩首漁洋。漁洋標神韻，雅頌不敢望。歸

〔註7〕《清詩話續編》第三冊，(臺北：藝文印書館，1985)，頁2251。
〔註8〕陳衍：《竹林答問》：「夫聖人之定詩也，將閑其情以返諸性，俾不至
　　　蕩而無所歸。今之言詩者，知情之不可蕩而無所歸，亦知徒性之不可
　　　以說詩也，遂以『靈』字附益之，而後知覺、運動、聲色、貨利，凡
　　　足其猖狂恣肆者，皆歸之於靈，而情亡，而性亦亡。」《清詩話續編》
　　　第三冊，頁2222。

愚主溫厚，詩教非不臧。然或失而愚，字缺挾風霜。是皆
傍門戶，終莫拓宇疆。……諸公丁世亂，雅廢詩將亡。所
以命辭意，迥異沈與王。窮者秋螟館，并世伏敔堂。詩人
信以窮，詩道於以昌。石遺老人出，揭櫫號同光。(《詩話》
卷二十九)

此詩與金天羽意見相似：清詩論之首的神韻以及沈德潛的溫柔敦厚
皆「莫拓宇疆」，兩者雖同論詩教，然而卻聲勢浩大而愚失、傍人門
戶，故是冷陋的。陳衍更形容當日詩壇爲「妙手空空」：

余於前編詩話，偶錄李審言數詩，謂非近日詩人妙手空空
者可比。……滄浪論詩，余所不憑，曾於〈羅癭菴詩敘〉
暢言之，惜審言所著《拭觚》，終之未見，至此詩使事雅切，
仍以非妙手空空兒評之耳。(《詩話》卷十七)

所以錄李審言詩乃因李詩「非妙手空空」者。陳衍不喜嚴羽詩論正
是病其禪喻的虛靈，而反映在現實環境上，陳衍當然不希望當時詩
壇空上加空，故賞識「非妙手空空」之詩。梁章鉅《退庵隨筆》〈學
詩一〉亦云：

古人立言，以能感人爲貴，而詩之入人尤深，故聖人言詩
可以興、觀、群、怨。而今人作詩，但以應酬世故爲能，
則不如不作。〔註9〕

此推崇興觀群怨之詩教，然而指出當時詩人多注重應酬，應酬世故並
不能表現詩教，即使不談詩教，詩壇風氣可見一斑。此爲同光體產生
時代的「詩亡雅廢」晚清詩壇。

2、傳承斷絕

從詩歌歷史演變來看晚清詩壇，則有傳承斷絕的危機。曾克耑
〈晚清四十家詩鈔序〉敘述該書選錄宗旨：

至今天下言詩者，翕然稱李杜蘇黃，非此四家幾不得爲
詩，……輓近異說紛騰，李杜蘇黃之學將絕於天下，於是
取師友淵源所自，及當代名流所爲，不大背乎斯旨者，凡

〔註9〕《清詩話續編》第三冊，頁1949。

四十一家，都六百四十六章，甄而錄之。〔註10〕

晚清詩壇在空疏的環境下「異說紛騰」，「異說」之多又助長空疏的擴張速度，好比長河水洩，若再逢暴雨傾盆，水量增加，水流必四竄，造成多條支流，不返而去，惡性循環，就是空疏加異說的結果。曾克耑所說紛綸荒誕、靡無宗向是「倡之不得其人，學之者不免旁皇於歧路，……老師風流凌夷殆盡，國綱喪亂，民生毗離」，〔註11〕這是外在環境，詩的內部原因則是李杜蘇黃將絕，故曾克耑所言是一種內外互相壓迫的滅絕，「異說紛騰」，萬流卻不得歸宗於李杜蘇黃，可以看到曾克耑努力追溯李杜蘇黃為正統之苦心。

此外，曾國藩〈題彭旭詩集後即送其南歸二首之二〉指出杜韓之後詩道淪落，詩人應以紹繼杜甫、韓愈、黃庭堅為務：

大雅淪止音，箏琶實繁響。

杜韓去千年，搖落吾安放。

涪叟差可人，風騷通肸蠁。〔註12〕

以篤實學行名震近代中國的曾國藩，其政治力量影響文壇是人所共知的，曾國藩對晚清詩壇的主要貢獻在於提倡黃庭堅，其詩中往往感嘆無人理會這位重要人物：

渺緜出聲響，奧緩生光瑩。

太息涪翁去，無人會此情。(〈讀李義山詩集〉)

杜韓不作蘇黃逝，今我說詩將附誰。

手似五丁開石壁，心如六合一遊絲。

神斤事業無凡賞，春草池塘有夢思。

何日聯牀對燈火，為君爛醉舞僛僛。(〈酬九弟〉)〔註13〕

杜韓蘇黃逝後，說詩「無所附」，透露自唐宋以後，詩之傳承無繼。曾國藩提倡江西派的原因也是晚清雅音搖落，《晚晴簃詩話·曾國藩》云：

〔註10〕吳闓生評選：《晚清四十家詩鈔》，(臺北：臺灣中華書局，1971)。
〔註11〕同前註，賀培新〈晚清四十家詩鈔序〉。
〔註12〕《清詩匯》下冊，(北京：北京出版社，1995)，頁2277。
〔註13〕《清詩匯》下冊，頁2272。

> 餘事爲詩，承袁、趙、蔣之頹波，力矯性靈空滑之病，務
> 爲雄峻排奡，獨宗西江，積衰一振。〔註14〕

晚清詩壇「積衰一振」頗賴曾國藩之提倡黃庭堅，這裡亦說到性靈末流「空滑」，性靈說何以有弊而必須力矯之？正因其使得《大雅》淪落，姑且不論杜韓蘇黃詩的影響力，至少，四人之詩透過鍛煉濃縮而呈現思致的踏實，若詩歌徒立足於性靈，情之迸發難免頹喪於藻繢，相較之下則有「不實在」的評比。所以，從正面來說，「異說紛騰」或可發展多元化觸媒，有俾詩的生長，但是從反面說，它確實使得晚清詩壇後繼乏力，風雅淪落顯示正統傳承斷絕是詩壇空疏的原因之一。

3、空廓陵夷

「雅」相對於「俗」，晚清詩壇雅音淪落，在內容上，金天羽認爲袁枚性靈之害匪淺就在於輕薄，輕薄即俗。其〈與鄭蘇戡先生論詩書〉云：

> 清乾隆盛時，倉山詩卷，已奪漁洋歸愚之席，挾其藻繢，
> 上媚侯王，下獎輕薄之子。洎嘉道間，詩教凌遲，詔言躁
> 行之徒接跡，則倉山之烈也。天翮於三百年詩人，服膺亭
> 林翁山，謂其歌有思，其哭有懷，其撥亂反正之心，則猶
> 春秋騷雅之遺意也。（《天放樓文言》卷十）

除了批評袁枚輕薄，金天羽所服膺的詩人之「其歌有思，其哭有懷」理由，說明嘉道以來詩之凌遲是由於失去騷雅遺意，又服膺的顧亭林、屈大均二人均曾參與南明抗清活動，故「騷雅遺意」之義比較接近屈原所代表的志士愛國憂時情懷。因此，晚清詩壇的空廓是家國憂時之懷相對減少，於是詩俗。詩之傳承斷絕是歷史的認知問題，而雅音的追索溯及於春秋遺意，上述「詩亡雅廢」、「傳承斷絕」、「空廓陵夷」是晚清詩人所見的空疏詩壇，但比對詩人們所提出的見解，例如師法李杜蘇黃、述說興觀群怨之詩教、服膺撥亂反正之春秋遺意，可

〔註14〕同前註。

知晚清詩人從《詩》《騷》的正統去批判當時詩壇之「蕩」與「俗」的空疏。

爲何從雅正的正統去批判？應該是詩壇期待一種能挽救空疏的詩之堅實，然而這一種「實」的追求迥異於清代實學的蘄向，這一點其實可以解釋爲何晚清在實學氣氛內並未發展出眞正具有實學精神「學問詩」的原因，詩人們都精研各種與實學有關的學問，但反而很少詩人創作學問詩，這不能不說是晚清詩壇之弔詭現象。有志詩人都反對空疏，但是詩人抵制空疏的手段方法不同，康、雍、乾盛行以學問爲詩是爲了反對明末以來的摹擬空虛，晚清詩也在空疏亡廢中追求厚實，但他們是從李杜蘇黃去求，顯示的旨意是：在「詩」中追求，而不從「實學」中求。

4、喪失契機

上引侯銘吾〈讀石遺室詩集呈石遺老人八十韻〉所說的「諸公」指祁嶲藻、程春海、曾國藩、鄭珍等人，這些人因爲與王士禎神韻說、沈德潛的格調說多少都有程度深淺的關係，故能使詩道昌盛。詩中又言晚清詩壇：

> ……年來詩道衰，白戰方披猖。其中空無有，咀嚼若秕糠。話言謂獨創，寒山實濫觴。謂闢新紀元，擊壤早津梁。自命活文學，病已入膏肓。荃蹄視經史，可嗟不自量。野狐思參禪，野馬思脫繮。野草終獮薙，野火終自殃。際此道掃地，念公愈不忘。惡風日涽洞，有公抵危檣。途路日紛歧，有公不亡羊。（《詩話》卷二十九）

因此，依侯銘吾所說道咸以後詩道陵夷，幾乎是滿天野狐妖火，此見晚清詩壇的虛、空、亂以及衰弱。所謂陵夷是相對於前期的高峰比較而來，則前期之高峰與此時之陵夷必有一關鍵點可資對照，此關鍵何在？上述金天羽從神韻性靈之流弊而說，陳衍則從詩歌自身的變化去看。陳衍〈小草堂詩集敘〉敘述了乾嘉、道咸、同光之間詩的轉變：

> 詩至晚清，同、光以來，承道、咸諸老薪嚮杜、韓爲變《風》

變《雅》之後，益復變本加厲，言情感事，往往以突兀凌厲之筆，抒哀痛逼切之辭。甚且嬉笑怒罵，無所於恤。矯之者則為鉤章棘句，僻澀聱牙，以至於志微噍殺，使讀者悄然而不怡。然皆豪傑賢知之子乃能之，而非愚不肖者所及也。道、咸以前則懾於文字之禍，吟詠所寄，大半模山範水，流連景光，即有感觸，決不敢顯露其憤懣，間借詠物詠史，以附於比興之體，蓋先輩之矩矱類然也。自今日視之，則以為古處之衣冠而已。〔註15〕

此言晚清詩壇有一個轉變點，轉變的軌跡是由道、咸之「蘄嚮杜韓」變為「變《風》變《雅》之變本加厲」。道咸受到乾嘉盛世考據學影響，考據盛行原因之一是由於畏懼文字禍，反映在詩人身上，則「吟詠所寄，大半模山範水，流連景光，即有感觸，決不敢顯露其憤懣，間借詠物詠史，以附於比興之體」。比興是詩人以情意感覺為出發點的，如今以詠物詠史出之，詩中罕見「情」，乃將情意壓制，這是乾嘉詩的作法。而道咸「蘄嚮杜韓」，杜韓在古典詩史所確立的意義是穩健險奇，但晚清之時，雖不必懾於康雍乾文字禍的厲害，仍然表現「古處之衣冠」，顯見詩人並未拋去前鑑，前輩矩矱在不知不覺中是以衣冠的形態披在自己身上的。一個人的衣冠在身，在人情的理解上並不奇特，因為人人都需要穿著，是很平常的事，陳衍此「古處衣冠」一語深具意義，亦即：當詩之需要被認識時，為何如今以「古衣冠」示人而已？故晚清詩因衰世應有「變風變雅」的再興機會，但「詩實不振」，文字禍雖已遠離，詩人不必借詠物詠史掩蔽性情，然而，詩風所向卻還是一種驚弓鳥之後的喘息，不敢再飛翔，換言之，仍是舊瓶舊酒。形式的「新瓶」須待之五四新文學運動，在新文學運動尚未來臨之前，「新瓶新酒」無可期待，「舊瓶新酒」也仍搖擺不定，〔註16〕可悲的是，嬉笑怒罵與矯枉過正卻是「豪傑

〔註15〕《陳衍詩論合集》下冊，頁 1074。
〔註16〕梁啟超、黃遵憲所代表的「詩界革命」，因以中國古典詩舊形式寫西方新思想及新時代事物，被以「舊瓶裝新酒」視之。

「賢知」者之能事，因此，不是沒有機會、不能轉變，而是不願轉變，這正是陳衍所見的晚清詩壇衰敝的內在悲嘆。

　　同、光以來詩壇的「變風變雅之變本加厲」無法拯救陵夷的詩道，因爲變錯了方向。所謂「變風變雅」典出〈毛詩序〉：「至於王道衰、禮義廢、國異政、家殊俗，而變風變雅作矣。」盛世之詩叫做「正」，衰世之詩叫做「變」，國政世風影響文學，變風變雅與世變相關，易言之，世變則詩之風調亦異，「正變說」對於追求詩之正調是一個可以再創造的新轉機，但從陳衍這一段「變本加厲」是詩壇的異調來看，指出晚清詩壇的奇特現象是：晚清政局塗炭而詩壇並未掌握可變之機。陳衍所云「變本加厲」的表現有二：一是以突兀凌厲之筆寫哀痛之詞，二是鉤棘章句、僻澀聱牙；陳衍認爲此作法使得「志微噍殺，讀者惝然而不怡」可知晚清詩人並未從變世的轉變契機中進行詩歌的更新。「變風變雅之變本加厲」說明晚清詩壇在〈詩大序〉爲詩歌身分所規劃的正、變之外的另一章——「變」之變本加厲，這是晚清詩壇特色，它並沒有在形式內容上，由於處於古典詩壇之末而可以接收前代遺產而「集大成」，卻是陳衍從這樣的文學環境裡期許「不爲逼切凌厲之詞」、「不入鉤棘僻澀，以至於志微噍殺」之詩歌觀念。

（二）士習澆薄

　　詩壇空疏而活動於其中的詩人士子便形成澆薄的習氣。晚清士人之淺薄表現在少親書卷，陳衍文中多提及時人不讀書，[註17] 缺乏書卷涵育則詩的表達上空虛生硬，「可此可彼」即沒有嚴肅的原則態度以資憑藉，所以空疏。文學現象由文化所衍生，而士人言行舉止又足以催生一代文化形象，兩者互相成就。陳衍〈近代詩學論略〉談及道光及當日詩學之異，並指出士大夫之習：

〔註17〕陳衍〈與胡瘦唐書〉：「近來英俊，雅不喜多讀書，所爲詞章，率矜妙悟，否亦摶撦塗抹，苟細凌雜，昧厥本源，其誦言安事詩書者，無責矣。」《陳石遺集》上冊，頁576。又陳衍：〈二十四史校戡記敘〉：「今舉世不悅學，至考證校戡之學尤厭。」頁581。

> 道光之際，盛談經濟之學。未幾，世亂蜂起，朝廷文禁日
> 弛，詩學乃興盛，故《近代詩鈔》斷自咸豐之初年，是時
> 之詩，漸有敢言之精神耳。……今日道喪文敝，士大夫方
> 馳騖於利祿聞達之場，歌舞飲博，酣嬉而若狂。〔註18〕

晚清乃帝制之末，新世代即將來臨，詩壇卻叢雜而衰薄；文字獄已遠，
詩人理應敢說話而促成詩體再興，然而詩事開放、漸有敢言之精神卻
未有盛音出現，這是詩史發展的一個詭異現象，原因是士人自身不知
進取，未能把握世變契機而創造。據《新纂雲南通志‧文苑傳二》載
朱庭珍能以典雅開創一時風氣：

> （雲南）經大亂後，公私典籍多焚毀，士子讀書少，詩文
> 多流於空滑一派，庭珍力倡以典雅生造，文風為之一變。
> 〔註19〕

指出詩文空滑是士人讀書不多造成，世亂造成書籍湮滅減少是客觀情
勢，但詩人未能自覺的努力卻是更須反省的，如果詩人不能自我反
省，世亂書毀自然成為不讀書之藉口。李翊灼〈海日樓詩補編序〉亦
記錄沈曾植感慨國之學士「無學」：

> 噫！國其殆哉！夫道器、文質、體用、經權、理事、神跡，
> 非可二也，而今學士皆二之，……學士者，國之耳目也，
> 今若此，則其誰不盲從而躓蹶也？……孟子曰：上無禮，
> 下無學，賊民興，喪無日矣。今中國之謂也。噫，國其殆
> 哉！〔註20〕

所以，不論從詩歌流變、歷史演變、士人習性來說，一方面主流難以
為繼而另一方面末流散逸沈溺，在歷史發展中未能把握轉變契機；縱
使時局艱難，難以個人之力回天，但身具創作主體性的士人無學、盲
目躓蹶，於是一個複雜又模糊的晚清詩壇，在流轉變化中，呈現著空

〔註18〕《陳衍詩論合集》下冊，頁1086。
〔註19〕引自黃霖：《近代文學批評史》。朱庭珍（1841～1903），字筱園，號
　　　　詩隱，雲南石屏縣人，《筱園詩話》（又稱《穆清堂詩話》）作者，其
　　　　詩論對晚清滇中詩壇頗具影響。（上海：上海古籍出版社，1996），
　　　　頁238。
〔註20〕錢仲聯：《沈曾植集校注》上冊，（北京：中華書局，2001），頁20。

疏詩風。

（三）詩人與詩壇交互影響

　　詩壇空疏與士習澆薄是彼此作用而形成的，前引陳衍〈近代詩學論略〉指出「道喪文敝，士大夫方馳騖於利祿聞達之場，歌舞飲博，酣嬉而若狂」，詩壇與詩人雙方互相反映彼此。在詩人方面，性習澆薄表現為詩之字句空廓，這是創作問題，詩人不願意創新，逕取前人詩句襲用。清代所賴以成局的實學籠罩清初至乾嘉詩壇，但實學的考據精神對詩歌美感的效果似乎是負面的，整個大清朝詩被考據訓詁及隆世盛德包裹著，似實實虛。在陳衍眼中，晚清詩人所作，上焉者清瘦雅淡，下焉者空疏：

> 王蘭生景遺詩三四百首，羈遊作居十之八九。詩骨清瘦，然有矯健不群者。……蘭生詩淡雅有餘，雄深不足。近日作者多爾，不獨君也，再錄其稍高抗者。（《詩話》卷五）

詩壇普遍作風「淡雅有餘，雄深不足」，這就是空疏的後果，因為淡雅之雅則雅矣，在空疏之中寫淡雅也可能產生「淺」，故陳衍選王蘭生「高抗」之詩。何以淡雅為淺？淡雅有詩境的淡雅、造語的淡雅，後者徒在字句上追求，是堆砌形貌，所求得的淡雅就不真實。陳衍引沈春澤〈鍾詩序〉指出近世言詩者「空而未靈」：

> 今人作詩，如甚囂塵上之不可娛獨坐，「百年」、「萬里」、「天地」、「江山」之空廓取厭矣，於是有一派焉，以如不欲戰之形，作言愁始愁之態，凡「坐覽」、「微聞」、「稍從」、「暫覺」、「稍喜」、「聊從」、「政須」、「漸覺」、「微抱」、「潛從」、「終憐」、「猶及」、「行看」、「盡恐」、「全非」等字，在在而是，若舍此無可著筆者，非謂此數字之不可用，有實在理想，實在景物，自然無故不常犯筆端耳。……沈春澤撰鍾詩序云：「自先生以詩文名世，後進學之者，大江以南更甚。然而得其形貌，遺其神情，以寂寥言精煉，以寡約言清遠，以俚淺言沖淡，以生澀言新裁。篇章字句之間，每多重複，稍下一二助語，輒以號於人曰：吾詩空靈

> 已極。余以爲空則有之，靈則未也。」云云，不啻爲今日
> 言之。（《詩話》卷八）

陳衍贊同沈春澤評驚當世詩壇，而云「空則有之，靈則未有」，意謂今人在學習前人時，卻不小心把詩的「質」丟失了，誤解詩之「精煉、清遠、沖淡、新裁」之神，反以「寂寥、寡約、俚淺、生澀」爲自得，此陳衍所謂得形貌之「空」而遺神情之「靈」。所以，當時詩壇是「妙手空空」、「枵然其腹」，[註21] 說的是：詩語的表達已達盡境，詩人又不肯（或無法）另闢新徑，造成「以寡約言清遠，以俚淺言沖淡，以生澀言新裁」的替代性表達，而這種取代的語言，陳衍認爲詩中「無實在理想、實在景物」，因此空疏。此現象是詩人自身引起的，詩之空疏在詩人「才敝而情益敲」，也就是沒有眞情，故金天羽〈惕盦詩稿序〉提及晚清詩道衰蔽：

> 詩道之衰久矣，靡者既掩其情之眞，淫於辭以自放，故贈
> 答哀挽祝嘏之什，開卷輻輳，不擇人而施，酒樓歌館，狼
> 藉風華，不擇地而詠，若非是不足以貿其才，才敝而情益
> 敲，與不及情者無異，華其色而槁其心，是不以情爲量者
> 也。（《天放樓文言》卷三）

「靡」是掩閉眞情、淫辭自放、不擇人不擇地而歌詠，究其實是詩人面對吟詠一事不夠眞誠，如果空疏是由詩的歷史自性演變導致，或許還有英雄無力回天的宿命諒解，但是若因詩人自己的心之枯萎、不以眞情爲創作動機，就必須受到質疑了，無怪乎詩論家對晚清詩壇空疏衰蔽紛紛感嘆。這是詩人在創作上懶於構想，直接來自於詩人不能創新而導致作品空疏。

　　如此，詩道亡廢、詩風空疏的推手是詩人自己，因爲形成詩壇風氣的媒介物是作品，作品粗淺卑俗則詩壇空疏。何謂淺俗？「淺俗」

〔註21〕《詩話》卷九：「今春在海藏樓，見蘇戡詩有爲審言作者，似頗著意。因問審言何人，蘇戡言李姓，詳名，有著述，能詩。近見雜報端有數首，非近日妙手空空一派，急錄之。」又朱祖謀〈和遠根乞米曲〉，陳衍云「遠追春海、子尹，近友伯嚴、右衡，又詩中之夢窗也。可以藥近日之枵然其腹者矣。」

指「人人能道語、人人所喜語」，〔註 22〕此與上引《詩話》卷八所說
的襲用常見習語、造成空廓生厭是有連帶關係的。語言淺俗造成空
疏，然而過度嘔心瀝血亦空淺，曾克耑〈晚清四十家詩鈔序〉云：

> 必謂雕鏤肝腎，詞泣鬼神之作，無當於溫柔敦厚之教，興
> 觀群怨之旨，則三百篇可無作也，然而自三百篇而漢魏而
> 六朝而唐宋而元明，世愈降而詩愈卑。

曾克耑此說乃退化論，說《詩經》以後「世降詩卑」，否定文學創造
的有機活力，而詩人「雕鏤肝腎」依然無救卑俗，因為嘔心瀝血未必
能成就溫柔敦厚，那只是語言的努力鍛煉，埋首形式，「雕鏤肝腎」
未嘗不是「椬釀篇牘」：

> 子尹固漫領之而不肯以詩人自居，……而其盤盤之氣，熊
> 熊之光，瀏灕捭捬，不主故常，以視近世月程月課，椬釀
> 篇牘，自張風雅者，其貴賤何如也。（莫友芝〈巢經巢詩鈔序〉）

「椬」，許慎《說文解字》本義為「履法」，即置於履中之木模，引申
為「披以為虛飾之殼」，鄭珍是當時矯矯之士，作詩不主故常又不自
作收拾，莫友芝讚揚其能自時俗「椬釀篇牘」中脫出。所以，苦吟也
是另一種虛假淺俗，只是它經過極端鍛煉，讓人在極端中誤認其包裝
後的價值而已。詩淺俗所以風格卑降，鄭孝胥〈錄貞曜先生詩〉其一
云：

> 復古孤莫立，侫今群所褒。初非榮世物，而亦為名勞。
> 風雅業墜地，士心滋淫恌。先生不偶世，結束歸堅牢。
> 咄嗟浮游子，沒齒徒滔滔。（《詩話》卷一）

鄭孝胥詩功所出為孟東野與韋蘇州，其〈錄貞曜先生詩〉敘述對孟郊
詩之領會及其詩觀。此言詩之風雅已墜，士子群心荒逸，文質兩敝，
可知「士心」是維繫風雅的主要支柱，士心搖墜，詩亦不振，所以士

〔註22〕《詩話》卷二十三：「詩最患淺俗。何謂淺？人人能道語是也。何謂
　　　　俗？人人所喜語是也。今人作詩，學元、白者，視詩太淺，視元、
　　　　白太淺也。學韋、柳者，視詩太深，視韋、柳太深也。學溫、李者，
　　　　只知溫、李之整麗。學韓、蘇者，只知韓蘇之粗硬。非眞知諸家者
　　　　也。」

心、作品、詩風、詩壇是一個圓圈式的全循環。

　　苦吟是輕脫之另一種形式，創作上的語言卑淺，雖思以「苦吟」繼之，依然是空虛，《詩話》錄陳三立〈題陳㢲錫先生手稿〉詩：

　　　　〈題陳㢲錫先生手稿〉云：「明詩掃地鍾譚出，誰挽頹風說建安？卻愛閉門陳正字，清如郊島創如韓。」則清眞矣。「清如郊島」七字，似今日作詩正則也。（《詩話》卷十一）

陳衍評陳三立「清如郊島創如韓」詩句「似今日作詩正則」，可知當時作詩原則頗有苦寒之態。晚清詩人學習郊島者不如學韓愈之多，「向誰學習」是詩人學習過程中的自我選擇，「何以學誰」的意義就比較值得探討。人們對郊島寒瘦的理解是「苦吟」，而孟郊的「苦吟」是追隨韓愈的「不平而鳴」而來，肖占鵬《韓孟詩派研究》認爲：

　　　　「苦吟」首先是「吟苦」，即抒寫自身的不平和怨懣，同韓愈所說的「不平則鳴」是一致的。〔註23〕

「苦吟」和「閉門覓字」其實不符合屈原、楊萬里以來的走入大自然以得「江山之助」的詩歌創作方法運用，所以，詩人喜「閉門覓字」與「苦吟」，從另一種角度說，是在狹境裡密煉丹藥，因爲在「門內」煉，所煉之丹自然會與「門外」不同，所以門外之人視爲新穎，然而要考慮的是這種新穎是什麼樣的新？陳衍所見晚清詩壇枵然其腹，大約正是考量苦吟所煉出來的這層意義。

　　苦吟與博涉是相反的兩種創作方式，博贍也是創作之徑，但亦爲陳衍「有條件的」所不許。陳衍記述盧前藏書三萬卷毀於賊劫，收灰燼埋之，因作〈埋書〉五言古詩四首：

　　　　第三首有云：「我生嗜博涉，將老迷津濟。此豈賊火哉，毋乃天所使？爲絕泛鶩緣，自作反本計。隨身十二擔，經史子已備。」雖憤言，亦實言也。今之人，經史拋荒，扯摣一二無用之書，自矜博贍，果何益哉？（《續編》卷三）

書痴之人，爲避賊火，決定「隨身十二擔，經史子已備」，陳衍認爲

〔註23〕肖占鵬：《韓孟詩派研究》第六章第二節〈孟郊的後期詩歌思想和創作〉，（天津：南開大學出版社，1999），頁108。

亦實言也，可知博贍未必是藏書多，一位讀書人擁有十二擔即已足夠，說明藏書而不用，表面博學，實質空疏。陳衍又有〈冬述四首示子培〉與沈曾植論詩，〈其三〉云：

> ……我言詩教微，百喙乃爭啓。風雅道殆喪，龐言天方瘠。內輕感外重，怨悱遂醜詆。何人抱微尚，不絕似追蠡。宋唐皆賢劫，勝國空祖禰。當塗逮典午，導江僅至澧。先生持自牧，頗謂語中綮。年來積懷抱，發洩出根柢。雖肆百慰妍，石瀨下見底。我雖不曉事，老去目未眯。諒有古性情，汩汩任有瀰。(《詩話》卷一)

所提出的晚清：詩教微、風雅道喪、內輕外重，而造成眾口爭說、怨悱醜詆等語，可知晚清詩壇，不論詩界、詩人、詩作、詩風的總體現象似乎都亂了陣腳。

以上所述晚清詩壇空疏、詩風淺薄之大概。由於詩壇空疏，所以有志詩人思振詩風，最直接的方法便是詩中益以學問，晚清詩人多精擘經史、小學、史地，這樣的創作功夫，在清初至盛清的文字禍背景下是可以理解的，然而時至晚清，文字禍已遠，詩人不必再如此從事，那麼，晚清詩人努力學習實學的心態則值得探討了。論者多以「爭唐爭宋」說明清代詩學論題，但何以要爭唐宋？一個佷大的原因就是因為詩壇空虛，於是思欲尋找依歸，目的在抵制與扭轉。所以，宗唐者，以感人的興寄矯正浮薄；宗宋者，以斟酌鍛鍊使詩呈現文字的凝煉，晚清詩人對宋詩的關注，其實是意識到以實際創作期許進一步改善詩的空疏，這是觀念的意義而非學問的內容。陳衍《續編》卷二錄纕蘅〈舟發安慶即事〉詩，〔註24〕此詩藉

〔註24〕 詩云：「……高樓聽雨人，誰識百叢憂。及期幸脫命，矜此素願酬。茲邦吾久習，氣類多綢繆。美政與新詩，穆然懷前脩。同光盛文藻，袁龔藝沈寐叟皆勝流。亦有王六潭與譚復堂，各自領一州。流風扇江國，橫舍猶歌謳。喪亂兩紀還，民俗尚已偷。成園荼莉棘，何處禮嶽樓？成園在藩署內，舊饒花木。樓榜為湘綺老人書。月泉循囊例，劫蟫頻呼儔。寒江打槳句，詩老謬見收。余〈江行雜詩〉有「扁舟又逐鷗群去，自愛寒江打槳聲」句，疑盦、拔可書來見及。鷗聲

詩友相送之情透露出同光詩壇詩人交往情狀。錢仲聯貶抑同光體認為是陳衍在聲氣相求之下所「標榜」出來的詩派，若以晚清詩壇之紛綸空疏而言，同光體出而能調整晚清詩壇，使文藻復盛、風扇江國，則「標榜」未嘗不是好事？並且或許是同光體異於同代詩派以及其在近代詩壇的重要價值所在。

由於晚清詩壇空疏，詩人之有識者必欲矯俗復正，此「正」包含多種途徑與理論主張，例如與同光體有共時性地位的湖湘派、中晚唐派，他們或者並未形成主流，而晚清詩論亦占有一席地位的劉熙載、王國維等人，亦各有主張，姑且不論這些主張的內容特點如何，可以說，這些林林總總詩論的存在，為的就是一個空疏的晚清詩壇。

（四）學術思潮

清代學術主流風潮乃實用之學，起於康、雍之欲開創新氣象，至乾嘉而定型，延續到晚清，士人之究心經史、精於考據、刊輯校讎，幾於延續不絕。學術風潮影響詩歌，龐中柱《晚清宋詩運動研究》指出清代學術思潮影響了清人傾向學習宋詩：

> 正因為清人具有這種博學意識，始能欣賞「研理日精」、「論事日密」（翁方綱《石洲詩話》）、質實厚重的宋詩，發覺宋詩真正的意義，並進而學習宋詩。〔註25〕

這是先肯定宋詩的意義在「學」，所以推論清代學術思潮影響了清人學宋詩的結果。文字獄是清代政治大事之一，對於文學與學術的牽連不容忽略，因為懼文字之禍，故讀書人轉而鑽求故紙堆以求遠禍，影響詩之創作則為詩中講求學問。陳衍認為此事在人不在政，文字獄不完全是朝廷的關係，在人自身，〈近代詩學論略〉云：

> 康乾間文字之獄既盛，寖假而各種考據之學勃然興起！然則各種考據之學，非自上之提倡使然，人類之思想，必有

有前盟，決去胡淹留？邦人爭送我，情與潭水侔。再來訪天都，期維江上舟。」《陳衍詩論合集》上冊，頁523。

〔註25〕龐中柱：《晚清宋詩運動研究》，中國文化大學中文所碩士論文，1995年6月。

所用，不用於此，則用於彼，康乾間各種考據之學勃然興
起者，蓋懲於文字之獄，不得不向此煩碎而遠於政治之一
塗發展，其勢使然也。〔註26〕

康乾時代之文字獄，促使考據學興盛，考據學流行又使士人之學傾向
煩碎，故某一些乾嘉詩人並無較好的創作，勉強有詩，則多作次韻疊
韻詩，此即太平盛世詩：

次韻疊韻之詩，一盛於元、白，再盛於皮、陸，三盛於蘇、
黃，四盛於乾嘉間王蘭泉、吳白華、王鳳喈、曹來殷、吳
企晉諸人。大抵承平無事，居臺省清班，日以文酒過從，
相聚不過此數人，出遊不過此數處。或即景，或詠物，或
展觀書畫，考訂金石版本，摩挲古器物，於是爭奇鬥巧，
竟委窮源，而次韻疊韻之作夥矣。(《詩話》卷十六)

陳衍替清代疊韻詩找到太平盛世的背景，考據學是畏於文字獄而興，
考據學影響下產生的次韻疊韻詩，在陳衍看來亦不過爾爾；至道光之
際詩學乃盛，原因是「文禁日弛」，此學術風潮影響詩歌創作。雖說
「其勢使然」，但這是「人勢」而不全然是「政勢」，如果文字之獄造
成文學的繁碎，必須思考的是晚清文字之禍已遠，然而讀書人依舊傾
注於此，很可能在讀書人身上已變成一種不自覺生長出來的骨肉，難
以剔除，惡影襲隨。士子依舊博習經史，但是出現與清初不同的表現
方式，即「單文孤證」：

近閱報紙，載有一段云：「長沙易培基寅村，究心問學，結
廬白沙泉畔，閉戶讀書，尤精校刊之學，見已校定經典五
十餘種。……」……有清考據家，精博者甚多，高郵率意
改字，開咸、同以來單文孤證之病，其不以倪天之妹為《山
海經》刑天之妹也者幾希。(《詩話》卷十八)

單文孤證是考據學在文字禍已遠後的迷思，時勢已不必再事事言考
據，但不言與不用似乎成為讀書人另一種不必要也拋不開的慣性，
於是，運用在學術上，以薄弱無力的單文孤證出現，此何嘗不是過

〔註26〕《陳衍詩論合集》下冊，頁 1086。

時的迷障？學術風潮影響文學，被影響的咸同以來之詩在考據的「單
文孤證」下，出現詩的「薄弱」，這是考據學所影響的晚清詩風。近
代對同光體的研究依舊肯定考據之風的影響，其實，清代實學觀念，
發展到晚清已不如乾嘉之盛而呈現薄弱並轉型，讀書人已不必畏懼
卻仍專注考據，晚清詩人多爲學人，但此學人的意義不同於清初與
乾嘉的需要，它是不同意義的轉向，陳衍所說的「單文孤證」即是
考據之學已趨薄弱之一例。這同時也可以解釋，目前學者研究同光
體均喜溯源於何紹基、程恩澤等人，然而何、程之時的樸學，到了
晚清也已盛況不繼，晚清的學術風潮不同於清中期，以晚清「單文
孤證」勉強與「乾嘉實學」聯繫是說不通的。反之，乾嘉實學又未
必與清詩絕對有關，乾嘉考據之學盛行，但是考據所帶動的實學風
潮並未影響全部清詩學觀念，例如乾嘉出現與學問鍛鍊相反的性靈
詩風，甚至引起道咸詩人如鄭珍、龔自珍、魏源等努力挽救性靈末
流的空疏，這對於清詩壇不能不說是一個奇異的現象。而處在乾嘉
道咸之後的晚清詩壇之同光體是否也有可能是這樣的反動？亦即不
再承接歷史既定的影響而不強調學問或學術，實學其實已脫離影響
力，而由西方新學進駐。

　　《詩話》卷十六引胡瘦唐詩，指出咸同以來朝士論學之蘄向：

　　胡瘦唐……有〈題吳吉士秋林讀書圖〉長句一首，論咸同
　　以來朝士學派，致慨於新學之敗壞舊學，頗跌宕可喜。……
　　竊謂祁文端、曾文正、潘文勤三公，皆於嘉道間樸學歇絕
　　之餘，稍興樸學。三公中祁以樸學兼能詩，曾本學詞章，
　　晚而留心樸學，潘喜樸學而已，詞章未工。三公學派，只
　　可謂之三嬗，不可謂之三變。此詩以文端精刊許書，文正
　　重《選》學，推揚、馬，文勤喜金石古刻，故云然。然《毭甁
　　亭集》，幾與程侍郎方駕，湘鄉禮遇苗先麓、莫子偲葦，皆
　　講樸學者，不僅王壬秋、李眉生諸人，爲陳、徐、應、劉
　　選也。至文勤既逝，翁叔平相國，惟以書畫與南皮張文達
　　相輝映，視文達較能詩耳。今日則號稱讀書者，能留心目

　　錄版本之學，已翹然自異於眾，又學風之一變矣。〔註27〕
同治至光緒年間的學術情勢是新學敗壞舊學，耆老不能接受這種轉
變，視舊學為「廣陵曲」之絕響，時勢衝擊，於是能留心版本目錄學
者即堪稱翹楚，陳衍認為此乃學風之變。尤信雄〈清代同光派之詩風
與特色〉一文指出咸同以來，詩人學宋而變化者，表現四個特點：意
境、使事屬對、審音辨律，斟酌唐宋之間、合學人之詩與詩人之詩二
而一之。〔註28〕學者研究清代宋詩往往以「宋學」、「宋調」檢驗清詩，
然而，清詩雖然承接前代影響而來，但當代的影響必然大於前代，畢
竟那是眼前的現實，才會產生所謂的時代性質。所以，學術思潮影響
詩歌，清詩受到的影響應該是清代學風而非宋學。

　　清代的精神指標──實學，並未在晚清鞏固其清初至乾嘉的實
力，沒有了文字獄迫害，如果實學對於詩歌的影響價值是正面的，必
然會發揮其不朽的魅力，然而，儘管學問、以學為詩仍為詩人樂道，
但是詩風呈現空疏，可見清代實學似乎未能保住其在清代的歷史性地

〔註27〕　胡詩云：「毅皇中興盛文彥，京城學派凡三變。壽陽白髮稱老師，內
　　　　　殿傳經受殊眷。六書絕業尊二徐，淳熙槧本曾見。曾侯百戰收江寧，
　　　　　然獨軍門讀《文選》。一時幕客俱應劉，疲驟馱書一千卷。門才獨數
　　　　　潘尚書，金石摩挲自矜炫。白眼高歌滂喜齋，殘斷瓦搜羅遍。倏然
　　　　　承平四十年，廣陵一曲隨蒼煙。絕域方言滿都市，曹郎奮臂爭版權。
　　　　　《太玄》奇書覆醫甀，胡兒碧眼登經筵。漢廷公卿草間起，笑溺儒
　　　　　冠罵儒士。東方誦書廿萬言，不肯低頭拾青紫。執戟金門長苦飢，
　　　　　侏儒飽食何曾死。南州舊交吳翰林，跌宕縱橫富文史。揭來示我秋
　　　　　林圖，一卷行吟雜悲喜。鄱湖水派匡山高，鄉夢遙遙幾千里。」
〔註28〕　在意境上，「同光諸家，雖嘗學宋，然力懲刻露，有惘惘不甘之情，
　　　　　故調高而旨遠」，在使事屬對上，「同光諸家，雖問徑宋人，惟見宋
　　　　　人出新務奇，亦不得制勝唐賢，徒有鬥湊纖巧之譏，故其使事但求
　　　　　雅切，屬對只取渾成，而不賣弄以炫能」，在審音辨律上，「同光諸
　　　　　家，審音辨律，斟酌唐宋之間，且抑揚頓挫之能，有諧暢不迫之趣」，
　　　　　在合學人之詩與詩人之詩上，「道咸以來詩家，承乾嘉學術鼎盛之
　　　　　後，流風未泯，師承所在，學擅專門。或研通經學，或精於許書，
　　　　　或擅長史地，或通達治理，或殫精簿錄；率皆學術深湛，餘事為詩。
　　　　　所作莫不鎔鑄經史，貫穿百家，所謂能合學人與詩人之詩二而一之
　　　　　者也。」尤信雄〈清代同光派之詩風與特色〉，《中華詩學》，1970 年
　　　　　7 月。

位，或許表面上人人喜言學問實學，但是所影響於詩，似乎不如歷史所預期。而新學之襲進晚清詩壇乃時勢之趨，並造就了後來的詩界革命。此乃同光體形成之文學背景。

二、時代變革

同光體之同治、光緒年間的「年號」意義並不如「時代」重要，因時代的衝擊會影響文學的產生與創作方向。郭紹虞《中國文學批評史・清代篇》說同光體形成的時代因素是「清自道咸以後，海禁已開，國家多故，時局的變亂，民生的凋敝，處處流露著動盪不安的情緒，故其表現於詩者，也成為亂世之音。」〔註29〕這是文學反映時代論，所以，郭紹虞說同光體的風格是「言愁欲愁」，而這「亂世之音」也正是同光體能別立於清詩「神韻」、「格調」、「性靈」等之外的價值所在。同光體所處的亂世變局影響可由以下兩方面言之。

（一）世局喪亂

道咸以後，中國世局只有一個「亂」字可表。孟森《明清史講義》云：

> 清至咸豐朝，文恬武嬉，滿州紈絝用事，伏莽遍地。清室本以八旗武力自豪，為英吉利所嘗試，而旗籍大員之姦佞庸劣無一不備。……國際應付尤荒謬，召鬧取侮，乘內亂方亟之際，挑激不已，致四國聯軍逼京師，文宗走避熱河，清之不亡如縷。其時士大夫講學問，研政治，集合同志，互相策勵，遂收救國之效。同治一朝，逐漸戡定。至光緒初，乘勝勢盡復新疆，且開設行省，矯正乾隆間旗人專為私利之習，一時名以中興，誠亦不愧。……氣數有窮，女戎復作，中興之象，轉瞬即逝。〔註30〕

乾隆承繼康、雍基礎，貌似太平，實隱內憂外患之兆，於是晚清與西

〔註29〕郭紹虞：《中國文學批評史》，（臺北：文史哲出版社，1990），頁 1074。
〔註30〕孟森：《明清史講義》第五章〈咸同之轉危為安〉，（臺北：里仁書局，1982），頁 666。

方列強的外交衝突很快地在道咸年間正式爆發，後雖有同治中興，但轉瞬即逝等於沒有作用，之後的慈禧干政、權貴傾軋與列強逐步入侵，注定滿清之亡。而這滅亡的過程帶給士人的感受是變幻、無所適從的。《詩話》卷十二錄蕭北丞延平〈同陳士可遊洪山謁岳羅二公祠〉詩：

> ……道學久爲世詬病，奇功一雪儒生迂。南皮夫子表精忠，特崇廟貌欽英風。前有作者岳少保，智勇節義將毋同？遍求世事愈變幻，長鯨壤噬相爭雄。洪範六極一曰弱，欲延國脈難爲功。儒者至精爲兵事，休笑小技工雕蟲。壯哉二公留浩氣，與山永鎮東門東。

此詩歌誦張之洞功績，但同時也透露當時的世局變幻、國脈難延之事實。世局已殘，於是清末民初文人似有集體的「無用情結」潛意識，表現在晚清詩人喜以枯棋、殘棋比喻世局，例如嚴復〈人才〉詩：

> 人才鸚鵡能言日，世事蜎蜂換殼時。
>
> 如此風潮行未得，老夫掩淚看殘棋。（《瘉壄堂詩集》卷上）

南社詩人謝抱香〈登勝棋樓望莫愁有感民國政局〉：

> 美人已去英雄老，一局殘棋著手難。〔註31〕

陳衍《詩話》卷十七，錄陳寶琛〈感春〉詩：

> 一春無日可開眉，未及飛紅已暗悲。
>
> 雨甚猶思吹笛驗，風來始悔樹旛遲。
>
> 蜂衙撩亂聲無準，鳥使逡巡事可知。
>
> 輸卻玉塵三萬斛，天公不語對枯棋。

世亂帶來的感受，《詩話》採錄清末民初詩人之作，頗多描寫戰爭、感時傷懷，例如張今頗〈九日偕同人登鳳凰山〉於日俄戰爭時作：

> 世路險如此，山空任虎行。孤松蟠地起，亂石倚天生。
>
> 杯酒重陽日，烽煙兩國兵。我來登絕巘，海宇盼澄清。
>
> （《詩話》卷二十）

又書生報國心強烈，期望以筆鋒殺敵：

〔註31〕引自劉納：《嬗變——辛亥革命時期至五四時期的中國文學》，（北京：中國社會科學出版社，1998），頁 145。

野鶴橫飛向戰場，鳳山鴨水幾翱翔。

筆鋒殺敵無餘事，獨倚寒燈拂劍霜。

（同上，張今頗〈寄森井國雄野鶴〉）

世局已殘，列強對中國引爆的戰爭接踵而至，詩人在殘酷的變世裡
寫出書生心情。甲午戰後，張今頗詩中出現了白骨、幽花、斷腸之
語：

屹屹孤城獨守難，祖邦西望各軍單。

大同江上中秋月，長照英雄白骨寒。

（〈甲午中秋前日左冠廷軍門戰沒平壤詩以吊之〉）

亂後逢佳節，難爲塞上春。幽花開白骨，紅照陌頭人。

一片斜陽裡，千聲野哭新。聽來欲斷腸，況是客中身。

（〈清明野望〉）

又庚子年所作：

牢落天涯望止戈，和戎消息近如何？

嫦娥未忍開明鏡，千里沙場戰骨多。（〈中秋無月〉）

指望止戈和平的心情與沙場多戰骨，對比之下，平靜的生活是不可期
待的。鄭守堪〈將曉〉詩：

暝猜世局魂都悸，默數年華意漸平。

笳吹隔牆喧不息，恍疑身是落邊城。（《詩話》卷三十）

所以，「無用情結」是世亂的直接衝擊，間接原因即士人處於亂世，
現實上不被用的失落，鄭孝胥〈趙堯生招集法源寺〉深感「吾謀不
用」：

相從追餘春，別近顧數見。復此雙梧下，談諧接諸彥。

與君知漸深，片語輒稱善。未來孰能料，拭眼待千變。

吾謀適不用，堅壁勿浪戰。酒行言又發，何異弦上箭。

（《海藏樓詩集》卷七）

士人亦自喻爲「廢材」，《續編》卷一記載王石孫，法文博士，有〈廢
紙行〉詩二首，因偶見廢紙，產生自己同爲廢材之嘆：

……九邦約束皆破裂，同文同種來相戕。五十餘國齊束手，

紙墨何力驅虎狼。廢紙勸我莫遷怒，本來凤望如琳琅。

　　奈何世人薄信義，言不由衷多荒唐。我招廢紙來我側，題
　　詩寫篆靜中忙。同是廢材同憐惜，　一口相劅揮百行。吟成
　　草罷已排悶，籠紗覆瓿皆無妨。(其二)

　　晚清詩中隨處可見枯棋之喻，既然有共識共嘆，可見這是一種集
體潛意識，枯棋潛意識出之於詩，則多苦語：

　　黃晦聞詩弟子曰何達安之兼，江右人，榆生摯友，同教授
　　集美學校。工填詞，嗜詩，詩才極清而苦瘦，如〈寄素昭〉
　　云：「厄月稌凝闋寄音，故鄉兵氣正深深。一春生意風前
　　盡，數載歡悰物外尋。已斷眾緣成獨往，乍凋雙鬢爲誰吟？
　　經秋不見應無恙，難解年時蘊結心。」今之少年，往往好
　　作苦語，固世亂而早爲客，亦一時風氣所趨也。(《詩話》卷
　　三十)

世亂早爲客，飄零之感蘊結成詩中苦語，竟成風氣。雖然陳衍不喜苦
語詩，但也認識到是風氣所成。如此的世局影響士人心理狀態，於是
士人心態有各種思維或行爲的表現。

（二）士人心態

　　世亂無可作爲，士人心態有不同的方向。有思欲振作者，孟森
〈道光朝士習之轉移〉云：

　　嘉慶朝，承雍、乾壓制，思想言論俱不自由之後，士大夫
　　已自屏於政治之外，著書立說，多不涉當世之務。……至
　　道光時則時事之接觸，切身之患，不得不言有三端：曰鹽，
　　曰河，曰漕，議論蠭起。〔註32〕

讀書人盛世不敢說話，世亂反而敢言，似是一種解放心理，因爲若
世亂而無可期待的話，倒不如拼搏一試，於是議論便盛。道光年間，
士大夫出於切身之患，不得不一改雍、乾、嘉之摒口不言，始言時
事。接下來有同治中興之舉，趁勢而作，雖然爲時不長，但國事影
響士心，故同治、光緒年間詩的主流內容又轉爲「關繫時事」，《詩
話》卷十三載：

〔註32〕孟森：《明清史講義》，(臺北：里仁書局，1982)，頁614。

前清同治間，恭忠親王長軍機，沈文定（兆霖）由山西巡
撫入爲樞臣，眷任甚隆。光緒初，左文襄（宗棠）厠焉，
不能久於其位，出督兩江。仁和吳子儁（觀禮）久客文襄
幕，辛未始成進士，得館選，著有《圭盒詩》，多關繫時事。

士人關心時事的現象，到了詩界革命是登峰造極的。梁啓超極賞識黃
遵憲詩，其《飲冰室詩話》所錄黃遵憲詩，並表示激賞者，全都是寫
時局國事之作。《續編》卷一亦載：

柱尊近又有多詩，憤慨時事。〈讀離騷〉一聯最沈痛云：「先
生尚有天堪問，吾輩眞無國可憂。」

所以，詩人有感於「變局」的心理意識，使詩學的變局相應於時代變
局而起。陳衍《近代詩鈔・鄭珍》小傳：

侍郎詩私淑昌黎、雙井，在有清詩人，幾欲方駕撐石齋。
天不假年，而子尹與道州從而光大之，壽陽、湘鄉，又相
先後其間，爲道、咸以來詩家一變局。〔註33〕

世局有變化，詩人亦因應世局而發生變化。這裡所說的變局指鄭珍學
詩於程春海，而程春海私淑韓愈、黃庭堅，程春海去世後，鄭珍發揚
光大其師之學，此即《詩話》卷一所云「始喜言宋詩」之事，道咸年
間開始言宋詩，相對於道咸之前不喜言宋詩是「變局」，所以，世局
之變也改變了當時的詩壇。

有人關心時事、憤慨國情，也有人寄意自足於田園，陳衍〈和秋
岳〉詩：

未須天意憐衰草，豈望人間重晚晴。
春興田園吾自足，義熙端不托泉明。（《詩話》卷九）

陳衍詩後云「今日世界，亂離爲公共之戚，興廢乃一家之言」，世道
如此，於是讀書人有悔讀書者：

陳鹿莊壽璵天懷甚坦，向所爲詩，歡娛多而愁苦少。近出
一卷，則婉而多風矣。如……〈感事〉絕句云：「亂至辭官
計已疏，閉門未許賦閒居。匹夫無壁誠知罪，深悔當年誤

〔註33〕陳衍：《近代詩鈔》第二冊。

讀書。」「兵戈滿地世堪哀，歲暮爭投避債臺。不爲居貧爲
辭富，輕舠我亦渡江來。」……「不愁寒也不愁飢，散步
長廊覓句宜。歸去自佳留亦好，偷閒日課兩篇詩。」……
〈村舍雜詠〉：「柴扉換新符，倒置君莫笑。識字憂患多，
荷鉏飢可療。」（《詩話》卷三十）

辭官閉門兩不是，所以深悔當時誤讀書，這是對時事失望而以一種銷
毀過去的努力之極端反應。亦有憂時而不知何可作爲者，《續編》卷
二錄于逸塘〈疊均示前溪〉詩：

匪燄兵氛併一時，國魂民命兀如絲。
亂危滿眼將安擇，焦爛而今亦已遲。
上策安心惟佛諦，孱軀援溺總情癡。
吾家但守王倪秘，四問從嘲四不知。

然而，亦偶有堅決的奮進心理，《續編》卷二錄王乘六詩：

吳縣王乘六乘六有〈觀河〉云：「皺面觀河感逝川，遣愁不
太與忘年。花開虛室寧生白？葉落荒亭待草玄。棋局冷看
朝世變，劍光宵燭斗牛躔。立身自覓千秋地，不契參同厭
坐禪。」讀書人不當如是耶？

陳衍藉王乘六詩中不願以禪避世的志氣，讚許讀書人應當如是，棋
局雖殘冷，但應該奮起，去尋千秋立身地。士人心態影響人生態度
之取決，當時有志之士有「藥方」之說，表達士人對重振文化的決
心，趙翼〈再題廿二史劄記〉詩，表達了平日讀書不忘仿傚醫方救
世：

一事無成兩鬢霜，聊凭閱史遣年光。
敢從棋譜論新局，略仿醫經載古方。（《甌北集》卷四十一）

又邵鏡人《同光風雲錄・左宗棠》：

左棠垂老病痰，自知不起，易簀前，撰自輓長聯，倔強自
負，英姿磊落，亦可于文詞間見之。聯云：「慨此日騎鯨西
去，七尺軀委殘芳草，滿腔血灑向空林，問誰來歌蒿歌薤，
皺琵琶冢畔，掛寶劍枝頭，憑弔松楸魂魄，奮激千秋，縱
教黃土埋予，應呼雄鬼；倘他年化鶴東歸，一瓣香祝成本

> 性，十個月現成金身，願從此爲樵爲漁，訪鹿友山中，訂
> 鷗盟水上，銷磨錦繡心腸，逍遙半世，惟恐蒼天厄我，再
> 作勞人。」〔註34〕

左宗棠的自輓聯惟願來生爲樵爲漁，但「恐蒼天厄我，再作勞人」
是以一種反面委屈的語氣說明自己願意再捲土重來，即使──在那
樣的亂世之中。

　　思歸林泉山水在當時也是藥方之一，《詩話》卷十五張君常寄答
陳衍：

> 嚴杜交期意最親，錦城生事老清貧。辭官竟斷郊坰跡，長
> 想烏皮隱几人。……張半洲（經）墓，曹石倉（學佺）園，
> 小金山寺，皆洪塘名跡。讀四詩，又使余驟濃歸思，欲舍
> 京華塵土，而老水雲之矣。

晚清山水詩之盛是一個值得關注的傾向。《詩話》所錄當時人之作，
山水行遊詩非常多，論者每以此事批評同光體詩人逃避現實不足
取，但是，對於詩人的評價並不能獨以題材論是非，還須視題材中
所表現的情意判斷，例如「意在山水」本身就是一妙境，以山水寫
意，錯不在山水：

> 林西園〈遊鼓山〉云：「舉家來遊佛不嗔，佛以山色爲施捨。
> 此行意在山水間，禮佛齋僧皆虛假。」又云：「藏書萬卷不
> 屬意，意在梅譜兼鶴經。」（《詩話》卷三十）

而當「桃源亦戰場」的形勢之下，歸田何嘗不是暫守之道？如果無
病呻吟、無故歸隱，終南捷徑之隱當然是一種欺騙，但世亂至此，
託意山林是士人無可奈何的隱身之道，至少，此「託」是「眞」的：

> 門人順昌盧星樵榕林，近歲挈妻子避地福州烏石山下，詩多
> 傷亂之作。余今年歸里，讀其〈酬王耐軒贈山水畫幅〉云：
> 「……年來遍地見欃槍，任是桃源也戰場。神州苦少乾淨
> 土，安得藕孔容身藏。多謝毫端拓尺地，結茅擬向圖中避。
> 圖中山水無滄桑，託意遙深知所寄。……」（《續編》卷三）

〔註34〕費行簡：《清代傳記叢刊・名人類》，（臺北：明文書局），頁445。

《詩話》卷三十二錄莆田詩人黃仲良〈次韻磊芝病中見寄〉詩云：

> 孰向中原解亂絲？束樓高臥欲無知。
> 偷閒長日惟看菊，卻病良方是賦詩。
> 萬木凋零山瘦盡，片雲掩映明月遲。
> 人間何世君休問，一部南華且自隨。

黃仲良亦有藥方，只是其藥方為「賦詩」，這也是詩人自救之途，藉山水以娛一顆面對紛亂世局而無可如何的心。世亂之中偷閒讀書是另一種招隱之道，《詩話》載：

> 王逸塘自天津南下，過蘇訪余，適余遊虎丘，不遇而去。
> 余寄一絕句云：「凡鳥應留兩字書，望塵不及悵如何？南人倘有歸南意，盍向吳門卜賦居。」逸塘立次韻四首寄來，其三云：「世亂偷閒且讀書，稍聞竺典說真如。中原逐鹿英雄事，奇貨終憐不可居。」反用恰當。其四云：「一面從來勝百書，缺為面別悵何如？探巖已辦阮家屐，重訪香山履道居。」履道居不敢當，而第一首末云：「買山自古吳門好，況有幽人共隱居。」則答余招隱之意，將據為在彼之息壤矣。(《續編》卷一)

陳衍雖居張之洞幕府，頗得器重，但早有歸計，其歸心是為了家中生計，因為田居可以自給，甚至安排諸兒學農，以便回閩。〔註35〕其〈戲作飲酒和陶〉詩：

> 故人憐我貧，勸我聊弦歌。不為二徑謀，奈此十口何？
> 曰諾吾將仕，躊躇又蹉跎。吾羹不如朝，吾佞不如鮀。
> 果如朝與鮀，不仕寧轗軻。〔註36〕

詩中說明自己寧願貧窮，也不願意做官。其〈送馬通伯南歸序〉云：

> 余家世貧賤，少時天下大亂，初定，亦嘗習科舉求祿仕矣。

〔註35〕陳衍二子陳聲漸，於八國聯軍攻陷天津時，死於兵亂。戊戌政變後，陳衍感於骨肉死亡之感，乃用歷年積蓄，託人在福州城外買田十畝，先遣長子陳聲暨回閩隨農戶務農，自己仍在外謀生，增加儲蓄，以備將來返閩。陳槻：《詩人陳衍傳略》，(臺北：臺北林森文教基金會，1999)，頁26～28。

〔註36〕《石遺室詩集》卷二，《陳石遺集》上冊，頁99。

甲午國事遂棘，戊戌庚子而愈棘，有微官遂以不爲。〔註37〕

食指浩繁以及國事日非而二子死於非命，陳衍表明不做官並非矯情，是不願意在當時國勢之下做官。

又，陳衍《近代詩鈔》錄鄭孝胥〈海藏樓雜詩〉的紙筆生涯：

> 枯坐欲成夢，寒意侵兩膝。起看天如磐，乃有數星出。
> 披書漫不省，伸紙復弄筆。舍此窮生涯，娛我更何術。
> 少年心未盡，悵惘若有失。沉思旋自哂，世味孰可悅。
> 惟當持一念，期與造化滅。冰天雪窖中，何事戀餘熱。

（其二十七，《海藏樓詩集》卷七）

鄭孝胥於清亡後，投效僞滿洲國，汪辟疆評之曰「負才未遇，銳志功名，晚節不終」，〔註38〕認爲其人急於進取、熱衷利欲。在汪辟疆所評論的基礎下，一個寧願背負叛國罪名的詩人，在其所企望的功名場中，對於伸紙弄筆之事，尚感「舍此窮生涯，娛我更何術」，可知讀書一事是超越世亂、超越困境的。〈海藏樓雜詩〉又云：

> 東北劫欲急，問策乃及我。樓前招片月，仗劍向遼左。
> 強鄰久阻兵，跨海置遮邏。吾民被迫逐，待斃但僵坐。
> 其鋒誠難爭，善守抑猶可。杜回有時顚，食報在魏顆。
> 姑求振民氣，申儆首婾惰。死灰儻復然，行見陸渾火。
> 人言柔勝剛，精鐵綿與裹。試探囊底智，籌一不須夥。

（其三十四，《海藏樓詩集》卷七）

因世亂而生涯已窮，唯有復弄紙筆遣愁寥，這是一種善守之道，不得已如此是因爲「鋒誠難爭」。所以，讀書可破愁，《近代詩鈔》錄陳曾壽〈徐苕雪及覺先弟先後自京寄菊數十種日涉小園聊復成詠〉詩：

> 東坡謫惠州，攜手葛與陶。孤光掛海涯，寒月澄滔滔。
> 清吟卻老至，寧獨詩中豪。我生百世下，憂端兩相高。
> 開卷若有得，往往破愁牢。殘燈守菊影，寤寐同寒宵。

〔註39〕

〔註37〕《石遺室文集》卷七，《陳石遺集》上冊，頁487。

〔註38〕汪辟疆：〈近代詩人小傳稿〉，《汪辟疆說近代詩》，（上海：上海古籍出版社，2001），頁141。

〔註39〕陳衍：《近代詩鈔》第二十二冊。

詩人因菊而想百代以下，謫愁一也，唯有展卷自得。鄭孝胥〈世已亂身將老長歌當哭莫知我哀〉詩：

> 駐顏卻老竟無方，被髮纓冠亦太狂。
>
> 歸死未甘同泯泯，言愁始欲對茫茫。
>
> 孤雲萬族身安託，落日扁舟世可忘。
>
> 從此湖山換兵柄，肯教部曲識蘄王。（《海藏樓詩集》卷五）

何以有欲駐顏，人卻老之嘆？當然想挽回青春以圖爲世所用，但是將老之身只能「湖山換兵柄」，這就是言愁茫茫、無可告訴之苦。陳衍同時了解歸隱實難，《詩話》記載王石孫中年早作歸休計：

> 王石孫景岐，法文博士，曾充駐比公使，……石孫少即肆力爲詩，故能筆氣健舉，造語渾成若此。〈鄧尉歸途〉云：「中年已作歸休計，豈有名心一點差。願得太湖留半角，買山築室種梅花。」此首言之甚易，行之實難。昔人詩云：「人人盡說歸田好，林下何曾見一人。」何則？不爭名於朝，亦爭利於市，大隱中隱小隱皆巧飾之辭。余卜居吳門，曾招隱數人，皆不能從。寧月費二三百元，賃火管衚衕之廬於上海。人生幾何，大之不能有益於百姓，小之不能有識者得我，徒爲兒孫作馬牛而不厭，亦何必哉？（《續編》卷一）

大隱中隱小隱皆巧辭而已，因爲凡人總難忘朝市之利，「隱」若無益於世、不得於人，亦可不爲。有人思隱山林，而晚清詩人亦有抱負者：

> 姚味辛琮，永嘉人，典軍有年，身經百戰，當軸倚如左右手，當無暇爲郊島四靈之苦吟。今讀其詩，……〈西石梁觀瀑〉云：「雁湖西洞石爲梁，日夜龍吟引興長。百丈凌風盤薄霧，四時飛雨作秋涼。非關絕壁增聲勢，終爲蒼生長稻粱。」〈靈峰〉云：「民貧未必因山瘦，國難何勞乞佛憐。_{壁上粘王一亭手書中國佛教會啓，爲國難日亟，令全國各寺祈禱。}雖解兵符難久住，明朝又買秣陵船。」俱見抱負。（《續編》卷二）

姚味辛〈西石梁觀瀑〉因旅遊看到百丈凌風瀑，所念者，終在蒼生生計；〈靈峰〉詩表現於國難日亟之時，不乞佛憐，兵權雖解，寧盼再用世。

以上，俱見晚清詩人處於亂世的「無用情結」中的各自懷抱是多貌的，也是隨個人性之所近而異。書生的無用之感是一個基本心理，由「無用」引發的消極積極都勾勒出晚清詩人心理所牽扯的社會情狀，這些圍繞著詩人的形勢即為同光體的社會背景，換言之，亂世變局是當時的社會背景，影響於詩壇，同光體也是在「變局」之中形成。時代變局是晚清內政外交相軋所造成，而晚清詩壇的變局是詩學觀念的變化所展現的樣貌，乃文學與社會之交互影響而成，社會影響詩歌尚有詩友之間的唱酬活動。

三、師友唱和

文學表現人生、反映生活，作家作品離不開社會文化，從《詩話》所載錄同光體代表詩人或同光時期詩人作品中多有唱酬之作來看，朋友之間的詩文往來所產生的力量，促成詩派盛行也是一個在文學、時代因素之外值得重視的社會現象。從魏晉時代鄴下之集、竹林七賢，以至歷代詩人集會唱酬，這些或載於史冊、或無名而實有、或甚至有礙於政治運作與社會秩序的黨爭，社會集團之存在對於人類精神文化的塑造或改造，扮演著樞紐角色。文人之間唱酬又往往是促成文學流派的溫床與推手，若研究某詩人，視其交遊唱酬情況常能更有所獲得。方回評岑參〈送懷州吳別駕〉云：

> 學老杜詩而未有入處，當觀老杜集之所稱詠、敬歎及所交遊、倡酬者，而求其詩味之，亦有人處矣。(《瀛奎律髓》卷二十四)

說明從杜詩所稱詠、交遊唱酬即可以「學杜而入」，這是相當重視詩人交遊情況的一種看法，故明瞭詩人的生活可加深對詩人的了解。詩友酬唱與社會結構、交遊活動有關，而士人唱酬交遊形成一個民族社會的精神文化，「文化為文學孕育了土壤，文學對文化有著引導作用，影響著文化問題及社會程序的思維路線」。〔註40〕故以下從晚清詩社

〔註40〕劉介民：《比較文學方法論》第九章〈比較文學與人文科學・文學與文化〉，(臺北：時報文化出版社，1990)，頁409。

雅集、學人遊幕、文字緣份三方面，了解同光體形成的背景中的社會
精神文化。

（一）詩社雅集

陳衍視「詩」爲友朋之間互相交往的重要媒介，〈石匱室詩鈔序〉
云：

> 吾集中各體文，終以敘跋爲最夥，……苟酸甜辛鹹，一有
> 眞味，罔不咀嚼而者好，絕不以同體異量，歧其待遇。故
> 有相知未久而敘其詩，未相見而敘其詩者，其有相知久而
> 始敘其詩者，殆所謂文字因緣，非其詩不相遘歟？〔註41〕

陳衍敘詩對象有「相知未久」、「未相見」、「相知久」者，其文字因
緣在「以詩相交」，而以詩相遇之個別相會即陳衍所謂「敘跋最夥」
的寫照，若行之於群眾活動者，則有詩社之集。一個詩派的形成發
展有內、外部原因，內部即其詩學內容，而陳衍與鄭孝胥所訂「同
光以來，不墨守盛唐」之說其實並不複雜，換言之，對形成一個流
派的結構敘述不甚強大，欲了解陳衍詩學細節，尚須從其他論詩文
字獲得；但事實上，同光體在晚清確實是一個極有份量與影響力的
詩派，錢仲聯認爲同光體是陳衍標榜聲氣所成，若徒以主持人之壟
斷作爲一個詩派的形成因素，恐怕歷史與詩壇也不會輕易給個輕鬆
的機會讓這個詩派流行，所以，是什麼因素促成同光體之流行？它
之所以深具詩壇影響力的原因何在？除了陳衍詩論之外就是環境因
素了，而環境影響力又以詩社、詩會、詩鐘之集爲要。

《詩話》錄有當時的詩會、詩社、詩鐘等文學聚會，這些聚會
通常雜有詩酒與宗教，而詩社的作品多以登樓、看花、遊覽題詠、
良辰之抒情寫懷爲要。詩社之聚集每誘發創作欲望，作品日多，詩
派凝聚實際創作而造成堅強的基礎。陳衍〈送馬通伯南歸序〉敘述
追念詩友文酒之樂：

> 今各部院有考試之說，吾與通伯非自求仕來者。……吾里

〔註41〕《陳衍詩論合集》下冊，頁 1079。

中舊遊蓋零落略盡，其存者方宦遊京師四方，江山寥廓之
中。……吾方欲從而求之，意有所得也。然不遂從而求之
者，以爲不辱吾身者，可以少留，而非其事會，未可以求
而必得者，友朋文酒之樂也，故重可念也。(《文集》卷七)

陳衍說明自己在學部任職本不值得留戀，不辱身而可以稍留者是在
京朋友尙有文酒之樂，暫可駐足；所以，朋友交遊已勝過功名欲望。
友朋聚會有明訂詩社者，亦有隨性不訂名之聚會。陳衍在京師寓所，
名「秀野草堂」，偶與詩友相聚作詩，多詠花木，以盡賞心樂事之懷，
並未見標榜聲氣，《詩話》卷十一：

余留都下五年，皆寓居草堂，補種桃杏楊柳甚多。朋輩往
來，富有題詠，既屢見前數卷中。壬子癸丑，重至京師，
屋已歸鄉人林少頃參事，有〈重過小秀野草堂故居和哲維
舊歲之作〉云……。

成立詩社唱和，定期聚會，除了鼓勵創作詩歌、聚集友朋相會
吟詠、修詩文之業，藉著互相欣賞增進詩藝外，也鞏固詩派的延續。
《詩話》卷十四，載有春社之集，地點在陳衍都下寓廬，據陳衍所
錄之詩，該會所詠之事有：路偏居僻，覓久始到、言敝廬小有花樹、
敘社中諸人、談北方女伶事、觀日本天文十年造象、陳衍家僕能治
肴亦知文字、談座中總數年歲、相約即事賦詩等，可知詩社賦詩所
伴隨的交遊內容是生活中的瑣事，範圍廣泛，呈現詩社的生活化性
質。詩人藉詩以傳達生活的感受心情。《詩話》卷二載秀野詩社結社
作詩頗帶動清末北京詩壇之勢：

都下詩人，十餘年來頗復蕭寂。自余丁未入都，廣雅相國
入樞廷，樊山、實甫、芸子俱至。繼而弢庵、蘇戡、右衡、
病山、梅庵、恪士、子言先後至，計余居都門五年，相從
爲五七言者，無慮數十人。

一九一三年三月三日，梁啓超仿效東晉蘭亭宴集事，邀詩人修禊萬
生園拈蘭亭序分韻作詩，參加者有易順鼎、王式通、姚華、楊增犖、
鄭沅、黃濬、顧印伯、楊度等數十人，集有《癸丑禊集詩》，是同治

光緒後期具有紀念意義的活動，關於此事，陳衍有〈京師萬生園修禊詩序〉。〔註42〕詩社集會的價值在藉著相聚作詩以寄託感遇，此目的有別於「為藝術而藝術」之將創作視為純粹詩人自我表現，它是有寄寓的。以社會觀點而言，唱酬是必要的，如果詩人願意將自我融於社群而得到樂趣，則唱酬有意義。所以趙執信《談龍錄》與葉燮《原詩》都不廢唱酬，〔註43〕趙執信認為唱酬未可廢，但和韻無謂；葉燮以為只要應酬中有「我」，唱酬為唱酬、我為我，並非無情無聊的社交應付。趙執信認為和韻詩無聊，因為詩人「彼其思鈍才庸，不能自運，故假手舊韻，如陶家之倚模製」，然而，詩人若由倚模製陶為喻而獲得一種朋友之間的相契關懷與互勉作詩，甚至互許傾心，此和韻有意義，故唱酬和韻兩可行，此為詩歌具有詩人自抒性情以及詩人與詩人之間的溝通兩種作用，時至晚清，此二者是不偏廢的。當時詩界風氣，詩人們作詩後，往往互相寄詩求教，稱為「尋醫」。〔註44〕詩作得多了，訂為詩集，請名家評定作序，陳衍在

〔註42〕陳衍：《文集》卷九：「嗟夫！以風雅道喪之日，猶復得此，可不謂盛歟？……獨東晉永和癸丑山陰蘭亭之會，流傳千餘載不衰。彼顏延之、王元長曲水兩詩序，乃晻曖若不甚表著者，豈不以右軍人品高尚，其遺殷浩、謝安、會稽王諸書，皆關大計，初非嚴棲谷處，天下事絕不措意，然終不以簪紱易其老莊山水之抱，故理解超越，文字亦若乘風遠遊，不可羈紲歟？今歲為永和後二十六癸丑，海宇騰沸，四裔交軼，視永和殆有過之。南北諸君子其未忘右軍經世之志與脫屣塵壒之本心者，感遇不同，所以寄託其感遇者也。」

〔註43〕《談龍錄》第三十三則：「元、白、皮、陸，並世頡頏，以筆墨相娛樂。後來效以唱酬，不必盡佳，要未可廢。至於追用前人某詩韻，極為無謂。」《清詩話》，頁316。《原詩》《原詩》卷四：「應酬詩有時亦不得不作，雖是客料生活，然須見是我去應酬他，不是人人可將去應酬他者，如此便於客中見主，不失自家體段，自然有性有情，非幕下客及捉刀人所得代為也。……若懲噎而廢食，盡去應酬詩不作，而卒不可去也。須知題是應酬，詩自我作，思過半矣。」《清詩話》，頁606。

〔註44〕《詩話》卷一錄陳仁先贈陳衍詩：「見法空聞喜悅多，不堪隱几老維摩。詩能遣恨尋醫去，酒可忘憂奈病何？」又，易順鼎〈呈弢庵〉：「元祐諸公天人姿，慶歷聖德天所毗。既清海甸卷懷已，不殫厥鍔

鄂，即常爲人評詩作序。陳衍所召集的詩社之一，有春社，《詩人陳衍傳略》記載春社之集：

> 春社：一九一五年三月，在頂銀胡同陳衍宅成立，參加者：樊增祥、左紹佐、周樹模、江瀚、易順鼎、俞明震、吳士鑑、梁鴻志、黃濬、陳衍共十人，平均年齡五十三歲。〔註45〕

陳衍有〈三月一日於東城敝寓爲春社首集集者樊山沈觀笏卿叔海確士實甫綱齋眾異秋岳並余十人約各爲即事詩一首次日沈觀詩先成次韻示同社諸君〉詩：

> 王城文字飲，動集百十人。闘巧爲斷句，賞奇各自欣。……
> 自我淹京華，十年雌甲辰。獨厬似禪房，入室乏我聞。……
> 中間遇亂離，分向瀟湘秦。後此良會合，霜鬢看松筠。惟有即事詩，時時寫其眞。喜君詩先成，開函礦出銀。（《詩集》卷七）

此詩爲春社首集之作，詩中說到社中同人鬥巧爲句、即事寫詩的情況，「賞奇各自欣」詩人們是愉悅的。此外尚有說詩社、〔註46〕同社、辛亥詩社（《詩話》卷十二）、折枝吟社（《續編》卷三）、茶社（《續編》卷三）、秋社等。陳衍爲《說詩社詩集》作序：

> 往者歲在壬子，余以久客歸里，王又點、何梅生諸人有秋

〔註45〕 陳槻：《詩人陳衍傳略》，（臺北：臺北林森文教基金會，1999），頁69。又《詩話》卷十四云：「今年三月一日，寓廬有春社之集。集者樊山、笏卿、沈觀、叔海、實甫、確士、綱齋、眾異、秋岳、并余十人。人各有詩，詩長不具錄。節摘編排，以當一篇序記焉。」

〔註46〕 一九二〇年二月，陳衍在里編《福建通志》，詩人林翰、蘇南、江古懷……等十三人於舊貢院劍池冶亭舉行詩社集會，請陳衍定名爲「說詩社」。除於良辰佳節集會外，諸人還可以隨時招請大家作詩，陳衍則每年人日（元月初七）設宴招飲同人於私第，由於形式多樣，不拘一格，頗得詩人們喜愛。同前註，頁86。

社之舉，相率爲古近體詩。（〈說詩社詩錄序〉）

支社：

> 支社者，子穆與林畏廬、李畬曾諸人所結吟社，余亦偶與，
> 急和之云：「慣看賓客舊兒童，卓犖英姿照眼中。難得揚帆
> 能過我，何曾投筆始從戎。幾年索句傳師法，七字耽吟有
> 父風。白酒黃花勞點綴，先施慚愧到衰翁。」君至倉促無
> 以餉客，惟對酌膏粱酒，下以水果餅餌。校中菊花不少，
> 少佳種者。故君有「地偏」云云。支社專賦卜傳，故有「七
> 字耽吟」云云。（《詩話》卷二十九）

陶社：

> 丹卿耽詩好客，費巨貲營園林池館數處，多種梅花，疊石
> 爲愚山，嶙峋似虞山之劍門，非蘇州尋常堆假山爲巖洞者
> 可比。余有小詩美之。園中設旅館，大有鄭當時置留賓之
> 概。集同人結陶社，倡和外，集貲刻《江上詩鈔》若干卷，
> 續鈔若干卷。皆冶盦主任編校。余至宿館中，得晤曹遠模
> 侗、曹綸香亮臣、章松盦錫奎、章塍粟錫名、錢夔若夔、
> 陳景侯以浦諸君，皆有投贈，多過於推重之言，不敢當也。
>
> （《續編》卷一）

綜合這些記載，詩社融合了良辰美景、酒食佳餚、詩歌創作、山水
行遊而凝聚成一種群體樂趣，此樂拓展了中國詩人自古以來隱蔽自
我、修心養性、在毀中求全的「不得已」之苦。晚清詩人都愛遊山
水，但這並不構成指責他們在國事日非情況下麻痺自我、忘身忘國。
當上述的詩人快樂是一種自由主動的情愫，此情愫能激發詩人心靈
意識的成熟，遠比梏限沉浸在哀傷或無謂掙扎之中，來得更具生命
性。

另有淨名社，是詩與宗教結合的新形態，《詩人陳衍傳略》云：

> 原是南方文人在北京降神作詩的一個詩社，所作實是一種
> 文字遊戲，神主爲乾隆年間蘇州進士吳泰來（字企晉），因
> 著有「淨名軒集」，遂附會爲「淨名社」，後來移到福州降
> 神，改稱不庵居士。葉大莊、陳書等人均參加作戲，先後

在屏山冶亭、烏石山雙驂園、光祿坊石芝山館、陽岐石屏山莊等處扶乩（音基，由兩人扶一丁字架，在沙盤上作字，以示神言）作，厚可盈寸，名曰「驂鸞倡和集」（今已不存），詩格清新俊逸。〔註47〕

《詩話》卷十六所載之淨名社由來：

> 淨名本吳企晉先生泰來號，在京師降神二年，皆稱淨名，至閩則稱不菴居士，蓋趙璞函先生文哲殉金川木果木之難者，皆在吳中七子中也。

同卷陳衍亦錄有驂鸞詩，為結合民間宗教的文學活動，故有扶乩、降壇詩之名。降壇詩並非起於晚清，在康熙時代已是一種社會型態，〔註48〕降壇詩為神鬼透過乩，以詩的形式與凡人溝通的方式。閩俗好鬼與祀，陳衍亦頗喜於降壇詩，此不可不謂風俗影響詩人之例證，而這樣的詩社雅集不只凝聚詩人情誼，亦結合宗教，擴展詩歌在溝通對象方面，從人間到神靈的交集，也是晚清閩詩壇的特殊現象。

一九〇七年三月，陳衍攜眷進京任學部之職，後經友人冒廣生介紹，於宣武門外上斜街小秀野草堂賃屋居住，陳衍於工作及教學之餘，常與友朋聚會於此，吟詩為樂，名為「秀野詩會」。前述秀野詩社結社作詩頗帶動清末北京詩壇，詩人們討論詩文之餘，喜作詩鐘為戲。所謂詩鐘，《詩話》卷十九載：

> 都下宴集，多相率為詩鐘，否則劇棋也，否則徒餔啜而散也。隨意清談，能流連半日者寡矣。余最喜清談，然往往相思命駕，而一坐未有深言，無意過從，而娓娓不能遽已。每誦汪君剛曾武句云：「偶然好夢皆奇遇，隨意清談亦宿

〔註47〕陳槃：《詩人陳衍傳略》，（臺北：臺北市林森文教基金會，1999），頁58。

〔註48〕查為仁：《蓮坡詩話》第四十六則：「康熙丙申重九，余作賞菊二律，同人和韻成帙。天壇道士董守素白善扶鸞術，有水仙杜麗春降乩，和二律而去。又降壇詩云：『風淒月苦夜泠泠，幾點霜華上鶴翎。猶有茶煙飄颺處，何人窗下讀《黃庭》？』至丁酉七月，江西杜道周葉渭邀守素於盤山張青城道士光璧之栩栩亭，麗春復降，備書家世始末，且錄〈海天詞〉十首。」《清詩話》，頁485。

緣。」以爲知音。

詩鐘原非正式作詩，而是隨手在詩筒內抽出兩字，分嵌在第幾字裡，爲七言一聯，不用押韻，在限定時間內，每人任意作若干聯，擊鐘收卷，分等第爲勝負。《詩話》卷十二又載：

> 今年里居，里中人多結詩社，皆作嵌字兩句詩，世所謂詩鐘，亦名折枝者也。……余言庚戌春在都下，與趙堯生、胡瘦唐、江叔海、江逸雲、曾剛甫、羅掞東、胡鐵華諸人創爲詩社，遇人日、花朝、寒食、上巳之類，世所號爲良辰者，擇一目前名勝之地，挈茶菓餅餌集焉。晚則飮於寓齋苦酒樓，分紙爲即事詩，五七言古近體聽之。次集則必易一地，彙繳前集之詩，互相評品爲笑樂，其主人輪流爲之。

可知：詩鐘所作之詩只有兩句，詩人們於良辰之日聚集，白天作詩喝茶吃菓，晚上則飮酒，大家互相品評詩作。所以，詩鐘包含兩件事情，一是詩友聚會，二是作詩的獨特方式與形式，以後者而言，詩人對它的熱衷程度，造成了一種鬥巧爭捷的作詩傾向，《詩話》卷十五：

> 自詩鐘盛，結社爲古今體詩者日以少，用思異也。偶搜近日喜作詩鐘者之詩，如……。

陳衍所引錄詩鐘作品均爲一聯之作，詩鐘盛行而作古今體詩者少，可知詩鐘之趣在快速作詩，與古今體之需要仔細構思不同。這樣的創作意識，在中國傳統詩學領域是一個特別現象，它有鬥才傾向，作詩爭捷不同於苦吟鍛鍊、閉門覓句，在這一點上，與宋詩之追求思致、錘鍊之寫作方式等距離甚遠。詩鐘盛行，亦感染名流文士，不僅鄉里詩友之間的活動而已，《清稗類鈔·文學類》〈張文襄退食尋詩〉記載：

> 光緒時，京都名流極盛，以張文襄公爲之魁。文襄開府江漢，朝野人士，即已雲集相從，迨入樞府，都人士尤以一瞻丰采爲榮，故退食之餘，無日不有讌會，其讌會時，又無往而不分韻題詩，即最促時間，亦必鉤心鬥角，作詩鐘一二，上好下甚，故當日十刹海之會賢堂宣武門外之畿輔

先哲祠與松筠庵，皆爲名流暢敍幽情之所，而寒山社之詩
會，亦即起於是時，其人物，則以南書房翰林院御史臺三
署爲其中心，餘皆依附末光，欲標榜以成名者也。〔註49〕

「上好下甚」帶動社會的流行盛況，《清稗類鈔》認爲此亦欲標榜成
名，但從另一個角度來說，若專就鼓動作詩風氣，組詩社、鬥詩鐘
之文學社會性意義，乃友朋相聚之樂促進詩歌發展。如果詩鐘是不
好的社會行爲，那麼它具有相當影響力，也稱得上一位無名英雄是
無庸置疑的。

　　詩社集會、友朋唱和作爲中國傳統文人的審美活動之一，藉使
詩人主觀情性表現於生活，而生活反過來承載其心理歡欣與失落，
俾詩人心靈重新掌握自由。羅中峰《中國傳統文人審美生活方式之
研究》一書指出審美生活方式之建構的功能是：

能展現出高雅脫俗的生活情趣，甚至具有修身養性、娛樂
遊戲，與向外溝通的功能。因此，審美行動並不侷限於狹
義的藝術領域；其意義結構也不是純粹藝術創作，與欣賞
藝文作品之美感能窮盡的。〔註50〕

由陳衍發起帶動的詩社活動，在晚清的社會意義，除了聯繫詩人之
間的文學情意，更是社會交際的憑資、人與詩的溝通方式，它超越
了實際創作的成就感與欣賞藝術作品的美感，是詩人與詩歌創作、
現實社會、人際溝通互相達成的美感協議，在世亂逆境裡，從否定
中再創自由心靈所以能轉動的世界。其社會群體意識的導向意義與
詩人審美生活方式的價值是等量並存、互相成全的。

（二）學人遊幕

　　幕府制度是中國歷史上一種影響深遠的用人制度，它使得人才
在正規科舉途徑外另闢一個可以讓士人發揮的空間，此制大約啓於
戰國時，經過歷代各朝而逐步確立並有消長。尙小明《學人遊幕與

〔註49〕《清稗類鈔‧文學類》第八冊，（臺北：臺灣商務印書館），頁118。
〔註50〕羅中峰：《中國傳統文人審美生活方式之研究》，（臺北：洪葉文化公
　　　　司，2001），頁151。

清代學術》一書指出明亡清興，具有兩千餘年的幕府制度進入柳暗
花明之境：

> 不僅辟幕之制「復興」，而且發展得非常之盛。士人遊幕
> 成爲普遍的社會現象，無論政治、經濟、軍事，還是學術
> 文化，以至整個社會生活，都受到幕府廣泛而深刻的影
> 響。〔註51〕

清代幕府的社會職能是多方面的，除了佐理政事與參贊戎幕外，其中
重要的一面即從事學術文學活動，其中諸文事包括編書著書、校刊典
籍、濡染文墨、以文會友、詩酒唱和等活動，勞乃宣〈端忠敏公奏稿
序〉記錄當時幕府的盛況：

> 公事既畢，乃麕集朋儕，摩挲金石，評騭書畫，考訂碑版
> 典籍，把酒詠歌，詼諧談笑，有時商略古今，縱論時事，
> 俯仰百世，往往通夕忘倦。余以衰老，相約不卜夜，亦偶
> 一預焉，熙熙然幾疑乾嘉盛世，置身於尹文端、畢鎮洋所
> 矣。〔註52〕

幕府之人談古論今、考訂典籍、詩酒談笑，這樣的生活型態凝聚的社
會現象之一是幕府實是兼行社會文教工作。幕府學者藉著參與活動聚
會，由其所熟悉的政事戎事，在活動爭辯中可帶動學術、邊疆地理、
史著、詩歌創作等的繁榮，尤以詩歌創作爲最深刻，因遊幕之人本爲
正規科考未得舉用之人，大多生活窮困、懷才不遇，詩歌是他們最能
夠得心應手的一種體裁，故文人遊幕與詩人集中反映了師友唱和生活
之一面。

　　此外，晚清山水詩盛行，原因之一即在於遊幕者經由跋涉州縣，
增進豐富的生活經歷，陸元輔〈燕遊草序〉云：

> 蓄其所有而未得施於行事，因舟車所更涉，歷攬山川之雄
> 秀，城闕之壯麗，人物之英偉，古跡之蒼涼，感其鬱積，

〔註51〕尚小明：《學人遊幕與清代學術》〈緒論〉，（北京：社會科學文獻出
　　　　版社，1999），頁2。
〔註52〕《桐鄉勞先生遺稿》卷二，引自尚小明：《學人遊幕與清代學術》第
　　　　二章〈清代重要學人幕府〉，頁167。

> 往往形諸歌詠，以寫傷今懷古。思親念舊、嗟老嘆卑之意。
> 性靈所寓，墨光照耀，洵非梔言蠟貌而爲歡娛之詞者所可
> 及也。(《陸菊隱先生文集》卷六)〔註53〕

詩歌創作與詩人的閱歷、交往有密切關係，故詩歌反映其遊幕生活
片斷，清代居幕學人又多爲詩人，因此幕府又影響詩歌創作以及詩
歌理念的形成。陳衍曾居張之洞幕府，光緒年間，張之洞幕下之士
的文學創作名噪一時，陳三立〈顧印伯詩集序〉云張之洞的幕賓，
彼此之間的詩作傾動當世：

> 光緒中，張文襄公爲湖廣總督，幕下僚吏賓客多才雅方聞
> 之彥，尤以能詩鳴者有梁節庵、易實甫、陳石遺、程子大，
> 成都顧君印伯亦其一人也。諸子意興飆發，篇什流布，傾
> 動一世。(《散原精舍文集》卷十六)

但是幕主與幕賓之間或同一集團中人的詩歌主張卻不一定相同，例如
鄭孝胥〈海歲樓雜詩〉即不贊同張之洞論詩：

> 南皮往論詩，頗亦執偏見。素輕王右丞，於詩乃尤訕。
> 詩人陳子言，所學最矜鍊。以余比摩詰，境靜詩愈遠。
> 輞川有奇興，眞味不容亂。君其追裴迪，和我竹里館。
>
> (其二十一，《海藏樓詩集》卷七)

論詩理念不同並不影響幕主賓之間的關係，但是士人遊幕成爲普遍
的社會現象是晚清同光體形成的政治助力。一個群體之運作不可能
關著門獨自生滅，幕府的存在，在地方上形成一個現成的人才庫，
同時消解失意文人的痛苦；在詩歌流派上，詩人借身居要職之便，
刊布詩集、拓廣交流，推進詩派流行，對詩歌有積極作用；在學術
方面上，幕府人員進行大型的學術工程，對保存整理文獻交出可觀
的成績。〔註54〕

〔註53〕引自尚小明：《學人遊幕與清代學術》第三章〈清代學人的遊幕與其
　　　　學術活動〉，頁218。
〔註54〕尚小明：《學人遊幕與清代學術》敘述清代幕府的大型學術工程有：
　　　　經籍的編校，包括《經籍纂詁》、《十三經注疏校勘記》、《通志堂經
　　　　解》、《皇清經解》、《皇清經解續編》；史著的編纂有《續資治通鑑》、

幕府的存在，攸關士人命運與出路，以及其人生價值的擇定，士人對幕府的貢獻，也使得晚清幕府成爲經世人才的淵藪，而在另一方面，其推動當世詩歌流派的活絡亦應予重視。

（三）文字緣份

詩社之聚，除了彼此切磋外，當時詩人視詩爲人際溝通的一種超越的角色，故有「文字骨肉」之稱。言「文字骨肉」有兩義，一以文字爲手足，此爲泯除異姓之間的非血緣關係，藉文字溝通建立起血緣之外的親密，《詩話》云：

> 掞東與堯生及余，爲文字骨肉，肆力爲詩未久，佳章傑構，已足裒然成集。（《詩話》卷九）
>
> 長青（案：葉俊生）文字骨肉，有桂林陳柱尊柱、鹽城陳斠陳鍾凡，皆考據家兼教育家，各主任江南一大學文科。斠玄遊覽山水，作遊記而不作詩，或云有之，秘不示人。（《詩話》卷二十九）
>
> 廬江陳子言詩，與確士爲文字骨肉，屏絕世務，冥心孤往，一意苦吟，今之賈閬仙、芋才江也。（《詩話》卷四）

二是詩人看待詩之創作爲一種人生至高的價值。晚清詩人視詩爲骨肉，以詩爲性命，陳衍自稱與羅掞東、趙堯生爲文字骨肉，「屏絕世務，冥心孤往，一意苦吟」可知詩人用盡心力以面對詩。汪辟疆《光宣以來詩壇旁記．陳子言》自舉長律佳句：

> 〈題劉申叔詩集〉句：家無卮酒供賓客，世有文章託死生。〔註55〕

所說的願將文章託死生，顯見對詩歌的看重是一種莊嚴的珍重。又以詩爲茶飯、爲性命，〔註56〕以詩爲茶飯意謂每日必作詩，那麼，

《史籍考》、《皇朝經世文編》、《大清一統志》等，此外，尚有官書局校刻典籍之活動。頁233～250。

〔註55〕汪辟疆：《汪辟疆說近代詩》，頁254。

〔註56〕《詩話》卷二十九：「余敍天遺詩，嘗言樊樊山平生以詩爲茶飯，天遺亦然。說詩社中人，陳梅峰亦庶乎近之。初入社時，每間三數日，

詩成為生存必須條件之一。朋友之間則錄詩以為報，彼此重視對方
之詩：

> 與陳子言別久矣，忽來見懷一絕句云：「桃花塢裡春如舊，
> 燕子橋邊月正明。矍鑠是翁忘耄耋，夜深然燭寫詩評。」
> 并約到滬時必須過訪，欲邀一醉。故人情重，急錄其詩以
> 報之。(《續編》卷四)

由於真正致力於詩，所以，除了詩之外，別無所嗜好：

> 鉛山胡子方朝梁，陳伯嚴詩弟子，詩以外無第二嗜好也。
>
> (《詩話》卷十四)

這些都看到，晚清詩人寫詩成為生活中的常事與必要行為，詩人
們以認真實在的態度從事，〔註57〕託寓講詩談藝於賞心樂事之中。再
從當日詩社集會作品來看，與陳衍來往的詩人們重視人的情份與詩的
情份是等同的，他們以詩寫生活、寫情意。如果說，位居歷史時間後
位的時代擁有集大成的優勢，但是，晚清詩人並沒有集哪一種偉大的
成就，反而讓詩歌回復到原初的性態——寫情抒意，日常平凡。前述
晚清詩壇空疏，是詩學觀念內部的流變而言，作為創作主體的詩人，
藉詩社之集，以詩寫性命，不啻一種指標作用，指示詩的獨立性質與
詩人藉詩的創作透視自己的生命，以詩成就了詩人之自我存在。

論者頗喜以詩歌是否具有社會內容作為價值標準，陳衍《詩話》
所錄多為行遊山水、互相贈答之作，因此被認為同光體退化、標榜聲
氣。然而，「社會作用」的角度是廣泛的，以一個詩派而言，詩派本

必以詩筒至，至必數首，不啻日課一詩矣。」；《續編》卷一：「綿竹
曹纕蘅經沅，以詩為性命，遇謝康樂所謂四美者，未嘗無詩，未嘗
無燕集。」；又，陳槃《詩人陳衍傳略》〈榕城結社〉：「說詩社同人
中，有以詩為茶飯，日作一首，百鍊成鋼者；有天資甚高，不甚費
力而詩甚工者，有吐辭屬字謹嚴恰當，能以少勝多者；有詩似平淡，
卻於緊要處，善於奪關斬將者；有構思奇妙，出語不凡，博人一燦
者。」《詩人陳衍傳略》〈榕城結社〉，頁88。
〔註57〕陳槃：《詩人陳衍傳略》〈榕城結社〉：「說詩社顧名思義，除吟詩外，
還應說詩議詩，以提高心得。同人們喜聽陳衍滔滔不絕的詩歌議論，
語多詼諧，見解獨特，發前人所未發。」，頁88。

身必先持之不墜，方始能言意義與作用，如果詩派本身即散漫委泥，夫復議論其他？所以，友朋唱和、文字骨肉、詩人視詩為性命即同光體自我存在形式，惟能先自我存在，才有繼續被觀察的可能並且展現自身的優秀或缺失。

　　同光體之形成背景已如上述。所述者是從晚清詩學本身之流變而言，由於清代中期性靈、格調說末流之萎弱而道咸以後後繼無力，所以詩壇空疏。此與汪辟疆以時代因緣視「清詩之有面目可識者，當在近代」〔註58〕的角度不同，學術、世局、社會因素都會影響詩歌，但是，詩或詩派之成毀主要在「人」，次要才在「政」與「世」，一首詩之所以是這樣，或者一個詩派之所以是那樣，其實，最根源在詩人自身以及詩學觀念，是詩人成就了詩或者詩派，時代與社會是第二位；換言之，關於詩的研究，詩人與作品的優先性遠重要於詩的外部影響。所以，同光體之形成，重要者是詩人與作品所凝聚的作品風格與詩學觀念，而外在的時代與社會環境是另一個參考系統。

第二節　同光體義界

　　《論語‧子路》云：「必也正名乎！」，孔子所推論的「名不正，則言不順，言不順，則事不成，事不成，則禮樂不興，禮樂不興，則刑罰不中，刑罰不中，則民無所措手足。」雖言治國脈絡，但是，理解一件事物從正名著手，方不致因為本源不清楚而造成錯誤認知。朱光潛《詩論》第四章〈論表現〉亦云：

> 對於任何問題作精密思考，第一樁要事是正名定義，作淺
> 近而卻基本的分析工作。文藝方面許多無謂的爭執和誤解
> 都起於名不正，義不定，條理沒有分析清楚，以至於各方
> 爭辯所指的要點不能接頭，思想就因此而不能縝密中肯。

〔註58〕汪辟疆：〈近代詩派與地域〉，《汪辟疆說近代詩》，（上海：上海古籍出版社，2001），頁9。

〔註59〕

雖然，「意義」一詞，在解構批評理論是空洞的，它引導讀者在不再探尋意義的前提下追求眞理，然而，在解構之前亦必須先了解結構，否則從何「解」起？故「意義」的了解，不論在主客觀方面，仍是認識事物之基本過程。本書不作解構批評，但這裡首先指出，辨明名義是必須的，如此才能使論述有一個可以切入的窗口。尤要特別說明的是，以下所談的是陳衍對同光體所下的定義。

一、名稱定義

　　民國以來，錢仲聯一句「『同』字是沒著落的」被學者認同引用，遂成爲看待同光體的常語，其〈論同光體〉一文說：

> 先後被列在「同光體」內的詩人如沈曾植、陳三立、陳衍、鄭孝胥等，按其創作活動的時期而言，卻是在光緒以後而不是同治年代。同治末年甲戌（一八七四）沈曾植才二十五歲，陳三立才二十三歲，陳衍才十九歲，鄭孝胥才十五歲。現在他們幾個人詩集裡的存詩開始年代，都遠在光緒元年以後很長一段。所以陳、鄭舉出「同光體」旗幟，「同」字是沒著落的，顯然出於標榜，以上承道、咸以來何、鄭、莫的宋詩傳統自居。後來汪國垣著《光宣詩壇點將錄》，不用「同光」劃界，而改用「光宣」之稱，便符合客觀事實。

〔註60〕

錢仲聯在「同光」、「光宣」的時間分劃上說陳衍、鄭孝胥二人是出於標榜，本書認爲恐怕是膠柱鼓瑟，因爲「時間」對於人生與文學史原本都是不得已用來暫時劃分的名詞，它只是借一個虛名詞概念指出事情的所在位置，以作爲認知的開端，在文學發展中，並非絕對指實。既是一個不得已的條件，用來看待事情，難免產生錯節。按陳衍〈沈乙盦詩序〉提到與「同光魁傑」沈曾植相識：

〔註59〕朱光潛：《詩論》，（臺北：國文天地雜誌社，1990），頁107。
〔註60〕錢仲聯〈論同光體〉，收在《夢苕盦論集》，（北京：中華書局，1993），頁418。

> 吾於癸未、丙戌間，聞可莊、蘇堪誦君詩，相與嘆賞，以
> 為同光體之魁傑也。同光體者，蘇堪與余戲稱同、光以來
> 詩人，不墨守盛唐者。〔註61〕

丙戌為一八八六年，即光緒十二年，因此，陳衍與鄭孝胥定下同光體
之名是在光緒十二年或者更早，凡是同治、光緒年間不墨守盛唐的詩
人作品即同光體，不能說陳衍指出的同光詩人而不在同光年間創作即
不是同光體。自古以來，詩人身經兩、三朝者大有人在，古來傳世之
作，鮮少被詮釋為詩人在某一個皇帝年號之內的作品才是好壞。帝王
年號的意義在帝王，不在詩人，年號代表帝王何時登基、何時下位，
與詩人創作的關係並沒有太大關係。以陳衍為同光體發言人來說，其
生於咸豐六年（1856），卒於民國二十六年（1937），據陳衍之子陳聲
暨編《侯官石遺先生年譜》〔註62〕卷　所載，同治元年（1862）「嘗
私學為歌詩，積一小帙焉」，《年譜》錄至於民國十九年（1930）陳衍
尚有詩作，則是否這一部份作品應稱為「同民體」才算「有著落」呢？
且同治元年，陳衍七歲，七歲所作之詩，算不算「有著落」？所以，
用「時間」界定一件事的範圍是為了方便開始敘述，乃必須但不是充
要條件，若以帝王在位年號與詩人在帝王年號之哪一年代有創作是偏
移了重點，反客為主，看到了時間的問題而非詩的問題。「時間」的
哪一年至哪一年對於一件事情來說並無重要意義，錢仲聯從一個次要
的角度談同光體。然而，錢仲聯雖然並不十分認同同光體，但其實也
是肯定同光體的：

> 這個詩派，在近代文學史上，不是推動詩歌發展前進的流
> 派，而在詩壇上卻曾發生過相當的影響。〔註63〕

晚清同光體在中國古典詩學之位置即此，也就是在其「影響」而不在
「時間」的名義。但是，這裡也可以看到錢仲聯認為同光體落伍，其
理由在「推動發展前進」之上不夠成功，是從文學的廣義角度評論，

〔註61〕《陳衍詩論合集》下冊，頁 1048。
〔註62〕《石遺先生集》第十一冊，（臺北：藝文印書館，1964）。
〔註63〕錢仲聯〈論同光體〉，《夢苕盦論集》，頁 415。

並非從詩學內在本身。

　　陳衍《詩話》對「同光體」提出名義處只有兩條：一、同光以來，不墨守盛唐者；二、沈曾植乃「同光魁傑」。前者見於《詩話》卷一：

　　　　丙戌在都門，蘇戡告余，有嘉興沈子培者，能爲同光體。

　　　　同光體者，余與蘇戡戲目同、光以來詩人不專宗盛唐者也。

又見於〈沈乙庵詩敘〉：

　　　　同光體者，蘇勘與余戲稱同、光以來詩人不墨守盛唐者。

由於同一個意思出現兩處而用語又稍有差別，「戲稱」一詞遂又引起後世研究者認爲同光體並非正式派別，而將「同光」略過，另言「光宣」。〔註64〕但重點是，爲了防止研究失焦而模糊，對於同光體的討論起點，應著眼陳衍、鄭孝胥、沈曾植三人，包括他們的作品、論詩主張。錢仲聯〈論同光體〉一文，對陳衍頗不以爲然，認爲陳衍編《詩話》是「標榜聲氣」、推崇沈曾植乃「挾沈自重」、爲了提高自己身價。〔註65〕錢仲聯又列舉清代吳偉業、王士禛、朱彝尊、黃景仁出入唐宋詩，反駁他們也「不專宗盛唐」，如何不列入？然而，陳衍界定的同光體有三個要點必須回歸：其一，時間上是指同治、光緒年間以後，其二，不專宗盛唐，其三，除了「同光以來，不墨守盛唐」一語外，陳衍其他詩論的參照。

（一）同、光以來

　　以時間來說，同治與光緒兩朝所經歷的歲月很短，同治（1862～1874）歷時十三年，光緒（1875～1908）歷時三四十年；再者，一個流派的形成亦非憑空突然於某年、某地、某人就產生出來，故又有研究者爲同光體尋找歷史脈絡。在此立場下，研究者有了下列新名

〔註64〕錢仲聯〈論同光體〉認爲：「陳鄭舉出同光體旗幟，『同』字是沒有著落的，顯然出於標榜，以上承道咸以來何（子貞）、鄭（子尹）、莫（子偲）的宋詩傳統自居。後來汪國垣《光宣詩壇點將錄》，不用『同光』劃界，而改『光宣』之稱，便符合客觀事實。」

〔註65〕錢仲聯：《夢苕盦論集》〈論同光體〉，頁416。

詞：其一，名「宋詩運動」，由於清初有《宋詩鈔》之編輯，所以，
將時間往上拉開，探取同光之前的道咸兩朝，加上清初詩壇出現為
了抵制晚明宗唐而提倡宋詩之傾向，因稱為「道咸間的宋詩運動」，
〔註66〕並視為同光體的先聲；其二，名為「近代宋詩派」則將同光體
置入其中；〔註67〕其三，有以「光緒以後的宋詩派」名之：

> 在光緒以後的宋詩派中，各人的政治態度、藝術風格、創
> 作理論不盡一致，但畢竟具有共同的傾向，陳衍則是他們
> 的理論家。〔註68〕

其四·劉世南《清詩流派史》又分稱「廣義宋詩派」與「狹義宋詩
派」，前者是「自錢謙益、黃宗羲、朱彝尊、吳之振、查慎行、厲鶚
到錢載、翁方剛，都是偏愛宋詩以至宗宋的」，後者是「專指道光、
咸豐以來的程恩澤·祁嶲藻、何紹基、鄭珍、莫友芝、曾國藩、江
湜等，以及稍後的陳三立、鄭孝胥、陳衍、沈曾植等先後組成的詩
歌流派」，〔註69〕並歸納宋詩運動的重點之一云：

> 狹義的宋詩派標舉學人之詩與詩人之詩合而為一，實指兼
> 取唐宋。然其取於唐者為杜、韓，取於宋者為蘇、黃，實
> 偏重於宋詩，亦即偏重於學人之詩。〔註70〕

劉世南除了將同光體再度分割之外，指同光體為「狹義宋詩派」並
偏重學人之詩，〔註71〕然而，試觀陳衍詩論，雖主張「學人詩人之
詩合」但其實重在「詩人之詩」。因此，可以看出所謂「同光體的『同』
是沒有著落的」、或「近代宋詩派」、「光緒以後的宋詩派」、「狹義宋

〔註66〕黃霖：《近代文學批評史》〈傳統詩文批評〉：「一般認為，道咸間的
宋詩運動直接發軔於程恩澤。」，（上海：上海古籍出版社，1996），
頁112。

〔註67〕吳淑鈿：《近代宋詩派詩論研究》〈導論〉，（臺北：文津出版社，1996），
頁1。

〔註68〕黃霖：《近代文學批評史》，頁125。

〔註69〕劉世南：《清詩流派史》，（臺北：文津出版社，1995），頁498。

〔註70〕同前註，頁500。

〔註71〕周霞：〈論陳衍的『學人之詩』〉亦誤認同光體真正追求的是「學人
之詩」。《黔東南民族師專學報》第十九卷第一期，2001年2月。

詩派」等說詞，學者都不將同光體作爲一個獨立的詩派來看待，而將它附屬在各自理解、自創的名詞內，但卻又普遍認同它是一個具有相當聲勢且影響深遠的派別，眞不能不令人迷惑，但是最重要的，這都不是開創者陳衍的意思。故將同光體視爲獨立且有自身特點的詩看待是很重要的一個關鍵，首先必須確定同光體義界，而且是要陳衍的義界，故首先定義的是：在時間上，指同治、光緒年間以後者。

（二）不墨守盛唐

「體」、「派」原是有區分的。厲鶚〈查蓮坡蔗塘未定藳序〉云：

> 詩不可以無體而不當有派，詩之有體，成於時代，關乎性情眞氣之所存，非可以剽擬似，可以陶冶得也。是故去卑而就高，避縟而趨潔，遠流俗而嚮雅正，少陵所云，多師爲師，荊公所謂博觀約取，皆於體是辨，眾製既明，鑪鞴自我，吸攬前修，獨造意匠，又輔以積卷之富，而清能靈解即具其中，蓋合群作者之體而自有其體，然後詩之體可得而言也。自呂紫微作西江詩派，謝皋羽序睦州詩派，而詩於是乎有派，然猶後人辦香所在，強爲臚列耳。在諸公當日未嘗齗齗然以派自居也。(《樊榭山房文集》卷三)

所以，「詩體」是因時代、性情而成，而「詩派」則是「齗齗然」噉名靡從者所爲，對於詩人未必公允，因此「體」比「派」更具有根本性意義。陳衍是同光體主要發言人，以他的說法來界定同光義界應是比較明確的，按照陳衍說法，「同光體」的義界，一是同治、光緒兩朝，而其「體」則是「不墨守盛唐」者。關於「不墨守盛唐」的義界，陳衍曾有兩種說詞，〔註72〕由於說了這兩句文詞相異的話，據此，後世便有了詮釋的不同。郭延禮《中國近代文學發展史》〈同光體的由

〔註72〕《詩話》卷一：「同光體者，余與蘇戡戲目同、光以來詩人不專宗盛唐者也。」又〈沈乙盫詩敍〉：「吾於癸未、丙戌間，聞可莊、蘇戡誦君（案：乃沈曾植）詩，相與嘆賞，以爲同光體之魁傑也。同光體者，蘇戡與余戲稱同、光以來詩人，不墨守盛唐者。」

來及其詩風〉云：

> 所謂「不專宗盛唐」，這只是一種反面的提法，實際上「同
> 光體」的宗旨是以宗宋爲主而溯源于韓杜。就其主導傾向
> 而言，也就是各種學宋詩人的總稱。至此，「同光體」和近
> 代宋詩派的承襲關係也就十分清楚了。〔註73〕

郭延禮提出四種看法：一、不專宗盛唐，二、宗宋，三、源於杜韓，
四、是各種學宋詩人之總稱。這是先以「同光體宗宋」的立場所得到
的定義。其中，認爲陳衍是宗宋的，而「不專宗盛唐」是陳衍的反話，
但是郭延禮亦未說明何以陳衍要用這種「反面提法」來表示自己宗宋
的立場，而且，晚清的世局與詩壇已經不必爲了忌諱而必須用「反面
提法」來保全自己，郭延禮的說法尚待進一步證明。

另一種詮釋是錢仲聯〈論同光體〉：

> 前文稱「同光體」詩「不墨守盛唐」，後文稱「不專宗盛唐」。
> 這些細微出入，並非全無關係。一八九八年，陳衍與沈曾
> 植同客武昌，而沈在十八年前，文壇已著盛名，與李慈銘、
> 李文田、黃體芳一輩學者交遊，客武昌時，是張之洞聘主
> 兩湖書院史席，陳在張之洞幕府時，任官報局編纂，聲名
> 未起，所以追敘一八八六年話，推沈爲魁傑，明明是挾沈
> 以自重，是舊時代文人標榜的惡習。〔註74〕

〈沈乙盦詩敘〉寫於光緒辛丑年（1901），而《詩話》於民國元年（1912）
開始在報刊發表，所以陳衍先說的是「不墨守盛唐」，後說「不專宗
盛唐」，錢仲聯便認爲陳衍轉「不墨守」爲「不專宗」是爲了借沈曾
植名氣而標榜自己的同光體。郭延禮的說法沒有進一步證據，言之
鑿鑿但聽者杳杳；錢仲聯的說法則是過度理解。「專宗」與「墨守」
其實是一樣意思，同是固執地遵守之意，或許也可以說「不固守盛
唐」、「不獨守盛唐」等，意思一樣，用詞不同而已。陳衍若是記得
他先說了「不墨守」，後來在《詩話》開始發表的民國元年，繼續用

〔註73〕郭延禮：《中國近代文學發展史》第二冊，（濟南：山東教育出版社，
　　　　1995），頁 1402。
〔註74〕錢仲聯：《夢苕盦論集》頁 416。

「不墨守」一語，那是陳衍記憶力強，但相隔十年，未嘗不能允許陳衍換一個修辭用語？當然，陳衍爲何用了「不墨守盛唐」與「不專宗盛唐」兩個不同的語詞爲同光體定名，也許只能求之九原，重點是應該探討「不墨守」盛唐的詩學意義，而非在「墨守」、「專宗」上作文章。

　　同光體是活動於同治光緒兩朝，在詩歌理念上主張不墨守盛唐的詩人。至於前述後代學者所說，其實都是廣義的，是一種推演引申的講法，雖並不能說是錯誤之論，但立論過於空泛而不能使同光體呈現自身焦點與亮度，反而因模糊性而偏向黯淡。從陳衍的話來看，在《詩話》卷一所說：

> 道咸以來，何子貞、祁春圃、魏默深、曾滌生、歐陽碉東、鄭子尹、莫子偲諸老，始喜言宋詩。何、鄭、莫皆出程春海侍郎門下，湘鄉詩文字皆私淑江西，洞庭以南，言聲韻之學者，稍改故步，而王壬秋則爲《騷》、《選》盛唐如故，都下亦變其宗尚張船山、黃仲則之風，潘伯寅、李蒓客諸公，稍爲翁覃谿，吾鄉林歐齋布政，亦不復爲張亨甫而學山谷，嗣後樊榭、定盦，浙派中又分兩途矣。

錢仲聯對於這一段話的說法是：陳衍羅列這些重量級詩人的目的是爲了抬高聲價，[註75] 但由此資料看來，陳衍只是說明道咸以來詩壇概況，且只指出這些人「喜言宋詩」，並未見到替同光體增價的跡象。即使陳衍說同光體乃「不專崇盛唐」、「不墨守盛唐」是挾沈曾植自重，但陳衍從未說「同光體」是「宋詩派」，後世的研究卻經常將此二者混淆。陳衍《近代詩鈔・祁寯藻》云：

> 有清一代，詩宗杜、韓者，嘉道以前，推一錢撝石侍郎，嘉道以來，則程春海侍郎，祁春圃相國。而何子貞編修，鄭子尹大令，皆出程侍郎之門，益以莫子偲大令，曾滌生

〔註75〕錢仲聯〈論同光體〉：「顯然，陳、鄭等初衷是將同治年間尚在的鄭、莫、曾、何和光緒年間新出的一輩都包括在同光體之內，意在標明後來者承接宋詩的傳統，提高自己的聲價。」

> 相國。諸公率以開元、天寶、元和、元祐諸大家為職志，
> 不規規於王文簡之標舉神韻，沈文慤之持溫柔敦厚，蓋合
> 學人詩人之詩二而一之也。余生也晚，不及見春海侍郎，
> 而春圃相國諸公，皆耆壽俊至，咸、同間猶存，故鈔近代
> 詩，自春圃相國始。〔註76〕

上引資料有兩項重點，卻向來為研究者所誤解，一、陳衍所述乃清代詩壇，且指出嘉、道之詩是「合學人詩人之詩二而一之也」，而程恩澤・祁嶲藻所宗者為杜、韓，「學人詩人之詩合」小未有「宗宋」或「宋詩派」之意；再者，嘉道以來諸公，是「率以開元、天寶、元和、元祐諸大家為職志」，開元、天寶、元和、元祐之年代，涵括唐與宋，陳衍亦未特別標明「宋」。其二、《近代詩鈔》以祁嶲藻為始的理由是祁氏是「咸、同間猶存」者，可見陳衍著眼所在，是祁嶲藻長壽，尚在人世，他所代表的「學人詩人之詩合」意義，可排在《近代詩鈔》首位。如果此義可代表「宗宋」，則是否「學人詩人之詩合」即宋詩特色？

　　錢鍾書說得好：「『同光體』詩把『學人詩人之詩二而一之』，這是可以理解的，因為它們自己明說承襲了宋詩的傳統」，〔註77〕同光體是指同光年間，在詩學觀念上不專宗盛唐的一批詩人，它與宋詩的關係在於「承襲」，而承襲宋詩並不可斷言即為「宋詩派」。陳衍既然已有定義，研究同光體應該不要逾越此範圍，當然，廣泛的顧及周邊人事是必須的，但至少不能連基本的範圍都模糊了，如此是無法對一個流派作深入的分析。因此，以陳衍的說法為主，應該可以對同光體義界歸納出三項重點：一、指同治、光緒年間的詩人；二、在詩學觀念上，這些詩人間接承自道咸年間的程恩澤、祁嶲藻之「學人詩人之詩合」，與「不墨守盛唐」沒有直接關係；而程恩澤門生何紹基、鄭珍、莫友芝繼之，至同光年間，陳衍確立「同光體」

〔註76〕陳衍：《近代詩鈔》第一冊。
〔註77〕錢鍾書〈宋詩選註序〉，（臺北：書林出版社，1990），頁26。

之名；三、同光體是陳衍與鄭孝胥所定之名，且同光魁傑乃沈曾植。

（三）同光體別支

據此，「同光以來」、「不墨守盛唐」兩義爲陳衍、鄭孝胥所提的同光體之原始意旨，由於「不墨守盛唐」語意廣泛，若未深悉陳衍其他相關詩論，很容易將《詩話》卷一「始喜言宋詩」及「不墨守盛唐」串聯爲「宗宋」之解讀，相沿成習，致使近代以來的研究均視同光體爲宗宋詩派。然而「喜言宋詩」與「不墨守盛唐」在陳衍《詩話》並看不出有直接關係，「不墨守盛唐」是一個開放性概念，並未直指對立於唐詩的宋詩而言。參照陳衍相關詩論，「不墨守盛唐」之義並未指向宗宋一路，陳衍原義是勉人讀詩作詩都不要偏於固守唐詩，既然不要偏執，爲何又會是「宗宋」之固執？然而，同光體中的沈曾植、陳三立卻反而扭轉陳衍這一取中之道，走向了「不墨守盛唐」之對立面「宗宋」，換言之，陳衍「不墨守盛唐」的說法並未「宗宋」，反而，在「不墨守盛唐」之下傾向堅決與唐詩相異者，是沈曾植與陳三立，故是爲同光體別支。

因此，同光體義界成爲有原始義與偏義兩種，原始義是「同光以來，不墨守盛唐」以及陳衍相關詩論所呈現的意義；而與同光體原始意義有密切關係但歧出的沈曾植與陳三立，其詩歌表現與詩觀是偏體，偏體之義爲「不墨守盛唐」之傾向生澀奧衍者。同光體別支被近代學者如錢仲聯等人全力論述，而造成文學史對同光體誤解之開始。

至於陳衍、鄭孝胥所提的原義與沈曾植、陳三立形成的偏義，二者之異，則可從以下同光體之歷史淵源與詩歌特色得到解釋。

二、同光體之歷史淵源

一個流派之所以獨立於其他派別，可由其淵源與作品特色論之，淵源是對歷史的辨析，作品是對作家的了解。近代學者混淆了同光體之原義與偏義、再從風格與地域的角度談論同光體。地域性質是清代文學學術突出的一種特殊現象，但是如何界定地域性與文學的關係依

舊是模糊的。〔註78〕地域性質的溯源有兩個角度：一是溯「人」，二是溯「風格」，一般的研究似乎都將此二者混淆在一起而論。敏澤《中國文學理論批評史》談論「宋詩運動的興起」說：

> 宋詩運動的倡導者們在文學上都是主張由學習蘇、黃，進而學習杜、韓的，並且一致強調性情和學問。他們對於宋詩的倡導，在改變長期以來普遍地、不恰切地貶抑宋詩的社會風氣方面，雖然有其一定的積極的意義，但事實證明，所謂「宋詩運動」企圖以改變學習對象，來解決封建正統詩文在新的歷史大變革面前所面臨的深刻危機，解決他們在創作上所處的困境，在根本上是行不通的。〔註79〕

這裡的「宋詩運動」以學習杜、韓、蘇、黃而言，仍在「詩人」的角度上講。確實，企圖以改變學習對象解決詩歌變革所面臨的危機是行不通的，但是，另一個問題是，亦不能以學習蘇黃、杜韓者，便歸入「宋詩派」。為同光體尋找淵源關係的言論很多，如錢基博《中國現代文學史》：

> 同光體者，閩縣鄭孝胥之倫，所為題目同光以來，不專宗盛唐者也；出入南北宋，……蓋衍桐城姚氏、湘鄉曾氏之詩脈而不屑寄人籬下，欲以自開宗者也。〔註80〕

錢氏之言，湘鄉、桐城也是同光體之源，如此追溯詩派之源，於是可以有許多不同時代的「點」都是同光體之源，這些「點」都是「源」，

〔註78〕例如浙派的研究，有的學者指出，同光體是衍生自浙派，但晚清詩論家林昌彝《射鷹樓詩話》卷八評：「錢塘吳聖徵司成（錫麟）著有正味齋集，浙中詩派司成繼朱、查、杭、厲之後，雲蒸霞蔚，藝苑蜚聲，詩寫景多超越。」依林昌彝所言，所謂浙派，明顯指的是區域性的劃分，亦即浙江地區之詩人，現今學者之研究，常常因某詩人之有浙派詩風，輒在風格上將該詩人歸為浙派，事實上，在晚清的定義，浙派是以區域為名，非指詩風。陳衍《詩話》卷一亦指出道咸以來：「嗣後樊榭（厲鶚）、定盦（龔自珍）浙派中又分兩途矣。」樊榭與定盦都是浙江人，可證。

〔註79〕敏澤：《中國文學理論批評史》，（長春：吉林教育出版社，1993），頁1354。

〔註80〕錢基博：《現代中國文學史》，（臺北：粹文堂，1974），頁178。

只是小源罷了，這是錢基博的說法。另外，錢仲聯解釋「不墨守盛唐」
云：

> 「不墨守盛唐」，實際是以中唐的孟郊、韓愈、柳宗元、宋
> 人梅堯臣、王安石、黃庭堅、陳師道、陳與義爲學習對象，
> 側重在宗宋。〔註81〕

也是在溯人，而且明顯和錢基博所溯的「人」不同。追源溯流本是
文學研究的重要課題，源與流的脈絡建立後，有助於提供一入口管
道可資進行討論問題。然而，時至清代，如此作法接觸的是文學史
錯綜複雜的管線，清代相對於五四新文學，是中國古典文學末期，
既是末期，它承接了三代以來所有的文學經驗與知識，在一個匯集
三千年的歷史尾端之清代，所溯之源可能有多條路線可通，那麼，
其中任何一條都可以是源或流。所以，在清代爲詩歌流派溯源必須
更加謹慎。

　　從《詩經》開始，文學史的宗派，大多是後人爲研究方便而加
以命名的，陳衍是同光體開創者，並且有意識地提出名義，那麼，
若回歸到開創人自己的說法，是否會比較確實？換言之，同光體的
淵源就在陳衍、鄭孝胥之言論上，如果他們二人對於此詩體有所承
襲，也應該從陳、鄭二人的言論裡去追尋，從這個比較確實處出發，
或許不會產生一面倒的趨勢以及後人詮釋的多歧。

　　陳衍《詩話》卷一談到了道咸以來，「喜言宋詩」之人，〔註82〕
指出何紹基等人是在道光、咸豐年間「喜言宋詩」之詩人，於是許
多研究者以這句話爲依據，把同光體的時間上推至道咸，說成道咸

〔註81〕錢仲聯：《沈曾植集校注·前言》，頁2。
〔註82〕「道咸以來，何子貞紹基、祁春圃寯藻、魏默深源、曾滌生國藩、
　　　　歐陽磵東輅、鄭子尹珍、莫子偲友芝諸老，始喜言宋詩。何、鄭、
　　　　莫皆出程春海侍郎恩澤門下。湘鄉詩文皆私淑江西，洞庭以南，言
　　　　聲韻之學者，稍改故步。而王壬秋闓運則爲《騷》、《選》盛唐如故。
　　　　都下亦變其宗尚張船山、黃仲則之風，潘伯寅、李蒪客諸公，稍爲
　　　　翁覃谿。吾鄉林歐齋布政壽圖，亦不復爲張亨甫而學山谷。嗣後樊
　　　　榭、定盦，浙派中又分兩途矣。」

以來不專宗盛唐者爲「近代宋詩派」，而且認爲這裡就是陳衍「宗宋」的本源。事實上，這裡主要是說明「道咸」詩壇。陳衍另有一段字分析道光以來詩風的端倪：

> 前清詩學，道光以來，一大關揵。略別兩派：一派爲清蒼幽峭，自古詩十九首、蘇、李、陶、謝、王、孟、韋、柳以下逮賈島、姚合，宋之陳師道、陳與義、陳傅良、趙師秀、徐照、徐璣、翁卷、嚴羽，元之范椁、揭傒斯，明之鍾惺、譚元春之倫，洗鍊而鎔鑄之，體會淵微，出以精思健筆。蘄水陳太初，《簡學齋詩存》四卷，《白石山館手稿》一卷，字皆人人能識之字，句皆人人能造之句，及積字成句，積句成韻，積韻成章，遂無前人已言之意，已寫之景，又皆後人欲言之意，欲寫之景。當時嗣響，頗乏其人。魏默深源之《清俟齋稿》稍足羽翼，而才氣所溢，時出入於他派。此一派近日以鄭海藏爲魁壘，其源合也。而五言佐以東野，七言佐以宛陵、荊公、遺山，斯其異矣。後來之秀，效海藏者，直效海藏，未必效海藏所自出也。其一派生澀奧衍，自〈急就章〉、〈鼓吹詞〉、〈鐃歌十八曲〉，以下逮韓愈、孟郊、樊宗師、盧仝、李賀、黃庭堅、薛季宣、謝翱、楊維楨、倪元璐、黃道周之倫，皆所取法。語必驚人，字忌習見。鄭子尹珍之《巢經巢詩鈔》爲其弁冕，莫子偲足羽翼之，近日沈乙庵、陳散原，實其流派，而散原奇字，乙庵益以僻典，又少異焉，其全詩亦不盡然也。其樊榭、定盦兩派，樊榭幽秀，本在太初之前，定盦瑰奇，不落子尹之後，然一則喜用冷僻故實，而出筆不廣，近人惟《寫經齋》、《漸西村舍》近焉，一則麗而不質，諧而不澀，才多意廣者，人境廬、樊山、琴志諸君，時樂爲之。
>
> （《詩話》卷三）

這兩段文字常被研究者用來肯定同光體是「上承道咸詩壇，宗風不貳，特變本加厲耳」的「宋詩派」。但是，兩段所談的時間不同，有道咸、有同光。陳子展《最近三十年文學史》說得很清楚，「道咸以來」段，指「三十年以前的詩界」，「前清詩學，道光以來一大關揵」

段，指的是「最近三十年的詩界」，後者是「同光詩壇」。〔註83〕而學者常以這兩段文字分別說成是「道咸詩風」或「同光詩風」或「同光之源」的證據，不一而足，甚至誤解這一段話即「同光體之兩派」。〔註84〕汪辟疆〈近代詩派與地域〉指出文學轉變與時代互為因緣，詩之內質外形都會隨時代心境而生變，道咸為晚清變局一大關捩，詩人心境與世運相感召：

> 其直接影響於同光者，尤以春海、子尹、太初、叕叔四家為著。程鄭二氏，學術淹雅，詩則植體韓黃，典贍排奡，理厚思沉，同光派詩人之宗散原者，多從此入。江陳二家，人情練達，詩則體兼唐宋，清拔澹遠，富有理致，同光派詩人之學夜起者，又多借徑。〔註85〕

道咸、同光詩風是不同的，道咸影響同光。而汪辟疆指出同光詩風有兩條途徑，一是「植體韓黃，典贍排奡，理厚思沉」，二是「體兼唐宋，清拔澹遠，富有理致」，此即上述同光體之偏義與原義之別，偏義是後來同光體所發展出來的不同支流。

陳衍是同光體的主要發言人，但是針對同光體的定義卻惜墨如金，除了〈沈乙盦詩敘〉的「同光以來，不墨守盛唐者」一語之外，並未有其他的說明，但是，以下這一條資料是可以互相參證的：

> 顧道咸以來，程春海、何子貞、曾滌生、鄭子尹諸先生之為詩，欲取道元和、北宋，進規開、天，以得其精神結構所在，不屑貌為盛唐以稱雄。（《詩話》卷二十一）

既然同光體是「不墨守盛唐」，此處所說道咸以來諸人之詩「不屑貌為盛唐以稱雄」者，就為同光體提出更有力的線索，即它所重者在一種「精神結構」，也就是《詩話》與《宋詩精華錄》所評的「貌異心同」。但是，多數學者卻在詩人身上打轉，又出去談論程恩澤、何紹

〔註83〕陳子展：《最近三十年文學史》〈詩界的流別及其共同傾向（上）〉，（上海：上海古籍出版社，2000），頁132。

〔註84〕張之淦：《遂園書評彙稿》〈近人詩話四種析評〉，（臺北：臺灣商務印書館，1986），頁103。

〔註85〕汪辟疆：《汪辟疆說近代詩》，頁10。

基、曾國藩、鄭珍等人，這些詩人並非不能討論，但重點不在哪一些
詩人符合同光體條件，或同光體之源何在，而應該看到陳衍所說的「取
道元和、北宋，進規開、天，以得其精神結構所在」這一句話，陳衍
談的是「精神結構」的追求，所以，同光體的淵源在陳衍所說的這個
「精神結構」，也就是在詩之「變化」觀念，而未必是某一組人的詩
歌風格。

賀裳《載酒園詩話·末流之變》云：

> 詩家宗派，雖有淵源，然推遷既多，往往耳孫不符鼻祖。
> 如鄭谷受知於李頻，李頻受知於姚合，姚合與賈島友善，
> 兼效其詩體。今以姚、鄭並觀，何異皋橋廡下貸春婦與臨
> 邛當壚者同列，始知凡事盡然，子夏之後有莊周，良不足
> 怪。宋陸務觀本於曾茶山，茶山生硬粗鄙，務觀詭韻翩翩，
> 此鵠巢之出鸞鳳也。〔註86〕

早已說明宗派淵源有兒孫不符鼻祖的現象，因為後出之人，即使以某
前人為源，但是他不可能以成為其所宗之前人為滿足，他後來風格之
變化或再摻入其他風格，必會與最初之源不同，此時，後風格如何去
界說前風格？

嚴格說來，陳衍並未有同光體的淵源的明確文字，《詩話》之
言，是說「道咸以來」、「道光以來」的「喜言宋詩」之人以及詩風
而已，陳衍從來沒有說「同光體是宗宋」，但是陳衍也為同光體引
出一個極大的空間——不墨守盛唐。「不墨守盛唐」的語意很寬闊，
或者說模糊，它可以是宗宋，此為近代以來文學史給同光體的位
置；但是「不墨守盛唐」更未必就是宗宋。因此，欲了解同光體就
必須從陳衍詩論為主，從中梳理出脈絡。若參考司馬遷「以人明史」
的觀念，以詩人明詩史，則可從陳衍以及其最初見於《詩話》所提
到與同光體最直接相關者入手，再依據詩人的詩歌特色，呈現同光
體之風貌。

〔註86〕《清詩話續編》第一冊，頁215。

三、同光體之代表詩人

　　同光體是晚清一個複雜之體派，以詩人來說，由於陳衍「同光以來，不墨守盛唐」之語，「同光以來」指時間範疇，學者於是將同治、光緒以後之詩人全部列入考量（例如馬亞中《中國近代詩歌史》），然而，如此作法之誤在於「同光詩人」並不等於「同光體詩人」。曾克耑〈論同光體詩〉以同光體「在朝提倡者」、「過渡者」、「在野倡導者」、「宣傳者」、「作家」四類，列舉同光體作家四十五人，可資參考，然而，仍須再以「不墨守盛唐」加以分析這些詩人。〔註87〕

　　本章以陳衍、鄭孝胥、沈曾植、陳三立為同光體之代表詩人，作初步分析，因晚清同光體並不只此四人。舉此四人之因，並非依據錢仲聯以詩人籍貫分派，乃以詩人自身在同光體的意義為條件，即：鄭孝胥是和陳衍共同提出「同光體」的人，而沈曾植是陳衍所指的「同光魁傑」（〈沈乙盦詩敘〉），陳三立雖沒有被陳衍提到與同光體有特殊關係之言論，但錢基博《現代中國文學史》稱陳三立是陳衍最賞識的詩人，並云鄭孝胥與陳三立齊名，〔註88〕據此，同光體代表詩人以此四人為例是可行的。一個流派以多人集合而成，愈到後期必會發展出多種分歧，但如果從後期的、發展的多數人入手，流派已拓展的意識型態已不同於創始之時，難於聚合，更難於明晰，故以此四位重要人

〔註87〕在朝倡導者有：祁寯藻、曾國藩、張之洞；過渡者有：鄭珍、江湜；在野倡導者有：范當世、陳三立、鄭孝胥；宣傳者：陳衍；同光體之作家有：金和、陳寶琛、張佩綸、陳書、沈曾植、袁昶、梁鼎芬、沈瑜慶、姚永概、張謇、俞明震、林旭、夏敬觀、柯紹忞、王樹柟、文廷式、王乃徵、陳懋鼎、顧愚、陳詩、冒廣生、李宣龔、羅惇曧、何振岱、楊增犖、陳曾壽、諸宗元、周達、吳闓生、梁鴻志、黃濬、許承堯、李剛己、黃節、林志鈞、曾念聖。曾克耑於四十五人列表後云：「右表列四十五家，有以同光體著者，有不以同光體著，而其淵源所自，不能掩也，有因政治關係而變節者，但本篇就詩論詩，非論其人，故泚筆漫錄於此。」，《頌橘廬叢蕘》第四冊，（香港新華印刷公司，1961），頁461～466。

〔註88〕錢基博：《現代中國文學史》：「孝胥之詩，與陳三立齊名。三立弟子，推鉛山胡朝梁為高第，而學孝胥者，則以侯官李宣龔為最早。」，頁241。

物初步呈現同光體之特色。一位詩人如果在當代具有份量，其作品必有特色足供在其他眾多作者中被辨識出來，相反地，在形成自己特色之外，詩人也不會只以此特色爲滿足，所以，眞正有個性的詩人不會只表現一種特色，而是朝向多方位嘗試。既然風格表現多方面，而多方面風格中又要形成特色，以下以詩人作品特點爲主，其中，鄭孝胥所代表的是與陳衍較相近的部分，而沈曾植、陳三立則是同光體之偏體，與陳、鄭二人不同。

（一）陳衍：平易白話

陳衍（1856～1937），字叔伊，號石遺，福建侯官人，戊戌政變後，應湖廣總督之請，前往武昌，任官報局總編纂。後爲學部主事、京師大學堂教習。清亡後，任教南北各大學，寓居蘇州，與章太炎、金天羽共辦國學會。刊有《石遺室詩話》、《石遺室詩集》、《文集》及編輯《近代詩鈔》、《石遺室詩友錄》等。

陳衍《石遺室詩集》十卷、《續集》二卷，以及《朱絲詞》於光緒三十一年（1905）刊於武昌，〔註89〕相對於鄭孝胥、沈曾植、陳三立，陳衍的詩作較少而且詩歌表現不如其他三人，原因是陳衍尚有其他文字之役，並未全力作詩，而且自知「詩眼日高，詩筆日低」，其〈清明日懷堯生榮縣〉詩云：

> 君詩數數來，我去無一詩。微我懶下筆，微我懶搆思。詩眼日以高，詩筆日以低。詩料日以貧，詩力日以微。惟有作詩腸，日枉千百迴。偶然詩緒來，如彼千萬絲。出手欲纆之，十指理不開。……（其二，《詩集》卷七）

陳衍自苦年老而才盡，對客憚於揮毫，但是陳衍詩亦自有特色，即不如鄭孝胥詩之熱情，卻又比沈曾植流暢。最重要的是陳衍主張以邊際語寫詩，不必過分鍛鍊字句，因此詩中所運用的白話語句似已出現五

〔註89〕收在《石遺先生集》第六冊～第十冊，（臺北：藝文印書館，1964）。另外，陳衍第五世嫡孫陳步編輯《陳石遺集》三冊，陳衍詩作錄於上冊，（福州：福建人民出版社，2001）。本文以臺北藝文印書館版爲主，《陳石遺集》爲輔。

四新文學的新詩之機，同光體代表詩人中，惟陳衍在創作上有如此趨向，此即其詩特色。陳衍詩中也有散文句式者，如：

> ……勝也見遺照，愁容若可掬。五言古六首，長歌過於哭。
> 小傳二百言，悲憤逾累牘。小詩廿八字，述之痛在腹。請
> 我唁以詩，此痛我最熟。……（〈蘇堪喪其第三子勝以詩唁之〉）
> 《詩集》卷八）

陳衍因中年喪子，與鄭孝胥有同情的悲痛，但陳衍用來述敘這種情緒的「此痛我最熟」語句是相當白話的。又〈江中回望金焦二山〉詩：

> ……朝來四望致爽氣，隔江之樹青泠泠。江山一顧如傾城，
> 端莊流麗二者并。……（《詩集》卷一）

又〈晚食〉詩：

> 晚菘漸漸如盤大，霜蟹剛剛一尺長。
> 獨有鱸魚四腮者，由來此物忌昂藏。（《詩集》卷二）

「隔江之樹」、「剛剛一尺長」都是直接以散文句式入詩，故使用虛字、白話是陳衍詩的特色，在詩集中屢屢可見。〔註90〕白話詞的使用之例，還有：

> 算與寒山寺有緣，鐘樓來上夕陽邊。
> 休談四十年前事，小小蹉跎十四年。
> （〈寒山寺示肖項〉《詩集》卷九）

> 一月四十有五日，一年三百有六旬。
> 最長惟有秋宵漏，記取兒時倍愴神。
> （〈為吳季塵題其太夫人秋鐙課讀圖〉《詩集》卷九）

一個月之整數計是三十日，今以一月有四十五日之多，言母親為孩子課讀之辛苦。以年月日之數目入詩，是口語化之一種方式，但是陳衍所作不俗，仍能於下聯雅致地表達感物觸事之情。上引兩首詩使用數目字，但生硬的數目字之中仍有詩情雅意。所以，陳衍作詩不雕刻，

〔註90〕以白話、新名詞入詩者，尚有：〈題為壬戌冬月與宗孟會於京師屬以白話詩成十八韻〉、〈畏廬同年書來勸省食報以長句〉、〈元旦見桃開效香山體〉、〈歲除詩〉、〈殘臘偕子培過江宿蘇盦鐵路局樓上相約暇時相督為律詩新正臥病連日讀荊公詩仿其體寄蘇盦〉、〈苦熱〉等詩。

其〈晤芸敏聞蘭生有蜀道之行書寄〉詩：

> ……君今壯遊遠行蹤，我將倦飛回孤蓬。長安索米芒不飽，
> 歸歟踽踽悲無悰。訊君作詩逢吾宗，我謂雕刻傷天公。仲
> 宣體弱善自保，登樓勿復嗟飄蓬。題詩一路儻相憶，不辭
> 萬里來郵筒。（《詩集》卷一）

詩之雕刻會傷了詩之「天眞」本色，陳衍詩之平白如話其實也解釋
其詩論不屬於「宗宋」，因爲雕刻鍛鍊是宋詩特色之一，陳衍主張詩
的天眞性情，性情應該比較接近唐詩的。而且，從另一方面看，除
了天眞之情，平易亦是陳衍詩異於其他三位同光體初期詩人風格之
處。

　　陳衍幼年跟隨伯兄陳書學詩，據錢基博《現代中國文學史》記載
陳書對陳衍的教詩方式是：

> 書胸中不滯於物，詩境超逸，於白居易、蘇軾爲近：中間
> 爲陳師道、陸游、楊萬里，爲陸龜蒙、皮日休，雅不以空
> 言神韻，專事音節，爲岑參、李頎、孟浩然、韋應物、柳
> 宗元之所爲者爲然。衍秉其教，旁逮考據，以唐宋金詩，
> 皆有紀事，而元獨無，遂輯《元詩紀事》。其教人學詩，必
> 因材性之所近，不主一家，而自爲詩，則欲薈萃古人之所
> 長以自名家。〔註91〕

陳書的影響造就了陳衍，由此可知，陳衍幼年學詩之始即兼學唐宋，
並傾向白居易、蘇軾、陳師道、陸游、楊萬里之平易踏實一路，所以
不空言神韻、專事音節。又陳衍門人形容其師之詩：

> 振心詩稿，在余處者，尚有可摘佳句。……〈呈石遺師〉：
> 「公詩獨造原無法，我語平心儗或倫。羞與時賢共窠臼，
> 每於常處見清新。旁人錯比陳無已，肯作江西社裡人。」
> （《續編》卷三）

「獨造無法」、「羞與人共」可知陳衍力求不與世俗同，要在常處見清
新，即以平凡語言寫出新意。《詩話》卷十一記載沈曾植與鄭孝胥評
陳衍詩作：

〔註91〕錢基博：《現代中國文學史》，頁219。

余居武昌時，有所作必示蘇戡、子培，必加評品。〈雨後
同子培子封對月〉云：「此雨宜封萬戶侯，能將全暑一時
收。未知太華如何碧，想見洞庭無限秋。」子培云：真是
香山風味。〈再答子培〉……。子培云：事理相扶，昭彰
朗徹。……〈次韻答子培〉……。子培云：生勁乃類文湖
州，筆妙真不可測。〈冬述〉四首（詩三首已見卷一），子
培云：別具町畦，亦以此法得一長古。〈三月移居水陸街
二首示子培〉……。子培云：真北宋人語，王、梅間左把
而右拍矣。

陳衍詩不走險怪奇峭路線，這是他與沈曾植、陳三立最大的差異。
汪辟疆〈光宣詩壇點將錄〉稱陳衍為「廣大教主」，而錢仲聯以地域
看待同光體，且認為陳衍詩並不能居閩派之首。陳衍詩作確實不如
鄭孝胥、沈曾植、陳三立、或同屬閩人的陳寶琛，但誠如詩未必如
其人的道理一樣，詩作亦可能未必如詩論。陳衍曾自云寫不出詩來，
因為眼光日高、下手日淺，這是受限於評詩日久，看的詩多了，經
驗豐富，這時，評論者與詩之間的關係逐漸變成旁觀者姿態，而當
詩由自己寫出，又成了一種主觀的情境，這種主客觀地位的轉換，
難以調整其中落差，故心理上產生創作畏縮感。評「他人」詩的標
準用在「自己」的寫作上，更難逃治絲益紛的命運。

在詩歌內容方面，陳衍〈石遺室詩集自序〉云所刊詩集共三卷，
分別為「閒居及遊覽之作」、「行旅之作」、「悲傷之作」，由此看來，
陳衍詩歌並不傾向議論說理，而符合與鄭孝胥所說的詩是一種「惆惆
之情」，且多寫行遊山水詩。〈石遺室詩集自序〉又云：

此後或三四年，或五六年七八年，以至長辭人世，當更得
一卷之詩為第四卷。其詩境未知何如，然得自放於山顛水
涯，則幼時之流連景光，覽玩物華，意中有欲言而未能言
者，將如獲故物，如履舊跡焉。

詩刊行之時，分作三卷，陳衍認為將來若有第四卷詩，其內容必是
「自放於山顛水涯」者，所以，對未完成之詩的寄望如此，當可知

陳衍所重之詩是山水遊覽之作。爲何有此認知，固因詩人對人生進退的自知之明，值得注意的是，山水詩抒情寫景，以及詩人與大自然之間的對應互動，都是一種不費力的自由，形之於創作，詩中的自然無飾是陳衍詩歌的內在蘊涵。

錢基博《現代中國文學史》以王闓運漢魏派、易順鼎與樊增祥中晚唐派、陳衍與鄭孝胥同光派區別晚清詩壇三宗，指出同光體是：

> 出入南北宋，標舉梅堯臣、王安石、黃庭堅、陳師道、陳
> 與義以爲宗尚，枯澀深微，包舉萬象，蓋衍桐城姚氏、湘
> 鄉曾氏之詩脈，而不屑寄人籬下，欲以自開宗者也。〔註92〕

但是，「枯澀深微」並不適於形容陳衍與鄭孝胥之詩，而是沈曾植與陳三立的風格。陳衍詩比較接近平易白話一格，近代研究同光體，往往跟隨習慣論述，不僅未區分同光體之原義與偏義，亦未區別代表詩人之詩的個別性，並且從錢仲聯開始以沈曾植專論同光體後，幾乎同口一詞，未見陳衍。

（二）鄭孝胥：幽并熱情

鄭孝胥（1860～1938），字太夷，號蘇戡，福建閩縣人，光緒舉人，光緒十七年（1891）任中國駐日使館書記和神戶領事，後歷任廣西邊防大臣，安徽、廣東按察使、湖南布政使。每年重九日必作詩，故人稱「鄭重九」，著有《海藏樓詩》八卷，取蘇軾「惟有王城最堪憶，萬人如海一身藏」詩意，〔註93〕名其樓曰「海藏樓」、詩集爲《海藏樓詩》。鄭孝胥之詩，陳衍〈近代詩學論略〉云：

> 近人之詩，其弊有可言者。其派別之偏者略有二，即陳三
> 立、鄭孝胥是也。……鄭之詩，嘗帶風趣，學之者容易動

〔註92〕同前註，頁178。

〔註93〕黃坤、楊曉波校點：《海藏樓詩集·前言》云：「鄭孝胥寓居上海時，築有海藏樓，此樓爲他獨居之所，不帶眷屬。據林紓言，此樓乃取蘇軾『惟有王城最堪憶，萬人如海一身藏』詩意命名，日後所編詩集，即取名《海藏樓詩》。」林紓有〈海藏樓記〉，蘇軾詩爲〈病中聞子由得告不赴商州三首〉其一。

人，然吾人年少，所遇事境多不與相同，遽學其輕世肆志
之言，非所宜也。且寫景之處，當隨景生文，切忌千篇一
律，故必身歷其境，胸中蓄積者多，乃易爲也。倘有學鄭
氏者乎？此則宜愼者。〔註94〕

批評鄭孝胥詩優點是容易動人，缺點是寫景千篇一律。汪辟疆〈光宣
詩壇點將錄〉評鄭孝胥：「就詩論詩，自是光宣朝作手。」也是不同
的意見，重點是，鄭孝胥詩最能代表同光體「悃悃不甘之情」特色，
因爲鄭孝胥在同輩詩人中，頗熱衷用世，但仕途艱難，尤其在晚清變
幻世局中，鄭孝胥的失意痛苦，多在詩中表現出來。陳衍以鄭孝胥比
之元好問，並指出其詩特色爲「幽并」，《近代詩鈔·鄭孝胥》小傳：

昔趙甌北謂元遺山專以精思健筆橫絕一世，蘇堪之精思健
筆直逼遺山，黃仲則詩云：「自嫌詩少幽并氣，故作冰天躍
馬行。」蘇堪少長都門，自具幽并之氣。張廣雅相國極喜
蘇堪作，方諸華嶽三峰，可謂知言矣。〔註95〕

幽并，原爲二州名，即幽州與并州，古燕趙之地，其俗尚氣節、好
遊俠，故詩文之豪放不羈者，稱有幽并之氣。〔註96〕鄭孝胥詩豪健，
此與他少長都門，長期養成的慷慨氣息有關。鄭孝胥與陳衍論詩，
主張「悃悃不甘之情」，但是他在幽并熱情與悃悃失意之間承受極大
的矛盾，空有一腔熱情，但得到的卻是失意悃悃，鄭孝胥是一個痛
苦的人。

鄭孝胥詩與另一位代表人陳三立最大的不同在於詩的感染力，
陳三立詩力求掃除凡猥、用字惡俗惡熟而形成「生澀奧衍」風格，
這從另一個角度來說，詩的感染力減弱了，而此感染力卻正是詩之
所以爲詩的主要能量。相對地，鄭孝胥詩篤於情者深，誠摯淒婉，
與沈曾植、陳三立相較，其語言比較流暢，能藉景寫情，例如〈東

〔註94〕《陳衍詩論合集》下冊，頁 1087。
〔註95〕陳衍：《近代詩鈔》第十三冊。
〔註96〕《金史·元德明傳》：「子好問，歌謠慷慨，挾幽并之氣。」，韓愈〈送
董邵南序〉：「燕、趙古稱多感慨悲歌之士。」慷慨悲歌之士慕義疆
仁，亦指此。

坡生日集翁鐵梅齋中〉：

> 江上殘年我又歸，高齋雪後正添衣。
> 終知此老堂堂在，賸覺虛名種種非。
> 酒半題詩忘客去，香中讀畫愛梅肥。
> 聚山樓外山能識，只欠相攜看夕暉。（《海藏樓詩集》卷一）

〈樓外〉：

> 樓外青山最有情，默然相對晚雲生。
> 會心不在閒言語，聽取蕭蕭過雨聲。（《海藏樓詩集》卷十二）

〈答陳仁先看花〉：

> 閉門春晚耐餘寒，強爲花枝共倚闌。
> 深色數叢休恣賞，碧雲一樹試迴看。綠櫻一株尤麗。
> 已拼酒病華年過，卻俟河清笑口難。
> 行近高樓渾世外，從君寂寞更盤桓。（《海藏樓詩集》卷八）

〈登攝山最高峰〉：

> 每愁飛鳥滅雲端，石磴行來倦百盤。
> 鍾阜雲開分晚照，吳江楓落入新寒。
> 名山誰信身堪隱，世事終憐劫未闌。
> 直恐哦詩增客感，松風還爲卷波瀾。（《海藏樓詩集》卷一）

鄭孝胥詩中沒有難字僻字，但是，就這樣即可表達「雅」與「情」。
再如〈清友園探梅〉：

> 海波淡對道人閒，勝日清遊一破顏。
> 誰見春風甘寂寞，朱霞白鶴滿空山。……
> 嫩葉疏枝點碧苔，盈盈纔得幾年栽。
> 他時屈曲山中老，長記先生爲汝來。（《海藏樓詩集》卷二）

其詩情深遠，以白描表現情愫，這一點與陳衍接近，如〈月〉：

> 月是釣愁鉤，鉤來無數愁。
> 月愁有密約，相見五更頭。（《海藏樓詩集》卷三）

這是鄭孝胥和陳衍同主性情、詩情的交集觀點，而並不提倡沈曾植
和陳三立之冷澀生硬。故錢基博評論其詩曰：「夷曠冲淡，而骨力堅
鍊，罔一字涉凡近，……語質而韻遠，外枯而中膏，吐發若古之隱

淪」，〔註97〕是鄭孝胥詩之有情而不俗。

　　鄭孝胥於辛亥革命後，得到溥儀賞識，任「懋勤殿行走」，總理內務府首席大臣。九一八事變後又擔任日本僞滿州國國務總理大臣，近代史視爲漢奸而不齒，故民國以來多棄而不論。然而，這是當時的一種道德標準，思念舊朝亦無過錯，其用心於世的情緒應受到肯定，鄭孝胥雖然爲一個由外國勢力所挾制的傀儡政權做事，仍然要看他的衷心。汪辟疆《光宣詩壇點將錄》評論：

　　急功名而昧於去就，……蓋以自託殷頑，而不知受庇倭人，

　　於清室爲不忠，於民族爲不孝。〔註98〕

這是鄭孝胥個性、去就抉擇的問題，再者，清已亡，何來清室足供效忠？思所奮進，另謀他途，不也是發展抱負的另一種嘗試？所以，此類評論都與「詩」的關係所繫甚遠。以鄭孝胥詩來看，所表現的詩韻風味，反而在陳衍、沈曾植、陳三立之上。陳衍〈審言見示論詩之作次韻奉答〉詩，評論陳三立、鄭孝胥：

　　文章變化無定形，夜行冥索天不醒。

　　可憐百眇引千瞽，下箸莫辨熟與腥。

　　載籍極博欠格致，空談腔子常惺惺。

　　何嘗崑崙遺星宿，未導岳瀆泛滄溟。

　　散原蛟鼍趻巨浪，海藏玄鶴梳修翎。（《詩續集》卷一）

蛟爲「龍屬無角」者；鼍，魚名，又名土龍，長一二丈，形類鱷魚，一說鼍爲類龍之魚，能吐氣成雲致雨，世因視爲靈物。故陳三立是勇猛進取、鄭孝胥幽靜靈杳。

　　鄭孝胥詩受到陳衍肯定，但是由於意識型態上不必要之囿見，幾乎文學史總對鄭孝胥加上「晚節有虧」之嘆筆，理由是他在清亡後投效僞滿州國。坊間近代名人詩選之輯，亦有硬生生剔除鄭孝胥作品之舉，這已無關於政權之敏感，更已是一種「事外夷」之鄙視。然而，在鄭孝胥詩中，展現一種知識份子的憂時情懷，此情懷未必關涉詩人

〔註97〕錢基博：《現代中國文學史》，頁235。
〔註98〕汪辟疆：《汪辟疆說近代詩》，頁53。

為誰作事，鄭孝胥「鄭重九」之雅號由來，是每年重九必登高作詩，此舉動之意義，是否可以重新思考鄭孝胥「急於功名」之心態？鄭孝胥善作登高詩，每於重九日必作詩，詩集中年年有「九日」之作：

> ……登高聊欲去濁世，負手天際終旁皇。空中鳥跡我今是，底用著句留蒼蒼。故山歸隱有兄弟，倒海浣此功名腸。
>
> （〈九日大阪登高〉《海藏樓詩集》卷二）

> 登高亦何為，謂可舒抑鬱。今朝雖重陽，抱膝獨不出。
> 此州乃井底，無處見天口。縱隮萬山顛，猶在千丈窟。
> 三秋不易過，業滿當自脫。滔滔海揚波，吾意行一豁。
>
> （〈九日不出〉《海藏樓詩集》卷五）

去國離鄉，東遊日本亦不忘重九，如此固執的寫作意識，可知登高在鄭孝胥心中必有潛意識，而年年登高有作又可看到其顯意識的影響作用。〈九日大阪登高〉的徬徨是為了「去濁世」，並有歸隱故山、「浣此功名腸」之思。自唐代王維〈九月九日憶山東兄弟〉：「獨在異鄉為異客，每逢佳節倍思親。遙知兄弟登高處，徧插茱萸少一人。」，登高詩之能指成為「望遠」與「當歸」，以「望遠」來說，鄭孝胥心中抑鬱，故登高有舒緩效果，但是，年年登高，這一份抑鬱終不曾因此消亡，反而有再度重返之勢：

> 鬱鬱藥鑪經卷邊，偶聞重九意蕭然。
> 國亡安用頻傷世，病起猶思一仰天。
> 幾換園林吾亦老，休談人物夢何年？
> 菊前桂後秋光斷，卻負登高半日顛。
>
> （〈九日病愈出遊〉《海藏樓詩集》卷八）

> 十年幾見海揚塵，猶是登高北望人。
> 霜菊有情全性命，夜樓何地數星辰？
> 晚塗莫問功名意，往事惟餘夢寐親。
> 枉被人稱鄭重九，更無豪語壓悲辛。
>
> （〈九日〉《海藏樓詩集》卷十）

當舒緩無效，心事再度迴返並日漸加深，其重現便知是詩人深沉鬱結之無路可脫，寫於壬申午之〈九日〉，於是和屈原一樣「問天」。

〔註99〕鄭孝胥之鬱結是有志而無用，其心志想要有所作爲而表現在年年登高，但是他在無法解脫愁困時，依然以登高追尋一種高曠遼遠的胸襟，這樣的追尋意旨，遠大於有如此存心的人爲哪一個政權效勞；再退一步說，若當時鄭孝胥空有國亡無用之嘆而無實際作爲，歷史又會有什麼樣負面的評價？正如陶淵明一隱不出，同樣領受後世不夠積極的批評。所以，重九之日會由「舒鬱」成爲「蕭然」，當用世之心急切而歲月之逝又逼人感逝嘆老，詩人思欲奮力一搏是可以理解並接受的。然而，歷史終以「漢奸」套在近代亂之無極的世局下，抹去一位詩人急於用世的選擇，或許，靜觀致遠與謀定後動是智者特質，但是，對於一位詩人，是否因爲無能安撫自己驛動的心、決意拼取一絲可能的餘光，方其之所以是詩人呢？

（二）沈曾植：宗佛重學

沈曾植（1850～1922），字子培，別字乙盦，晚號寐叟，浙江嘉興人，光緒六年（1880）進士，歷任刑部主事、員外郎、郎中、總理衙門章京，官至安徽布政使，宣統二年辭官歸。學識淵博，撰述頗豐，有《海日樓詩集》十二卷、《海日樓文集》二卷、《曼陀羅㝏詞》一卷、《蒙古源流箋證》、《元秘史箋注》、《海日樓札叢》等。〔註100〕精研刑律、佛學，通文字音韻，對遼、金、元史及西北輿地均有研究。沈曾植論詩最著名有「三關說」，是早年和陳衍所提「三元說」後的改變，「三元」指「開元、元和、元祐」，沈曾植後來去掉開元，加入元嘉，指「元嘉、元和、元祐」爲「三關」（詳見第四章第三節），此處論沈曾植的詩。

沈曾植早年不屑作詩，認爲經史、地理之學才有助濟世，直到光緒二十四年（1898）在武昌與陳衍相識，才專心從事，陳衍告之：考

〔註99〕〈九日〉：「壯年猶記戍南荒，晚向空桐惜鬢霜。自竄豈甘作遺老，猶醒誰與遣重陽？菊花未見秋無色，雁信常遲海已桑。定有餘黎思故主，登高試爲叩蒼蒼。」（《海藏樓詩集》卷十二）。

〔註100〕沈曾植著作參考郭延禮：《中國近代文學發展史》及錢仲聯：《沈曾植集校注‧前言》，其中，據錢仲聯言，《海日樓文集》已不復見。

據之學是為人作計，作詩才是自家意思，沈曾植始勤於寫詩：

> 丙戌在都門，蘇戡告余，有嘉興沈子培者，能為同光體。
> ……子培數詩，雅健有理。後十年相見，索舊作，皆棄斥
> 無一存者。余謂君博探群書，治史學泊西北輿地，余亦喜
> 治考據之學，其實皆為人作計，無與己事。作詩尚是自家
> 意思，自家言說。……遂日有所作。（《詩話》卷一）

又，從同代學者評論中，知沈曾植是一個學者型的人，窮經博學，其
詩歌僅「一二見之」而已，王國維〈沈乙庵先生七十壽序〉云：

> 先生少年固已盡通國初及乾、嘉諸家之說，中年治遼、金、
> 元三史，治四裔地理，……其視經史為獨立之學，而益探
> 其奧突，拓其區宇，不讓乾、嘉諸先生。至於綜覽百家，
> 旁及二氏，一以治經史之法治之，則又為自來學者所未及。
> 若夫緬想在昔，達觀時變，有先知之哲，有不可解之情，
> 知天而不任天，遺世而不忘世，如古聖哲之所感者，則僅
> 以其一二見於詩歌。（《觀堂集林》卷二十三）〔註101〕

沈曾植的博學，除了經史、地輿之學外，更深嗜道錄梵籍，陳三立
〈海日樓詩跋〉：

> 寐叟於學，無所不窺，道錄梵籍，並皆究習。故其詩沈博奧
> 邃，陸離斑駁，如列古鼎彝法物，對之氣斂而神肅。〔註102〕

因此，沈曾植詩的特色是學問功深，除了平日積累的儒學、文字、聲
韻、刑律、遼金元史、地理之外，更對佛學有深入研究，尤其以佛語
寫入詩中，成為其詩的最大特色。張爾田《張爾田論學遺札》：

> 以乙老而論，其史學、佛學，今日視之，已有積薪之嘆，
> 而其詩則自足千古，異日之傳，固當在此而不在彼。〔註103〕

又，張爾田〈海日樓詩注序〉：

> 沈寐叟邃於佛，湛於史，凡稗編胜錄、書評畫鑑，下及四

〔註101〕 王國維：《王觀堂先生全集》第三冊，（臺北：文華書局，1968），
頁1146。
〔註102〕 陳三立：《散原精舍詩文集》下冊，（上海：上海古籍出版社，2003），
頁1152。
〔註103〕 引自錢仲聯：〈沈曾植集校注·前言〉，頁2。

裔之書，三洞之笈，神經怪牒，紛綸在手，而一用以資爲
詩。故其於詩也，不取一法而亦捨一法。其蓄之也厚，故
其出之也富，非注無以發之。……叟之詩，今之東坡、山
谷也。神州板蕩以來，王者跡熄，詩之爲道，掃地盡矣。
襲海波之唾殘，吷謠俗嗒，競以新名其體，淺學寡聞，得
叟之詩，或哆口結舌而不能讀。〔註104〕

據此，沈曾植之詩乃爲了對治當時詩壇「淺學寡聞」而作，但是沈
曾植寫詩以至於讓讀者「哆口結舌而不能讀」，〔註105〕則難免陷於
炫學之譏，晚清有炫學小說，沈曾植或乃炫學詩之作者。若李商隱
詩爲「詩謎」，那麼，沈曾植的詩中加入經、史、佛、玄、書、畫、
神、怪，更是「艱澀的詩謎」了。無怪乎沈曾植不欣賞白居易，而
且不學香山，陳衍〈放翁詩選敘〉云：

近人爲詩，競喜北宋，學劍南者絕少。余舊嘗論詩送葉覲
俞，提倡香山、放翁，顧久之無有應之者。沈乙庵間徇余
意，瀏覽香山，讀余所作，亦謬讚以香山。然觀其所自作，
香山終非所嗜也。〔註106〕

沈曾植與陳衍曾討論香山、放翁詩，由於陳衍曾提倡兩人詩，沈增植
讚賞陳衍詩有香山之意，白居易詩以「老嫗都解」的平白如話聞名，
但陳衍覺得沈曾植雖瀏覽香山而作品「終非嗜香山」，這再度說明沈
曾植詩深澀奧衍的特色。陳衍雖譽沈曾植爲「同光體魁傑」，但二人
的詩學主張與詩風有所不同。上述沈曾植專長是「博極群書，於遼、
金、元史及輿地尤精熟」，他關心實學更甚於詩，而陳衍對沈曾植說：
「吾亦耽考據，其實譚經說史，皆爲人作計，無與己事。作詩尚是自
家意思，自家言說，此外學問皆詩料也。」陳衍視學問爲詩料而已，
並不如沈曾植那麼看重學問，尤其經史佛學。所以，兩人共識爲：作

〔註104〕收在錢仲聯：《沈曾植集校注》。
〔註105〕《石遺室詩話》卷二十六錄沈曾植〈秋齋雜詩〉八首，陳衍評曰「以
　　　　平原、康樂之骨采，寫景純、彭澤之思致」，但陳衍亦感歎「今余
　　　　讀此八詩，亦時時欽其寶莫名其器。」不能領會沈曾植詩。
〔註106〕《陳衍詩論合集》下冊，頁1067。

詩、考據是兩回事，因為這是兩件可以分別進行的事，並不衝突，但是，如何運用在詩中，二人幾乎是背道而馳。

「同光體魁傑」是推崇肯定，上引沈曾植被陳衍、鄭孝胥許為「能為同光體」在於沈詩「雅健有意理」，此一讚語是在同光體主張「不墨守盛唐」的條件下，肯定沈曾植詩的「雅健意理」成份，也就是他的「不墨守盛唐」，但是沈曾植喜以佛理入詩、說詩，卻又與陳衍顯然不同。陳衍反對嚴羽以禪喻詩之論，使得詩成為不能有直接感觸，其《宋詩精華錄》選錄標準之一是不錄禪詩；在理論上，陳衍認為詩是描寫性情的，寫詩寫到聱牙、或者必須去查閱佛典，是背離詩之道的。再者，陳衍視考據、地理、金石為學問類的「詩料」，所以是輔助作詩的能源之一，並非絕對重要。陳衍提出「學問」可以用來作詩的兩項理由：一、必須用自己的語言表達自己的真情，二、詩中可以發明哲理。詩歌用來表達性情是古今詩論大致公認的，而沈曾植傾心於詩中發明哲理表現在其以佛理入詩，欲以呈現人生的徹悟的生命，以及以詩心接通宇宙之心，〔註107〕是其特色，但此卻與陳衍相背。陳衍〈海日樓詩集第二敘〉云：

> 寐叟論詩，與散原皆薄平易，尚奧衍，寐叟尤愛爛熳。余偶作前、後〈月蝕詩〉，寐叟喜示散原，散原袖之以去。寐叟詩多用釋典，余不能悉；余題寐叟〈山居圖〉七言古四首，寐叟亦瞠莫解，相與怪笑。寐叟短札、詩稿存余所者，無慮百餘；其餘散見於余《詩話》者，不能盡也。……其選入《石遺室師友詩錄》、《近代詩鈔》者，至二百首，皆其尤精者。故余於寐叟之詩之甘苦酸鹹，敢謂知之深，一如己詩之甘苦酸鹹。其足為外人道者，固已具《詩錄》、《詩鈔》中所首載之鄙論已。〔註108〕

沈曾植詩的整體風格是「雅尚險奧，聱牙鉤棘」，陳、沈二人針對在

〔註107〕參見李瑞明〈華嚴詩境：沈曾植詩學「三關」說的意向〉，《文藝理論研究》，2001 年第 5 期。

〔註108〕《陳衍詩論合集》下冊，頁 1049。

詩中使用釋典的理解上是「相與怪笑」，互不能認同。所以，學問在詩的內容中所扮演的角色與份量，二人有歧見。陳衍又指出《石遺室師友詩錄》、《近代詩鈔》所錄沈詩約兩百首，是沈詩之中的「尤精者」，既然詩中使用釋典是「余不能悉」，則陳衍認為詩是要讓人能朗朗成誦、會心明意的，故此兩百首詩最大特色即詩中少用佛語，亦無僻澀之語，雖然其間仍有佛語之作，但從比例上來說，已可以看出陳衍所選沈曾植詩的傾向。沈曾植喜佛，除詩中見佛語外，甚至連佛的符號都入詩，陳衍《近代詩鈔》錄其〈方倫叔廉惠卿招飲小萬柳堂縱觀書畫竟日歸後默記賦呈兩君〉其四：

> 寫韻樓中妙寫經，千秋朱管接英靈。
> 拈來筆墨皆般若，字字圓成卍万形。〔註109〕

其詩自注：「廉君贈客以吳夫人小楷楞嚴經，是日所見朱淑眞、管道昇璇璣圖詩各一卷，管楷尤爲精絕」，沈曾植書法爲當世所重，此詩描寫欣賞書畫後之心得，除以「般若」形容筆墨，甚至佛家符號「卍」都出現在詩中。

沈曾植雖與陳衍論詩觀點不十分契合，但陳衍並未一味抑制沈曾植：

> 嘉興王瑗仲蓬常，沈乙盦高足也。與常熟錢仲聯萼孫，爲文字骨肉，刊有《江南二仲詩》。大略瑗仲祈響（案：疑嚮）乙盦，喜鍛鍊字句。然乙盦詩雖多詰屈聱牙，而俊爽邁往處正復不少。(《續編》卷一)

說明沈曾植詩風有詰屈聱牙、俊爽邁往兩種風格。故沈曾植詩的內容並非單一性，以陳衍主張眞摯性情來看，沈曾植詩之「雅健有意理」是因有別於墨守盛唐而被陳衍推重，但是沈曾植往後之以玄佛入詩，講求詩除了承載詩人性情之外的佛理的哲思，是沈曾植雖作爲「同光魁傑」但又與陳衍詩論漸行漸遠之處。雖然陳衍肯定沈詩在聱牙鉤棘中復見精靈，但是與陳衍、鄭孝胥詩比較之下，沈詩仍呈現稍多理解上的困難。錢仲聯《夢苕盦詩話》第一二三則：

〔註109〕陳衍：《近代詩鈔》第十二冊。

　　余嘗推袁爽秋、沈乙庵詩爲晚清浙中二傑，皆能以漢、魏、

晉、宋爲根柢，而化以北宋之面目者。乙庵辛亥以後所作，

尤多沈鬱。……今錄其短篇之清癯幽峭者多首。〔註110〕

錢仲聯選沈曾植詩之清癯幽峭者，馬亞中《中國近代詩歌史》亦承其

說，指出沈曾植詩造語新穎、構想別緻、辭彙鮮明、感悟獨特、抒情

濃鬱，然而：

　　沈詩畢竟用典過多，欣賞時若無淵博的知識，就難免有隔

一層之感，即使是抒情之作也不夠親切，這是沈詩的局限。

〔註111〕

王廣西《佛學與中國近代詩壇》亦云沈曾植是一位熱衷政治的文人、

清末民初之際著名的佛學家，其佛學造詣在同光體諸詩人中首屈一

指，但是：

　　瘦勁孤峭的風格中還包含著滯澀與艱深，學究氣濃而詩人

味淡，說理太多而抒情不足。〔註112〕

　　歸納言之，沈曾植的詩用典多，尤其所提出「二關說」併玄學佛

學入詩，在詩的本質上，沈曾植實踐的是以詩傳遞有別於「詩外的」

教義以及教導，並非「詩內的」詩之自身。

（三）陳三立：江西門戶

　　陳三立（1852～1937），字伯嚴，一字散原，義寧（今江西修水）

人，光緒十五年（1889）進士，官吏部主事。曾從出使西方、擔任

英法公使的郭嵩燾遊。父陳寶箴任湖南巡撫，創行新政，提倡新學，

大力支持變法運動，協助其父，多所擘劃。戊戌變法（1898）失敗

後，與其父同以「招引奸邪」罪被革職，永不敘用。乃侍父回原籍，

退隱南昌西山，築崝廬，壹志於詩。編定自己《散原精舍詩集》時，

〔註110〕　張寅彭：《民國詩話叢編》第六冊，頁244。
〔註111〕　馬亞中：《中國近代詩歌史》，（臺北：學生書局，民81年6月），
　　　　　頁399。
〔註112〕　王廣西：《佛學與中國近代詩壇》，（開封：河南大學出版社，1995），
　　　　　頁179。

將光緒辛丑年（1901）以前作品全部刪去，以辛丑年所作為起始。
清亡後，以遺民自居，對袁世凱政權及軍閥混戰極為不滿，以詩人
自隱。民國二十六年抗戰爆發，因北京淪陷絕食，死於民族義憤。

　　錢基博《現代中國文學史》說：

　　　陳衍論詩，當代最推陳三立、鄭孝胥。然三立奇崛雄偉，
　　　以山谷為門戶，而根極於韓愈。孝胥悽惋深秀，以柳州樹
　　　骨幹，而潤澤以半山。〔註113〕

錢基博與陳衍有過往之誼，《續編》卷一收錄錢基博詩作，應該與陳
衍有相當認識，但「陳衍於當代最推陳三立」不知所據為何？因為
陳衍既領晚清詩壇，曾為當時許多詩人詩集作序，但於今所見《陳
衍詩論合集》的論詩文字，獨缺為陳三立詩作序，這是一件尚待瞭
解之事。而郭延禮《中國近代文學發展史》說陳三立是「近代光宣
詩壇上的一位重要人物」，並許為「『同光體』派的領袖，宗江西派，
詩學蘇黃」，〔註114〕以及汪辟疆《光宣詩壇點將錄》奉陳三立為「天
魁星及時雨宋江」，云「雙井風流誰得似，西江一脈此傳薪」，〔註115〕
曾克耑稱為同光體中的「新江西派」，〔註116〕以上都對陳三立在同
光體的地位說法不一。也由於評論家眼中出現這些歧異，更須釐清
問題所在。陳三立非常傾慕其同鄉前輩黃庭堅，其〈肯堂為我錄其
甲午客天津中秋玩月之作誦之嘆絕蘇黃而下無此奇矣用前韻奉報〉
詩云：

　　　吾生恨晚生千歲，不與蘇黃數子遊。
　　　得有斯人力復古，公然高詠氣橫秋。
　　　深杯猶惜長談地，大月難窺徹骨憂。
　　　曠望心期對江水，為君瀧涕憶南樓。〔註117〕

〔註113〕錢基博：《現代中國文學史》，頁235。
〔註114〕郭延禮：《中國近代文學發展史》，第三冊，頁1407。
〔註115〕汪辟疆：《汪辟疆說近代詩》，頁52。
〔註116〕曾克耑：〈論閩派詩〉，《頌橘廬叢藳》第六冊，（香港：新華印刷公
　　　　司，1961年10月）頁1404。
〔註117〕陳三立：《散原精舍詩文集》上冊，頁51。

又〈漫題豫章四賢像搨本‧黃山谷〉：

> 馳坐蟲語窗，私我涪翁詩。
>
> 鑱刻造化手，初不用意爲。〔註118〕

頗恨不能與黃庭堅同世交遊，故獨私涪翁詩，表達了異代追慕之心。蘇東坡是清代詩人普遍喜愛及學習的對象，黃庭堅則除了陳三立外，在晚清始得曾國藩推挹。馬亞中《中國近代詩歌史》引胡先驌所作陳三立輓詩之一曰：

> 絕代賢公子，經天老客星。
>
> 毀家緣變法，閱世鳳遺型。
>
> 滄海吞孤憤，謳歌役萬靈。
>
> 纖兒那解事，唐宋榜零丁。〔註119〕

云此輓詩「並不僅以詩論定陳三立，頗有具眼」，既然不以詩論定陳三立是胡先驌獨具慧眼，那麼上引郭延禮以陳三立作爲同光體領袖，或「同光體中之江西派」說法卻是高度以詩論定陳三立的，雖然批評家有發言自由，但是學者的論點需要探討。陳三立與黃庭堅同籍、喜黃庭堅詩、受陳衍推重等事，都不能直接說明同光體與宋詩的重要關係，文學史的相沿成說，在於把同光體設定在所謂「宋詩派」，「宋詩派」的意義又設定在學蘇黃、喜生澀、重學問之中。〔註120〕據錢基博說法，陳三立是陳衍最推重的當代詩人之一，故本章在此採用的是間接證據，即不是從陳衍的看法，而是與陳衍有交誼的錢基博之說，將陳三立視爲同光體的代表人物之一。

陳三立論詩之語不多，前述其刊定詩集時，盡刪辛丑年以前之詩，可見陳三立的民族義憤強於對詩歌的關懷。在其詩中，可稍窺其詩觀，如〈爲濮青士觀察丈題山谷老人尺牘卷子〉云：

> 我誦涪翁詩，奧瑩出嫵媚。冥搜貫萬象，往往天機備。
>
> 世儒苦澀硬，了未省初意。麤跡摶皮毛，後生渺津逮。

〔註118〕　同前註，頁119。

〔註119〕　馬亞中：《中國近代詩歌史》，頁381。

〔註120〕　汪辟疆〈近代詩人小傳稿‧陳三立〉：「其詩流布最廣，工力最深，則萬口推爲今之蘇黃也。」，《汪辟疆說近代詩》，頁135。

書何獨不然，筆法摹詭偶。九州炫贋本，蛇蚓使眼瞇。

巖搨亦損真，略具銀鉤勢。望古添邑子，遺墨期搆致。

鄰寺守傳幅，號稱小三昧。髦髻轉郡國，坐失摩挲地。

屬聞散人家，居奇千金利。濮叟騷雅宗，襲珍辱持示。

阿誰乞伽佗，想見娛遊戲。風日發光妍，珠瓀蘊溫粹。

宛窺虞柳全，漸拾羲獻墜。鋒銳斂沖夷，乃副儒者事。

取證內外集，波瀾與莫二。得此誇家雞，政爾適痀瘻。

後有五百年，永寶十行字。劣詠污敗毫，憑叟哂以鼻。

〔註121〕

對黃庭堅有無上的崇拜，並以爲後人只學黃庭堅「硬澀」是僅得皮毛之行，言下之意，陳三立自己對黃庭堅骨與皮的了解都十分透徹，頗有自豪之態。關於創作過程和藝術風格的追求，其〈樊山示疊韻論詩二律聊綴所觸以報〉：

騷賦而還接古悲，散爲傲詭託娛嬉。

要搏大塊陰陽氣，自發孤衾痀瘻思。

愈後誰揚摩刃手，鼎來儻解說詩頤。

中聲翻覓喧騰裡，輸與黃鐘筍簴知。〔註122〕

此詩相較於樊增祥詩之裁對巧密、尤工隸事，表現的凝煉苦吟在在顯示是個努力錘字鍊句之詩人，亦可知其寫詩所致力的方向。故陳衍〈近代詩學論略〉云晚清詩弊有二，其一就是陳三立的「僻」：

近人之詩，其弊有可言者。其派別之偏者略有二，即陳三立、鄭孝胥是也。陳之詩甚僻，有似其性情。夫一人之詩，必有名篇名句，傳誦於人；陳之詩，則可傳誦者不多矣！

〔註123〕

陳三立詩可傳者不多，因其詩「僻」，僻故「窮」，「窮」詩令人不歡，因此難以傳誦。陳衍又舉劉仲英詩與陳三立相似，都是「窮」：

〔註121〕《散原精舍詩文集》上冊，頁126。
〔註122〕詩之下半段爲：「堁壞能教日月新，白榆天上覆汀蘋。昔賢自負元和腳，微笑爭屠巨鱉鱗。元氣有根終食棗，長歌當哭不逢人。婆娑夢繞音聲樹，鳳下鸞棲萬古春。」《散原精舍詩文集》上冊，頁255。
〔註123〕《陳衍詩論合集》下冊，頁1087

> 劉仲英近頗詩窮，所作多似散原，讀之不歡。再錄其舊作
> 兩首，一〈廣州雜詩·六榕塔禮東坡像〉云：「獨與盧敖遊
> 汗漫，南荒九死勝生還。人間快意成奇絕，心折西泠陸講
> 山。」《詩話》卷三十二）

詩的僻、窮，使人讀之不歡，或許不只陳衍的感受，如果一首僻、窮
之詩能引人歡愉，應該會有特別的原因使然。

　　至於其他學者的論述，邵鏡人《同光風雲錄》〈陳寶箴附子三立〉
對陳三立評語云：

> 寶箴撫湘，三立從之，……而湖南氣象蓬勃，新政著效，
> 實出其所贊畫。迨夫政變，同遭罷黜，自是肆力於詩，陶
> 寫性情，呼之欲出，賦遣興一律云：「而我於今轉脫然，埋
> 愁無地訴無天。昏昏一夢更何事，落落相看有數賢。懶訪
> 溪山開畫軸，偶耽醉飽放歌船。詩聲尚與吟蟲答，老卞嗔
> 痴亦可憐。」晚年，築室金陵，署曰散原精舍，窮理格物，
> 益注力於實驗精神，作詩不喜用新異語，而真氣磅礴，不
> 加雕飾，沉憂積毀中，吐屬仍能閒適，雖宗山谷，實則承
> 少陵之心脈。〔註124〕

表示陳三立作詩不喜新異語、不加雕飾，也有陶寫性情之處，然而這
是出現在遭黜之後的遣興，陶寫性情應驗了鄭孝胥「惘惘不甘之情」
詩可以感人；際遇遭變產生惘惘之情，詩由內心深處被激起的情感流
出，自能動人。而晚年淡然指陳三立遭罷黜後之傾向，料想當他青壯
年時熱衷新政，一發之於詩，所採取的創作方向轉為實驗精神、豪氣
磅礴。郭延禮〈陳三立的詩文淺論〉一文云：

> 陳三立寫詩宗江西派，推崇蘇、黃。……詩學黃庭堅，用
> 字「惡俗惡熟」，刻意翻新。「惡俗惡熟」是陳衍批評散原
> 詩的話，刻意翻新，則是黃庭堅的藝術經驗。黃庭堅所講
> 的這些主要是指寫詩的形式技巧，固然有一定的侷限性，
> 但它對詩的提煉和創新也有一定的裨益。陳三立寫詩主張
> 創新，他崇新尚奇，梁啟超說：「義寧公子壯且醇，每翻陳

―――――――――――――

〔註124〕周駿富輯：《清代傳記叢刊》第六十二冊，頁564。

語逾清新。」他造句練字，異常新警，奇思妙語，時吐珠
璣。〔註125〕

汪辟疆〈近代詩人小傳稿・陳三立〉述陳三立論詩「惡俗惡熟」：

> 平生論詩，惡俗惡熟，蓋其詩亦經數變，早年專事韓黃，
> 辛壬避地上海，又兼有杜陵、宛陵、坡、谷之長，晚年佐
> 以清新。〔註126〕

「惡俗惡俗」是在創作經驗豐富，屢經變化後，選擇的創作方向。上
引陳三立同代批評家，邵鏡人說：「不喜用新異語」與諸人異，視其
所引詩，當指陳三立抒情遣興之偶作。汪辟疆有詩，談到同光詩人：

> 闓疆年少好學，有〈贈胡詩廬〉句云：「同光二三子，差與
> 古淡會。骨重神乃寒，意匠與俗背。」又云：「吾子吐佳句，
> 志欲古賢配。理弦三五彈，泠泠非俗愛。又如振霜鐘，清
> 響度林外。」又云：「吾鄉散原翁，吐語多姿態。排奡出恢
> 詭，瑰麗遂無對。」狀散原及詩廬詩頗肖。（《詩話》卷十五）

其中對陳三立多姿多貌、恢奇瑰麗的詩風讚賞有加。徐珂《清稗類鈔・
文學類》全引此段以云「江西多詩人」，〔註127〕均是針對陳三立的側
重惡俗惡熟、專事韓黃、江西籍而言。另《詩話》卷二十九錄有侯銘
吾〈讀石遺室詩集呈石遺老人八十韻〉論及同光時期詩人，「雙井孕
散原」〔註128〕逕以陳三立為黃庭堅之正宗傳人。

〔註125〕《散原精舍詩文集》，頁16。
〔註126〕汪辟疆：《汪辟疆說近代詩》，頁135。
〔註127〕徐珂：《清稗類鈔》第八冊，頁146。
〔註128〕「……石遺老人出，揭櫫號同光。雙井孕散原，半山學海藏。發庵
於二者，亦頗扼其吭。節庵工超逸，中晚多感傷。乙庵喜詰屈，深
語難淺商。舸庵學簡齋，杜味得蒼涼。香宋比陵陽，精卓莫低昂。
劍丞視伯足，長者或徐行。博麗鬥工巧，雲門共龍陽。瞰谷迫觀槿，
後山步趨蹌。蒼虬起後勁，陳鄭觀徬徨。（散原嘗云：此世有仁先，
使余與太夷詩，皆不免為傖父。）壬秋守漢魏，舊派衍湖湘。公度
五七言，謝翱欲與翔。喜蘇不喜黃，南皮一文襄。各不為地圈，道
分而鑣揚。諸子自一時，石遺實兼長。石遺持偏師，能以弱制強。
石遺揮巨刃，大道闢榛荒。石遺拗禿筆，有時放毫芒。每每下一語，
煉於百練鋼。生澀者平易，平易者微茫。微茫者冷峭，冷峭者鬱蒼。

　　以上，同光體四位代表人的詩風是包羅萬象的，沒有人專寫一種內容，只是每個人在多樣化中有自己所選擇的詩風取向。陳衍詩作少，亦感嘆自己能言詩但不能作詩，其詩在四人之中比較缺乏被討論的機會，但是陳衍頗能實踐自己論詩主張，最重要的是其詩不用僻字僻典、平易白話的風格，以及其論詩的開放性理念，展現了日後產生的五四新文學之現代詩風味。鄭孝胥也中肯地實踐其「惘惘不甘之情」的主張；沈曾植與陳三立比較接近，以二人的思想作風表現於詩來說，他們都做到了關心民生與政局的努力，而沈曾植更加明確地實踐以佛語入詩、喻詩的主張，由學詩過程強調了詩歌往深層哲理思想的精進。

　　龔鵬程《江西詩社宗派研究》以江西詩派作為一個時代觀念而考察宋詩，云清代未見江西精義。〔註129〕同光體乃陳衍、鄭孝胥二人所倡，陳衍又有意識地以詩話、序跋、選詩評詩表現其詩學觀念，陳三立與沈曾植在龔鵬程從江西詩派角度而看到的是「頗得江西情實」但「憑藉寡」，因為陳三立、沈曾植二人未有明確、有意識地提出詩論，二人詩歌表現也形成了同光體的偏體，由於憑藉寡，自然成效不彰。陳衍論詩並未走入沈曾植的以佛語寫詩，也沒有陳三立的盡毀辛丑之前作品的以詩表達政治意圖為主要意志。

　　　　池館恣開適，江山助淒愴。風雨供馳騁，鳳鷟接高颺。詞約而事備，貌柔而氣剛。視孟窮累累，視韓富穰穰。窮可醫肥俗，富可饋貧糧。有如一老樹，著花自芬芳。又如老雄雞，爪觜獨擅長。橄欖初苦澀，啖之甘回嘗。洪鐘無大小，扣之聲鏗鏘。白日忽飛動，大風翻巨樟。攀躋既非易，摹仿焉可常。云從皮陸入，畢竟多皮相。用心已到聖，直逼夫子牆。近人盛宗宋，時服炫古裝。根本不盛大，謬云欲祧唐。學人與詩人，大抵非殊方。往持詩教者，大官坐廟堂，石遺位非高，大力鄙小倉。小倉結公卿，遂令天下狂。公獨潔其身，俗士踣且僵。公身雖獨善，公名乃彌彰。……」。

〔註129〕龔鵬程：《江西詩社宗派研究》：「及遞清中葉，桐城派起，其詩稍復宋人格調，同光繼興，遂有江西魔派之稱。視其詩法議論，頗有得江西之情實者，陳散原沈寐叟尤稱絕倫。然憑藉既寡，資效弗彰，不旋踵而新文化運動起，有所謂反傳統之風潮焉。於詩，苦詬宋格，追賞唐音，於是視江西若敝屣矣。」，（臺北：臺灣學生書局，1983），頁49。

第三節　同光體之分支發展

　　陳衍與鄭孝胥所定名的同光體「不墨守盛唐」是一句很遼闊的話，正因爲說得遼闊，故晚清以至近、當代之研究亦在此遼闊中，各據一隅而發表議論。這些研究又以詩人作品之賞析爲主，並以追溯學古對象以及如何與前人之承接爲主要論述。爲了對問題有重新的認識，另闢谿徑是首要步驟，近代評論家汪辟疆、錢仲聯所另闢之谿徑則是地域分派。這種作法是摒棄陳衍所說的「同光以來」、「不墨守盛唐」兩項重點，而將之拆解，另以地理區域、時間年代、江西風格劃分，本書認爲乃屬於詩之發展的研究。

一、區域分派

　　近代之評論同光體，所做的第一件事是分割同光體，即汪辟疆、錢仲聯以詩人的籍貫區分。汪辟疆〈近代詩派與地域〉一文將近代詩家以地域分爲六派：湖湘派、閩贛派、河北派、江左派、嶺南派、西蜀派，將同光體列爲「閩贛派」，並指出其代表人物爲：

> 閩贛派近代詩家，以閩縣陳寶琛、鄭孝胥、陳衍、義寧陳
> 三立爲領袖，而沈瑜慶、張元奇、林旭、李宣龔、葉大莊、
> 何振岱、嚴復、江瀚、夏敬觀、楊增犖、華焯、胡思敬、
> 桂念祖、胡朝梁、陳衍恪羽翼之，袁昶、范當世、沈曾植、
> 陳曾壽，則以他籍作桴鼓之應者也。〔註130〕

汪辟疆所云閩贛派的特質是：「瓣香元祐，奪幟湖湘，同光命體，儼居正宗，抑其次也」，但是語中之「儼居正宗」是居何宗，「抑其次也」是何者之次，並未申明；而且，何以只有此派以兩個省份合稱？再者，汪辟疆以「閩贛派」爲「同光派」別稱，而云「閩贛派詩家，實以宋人爲借徑」，其所言「宋人」指黃庭堅，而關於閩贛派詩人代表則說：

> 閩贛派近代詩家，以閩縣陳寶琛、鄭孝胥、陳衍、義寧陳
> 三立爲領袖。……若袁昶、范當世、沈曾植、陳曾壽四家
> 者，皆不著籍閩贛，而其詩則確與閩贛派沆瀣一氣，實大

〔註130〕汪辟疆〈近代詩派與地域〉，收在《汪辟疆說近代詩》，頁26。

聲宏，並垂天壤。〔註131〕

在此，黃庭堅與陳寶琛、鄭孝胥、陳衍、陳三立發生「關係」的抵觸，亦即閩贛派都是借徑黃庭堅的嗎？至少，陳衍就不是。重要的是，陳衍與鄭孝胥所說的同光體是從時間（同光以來）、風格（不墨守盛唐）說的，而「著籍閩贛」與上述兩點都沒有關係。曾克耑〈論閩派詩〉則云「說閩詩都是學山谷的，這真是一個強不知以為知的一種胡說」，曾氏認為閩派所奉的宗師只是王荊公。〔註132〕汪辟疆說袁昶、范當世、沈曾植、陳曾壽四家是「並垂天壤」者，但又不是閩贛籍，因此，汪辟疆〈近代詩派與地域〉分法是矛盾的，其稱閩贛派是以籍貫為言，後四家「不著籍閩贛」而詩風相似；閩贛既是地理名詞，其焦點在籍貫，既言籍貫，何以又以詩風相同、籍貫不同納入一個「地理」性質的派別？汪辟疆以地域說詩，卻把詩風與詩人籍貫混而論之。

錢仲聯〈論同光體〉則將光宣詩人分為三派：一、閩派，陳衍、鄭孝胥為代表；二、江西派，以陳三立為代表；三、浙派，以沈曾植為代表。換言之，錢仲聯打破陳衍、鄭孝胥的說法，重新立名號與義界，同光體變身了，變成涵蓋閩派、江西派、浙派三派的「光宣詩壇」之一。另外，曾克耑〈論閩派詩〉以地域分同光體為三派：其一吳派，以范當世為領袖，風格沈雄悲壯；其二贛派，以陳三立為領袖，又稱為新江西派，風格奧衍精瑩；其三閩派，以陳弢庵、鄭孝胥為領袖，風格綺麗清夐。應該辨明的是：陳衍所說的是一個具有獨立意識的體派，而錢仲聯則轉向一種結合時代與詩人籍貫的意義。錢仲聯乃近代詩壇耆宿，其論詩有一定的影響力，但是，對同光體的分析是由否定創始人的說法，另樹己碑，他的以地域分派，所導出的是詩派的發展研究而非詩派本身的問題，也就是說，由內部觀點轉移到外部觀點。而曾克耑亦以地域區分同光體，但所劃分

〔註131〕同前註，頁 26～28。
〔註132〕曾克耑〈論閩派詩〉，《頌橘盧叢薆》第六冊，（香港：新華印刷公司），頁 1406。

出來的派別又與汪、錢不盡相同，相同的只有汪、錢、曾三人的說法，都將同光體視爲閩派詩而論。

　　近代以來的文學史都承汪辟疆、錢仲聯的論述模式，以分割的方式分析同光體。如此分割，自然引導出同光體不再具有自身意義，而成爲從外圍的發展面看到的同光體。區域概念本是清代學風與思潮的一種趨勢，〔註133〕尤其梁啓超〈近代學風之地理的分布〉〔註134〕一文更提示區域影響研究的未來性，梁啓超著眼於學術風潮，錢仲聯依據梁啓超的觀點亦以區域劃分了同光體。名震宋代的江西詩派，其派別取名是創始人黃庭堅爲江西人，後之追隨者並不全是江西籍，很明確是「以味不以形」的組織。錢仲聯、汪辟疆亦從區域籍貫來看同光體，但卻是「以味又以形」。錢仲聯〈論同光體〉說同光體包括三個流派，其中閩派云：

> 這一派以陳衍、鄭孝胥、沈瑜慶、陳寶琛、林旭爲首，最後有李宣龔爲殿。這一派的學古方向，溯源韓、孟，於宋人偏重於梅堯臣、王安石、陳師道、陳與義、姜夔，沈瑜慶則偏重蘇軾，陳衍又接近楊萬里。

錢氏引陳衍〈知稼軒詩序〉、〈重刻晚翠軒詩序〉〔註135〕兩篇文章，說「這兩篇文章所評述，大致可以看出閩派詩早期各家在學古中各具

〔註133〕　張仲謀：《清代文化與浙派詩》〈緒論〉：「與前代相比，清代詩派的生成方式，其同仁性質趨於淡化，而地域特徵則尤爲突出。諸如雲間詩派、婁東詩派、虞山詩派、嶺南詩派、河朔詩派，一直到晚清時期的湖湘派、閩贛派等等，儘管覆蓋面有大有小，然大都以穩定的地域文化爲背景依托。」（北京：東方出版社，1997），頁1。

〔註134〕　梁啓超：《飲冰室文集》第十四冊，（臺北：臺灣中華書局，1983）。

〔註135〕　〈知稼軒詩序〉：「吾鄉人之常爲詩者，余識葉損軒（大莊）最先，次蘇戡，次弢庵（陳寶琛），又次乃君常（張元奇），……之數子者，身世皆略如其詩，損軒少喜樊榭（厲鶚），繼爲後村（劉克莊）、放翁（陸游）、誠齋（楊萬里）。……蘇戡原本大謝（靈運），浸淫柳州（柳宗元）參以東野（孟郊）、荊公（王安石），於韓專學清雋一路。」《陳衍詩論合集》下冊，頁1059。〈重刻晚翠軒詩序〉：「暾谷（林旭）力學山谷、後山、寧艱辛，勿流易，寧可憎，勿可鄙。……後山學杜，其精者突過山谷，然精澀者往往不類詩語，暾谷學後山，每學此類。」《陳衍詩論合集》下冊，頁1046。

風貌的特點」。錢仲聯所依據的分派條件是詩人籍貫，但是陳衍〈知
稼軒詩序〉敘述的是「吾鄉人之常爲詩者，……」，沒有直接證據指
出陳衍說的「同光體」即是「閩詩人」，同光體的兩個條件：「同治、
光緒年間」與「不墨守盛唐」，陳衍所談的是詩人風格，也並未指籍
貫。陳衍將道光以下詩人分爲「清蒼幽峭」與「生澀奧衍」兩派，前
者以鄭孝胥、後者以陳三立爲代表，而許多學者卻都將此兩派當作同
光體的兩個派別而造成研究上的誤解。《詩話》有云：

> 近來詩派，海藏以伉爽，散原以奧衍，學詩者不此則彼矣。
> 范樊山之工整，訴衢者百不一二，六橋、間公其最也。（《詩
> 話》卷三十一）

道光以下詩人之「清蒼幽峭」、「生澀奧衍」，指的是風格，而近來詩
派之「伉爽」、「奧衍」也是風格，陳衍以風格論詩，並不以地域。但
後人卻以區域籍貫分析，難怪同光體從晚清以後愈莫衷一是，在名聲
高遠的學者手中，糾結成一團。

近代學者中，錢基博〈陳石遺先生八十壽序〉尚能看到陳衍所談
的是風格而非區域：

> 每謂人曰，譚經說史，皆爲人作計，無與己事，作詩尚是
> 自家意思，自家言說，透闢生峭。與陳散原、鄭海藏一時
> 爭雄，同出宋賢西江，而蹊逕各別。散原奧峭而出之以磊
> 砢，海藏枯澀而抒之以清適，丈則奧衍而發之以爽朗，鑿
> 幽出顯，力破餘地，此其所獨也。〔註136〕

但是，這對於目前的同光體研究是鳳毛麟角，尚更有誤解陳衍詩論
者。地域影響詩人的創作風格，但風格未必一定是由地域關係而成，
兩者之間的對應關係須待辨明，更重要的是陳衍本人的立場是論詩人
作品，並未以地域言鄭孝胥、陳三立、沈曾植之別。所以錢仲聯、汪
辟疆之以地域分同光體詩人的派別是尚待商議的，換言之，所謂同光
體的閩派、江西派、浙派等是一種清代盛行的區域流派觀念，但不是
陳衍本人的說法。陳衍並未以區域爲主要論詩觀點，《詩話》中所論

〔註136〕《石遺先生集》第十三冊。

是偶然談及閩地詩人，沒有特別強調「閩派詩」，更未指出「閩派詩」
為「同光體」。汪辟疆、錢仲聯卻以區域詩派觀念分割同光體，只能
說是將梁啓超所提的地理觀念擷取「區域」一詞用來拆散同光體而
已，他們並未對所提出來的域派別作深入分析，包括這些區域派別的
形成原因、蘊涵與發展。

其實，以地理區域論詩文，目的仍側重在分析該區域的風格特
性，亦即地理環境對風格的影響，最早如魏徵〈隋書・文學傳序〉，
〔註137〕晚至梁啓超〈中國地理大勢論〉論述我國歷來建都南、北方
及其審美風尚：

> 由此觀之，建都于揚子江流域者，除明太祖外，大率皆創
> 業未就，或敗亡之餘，苟安旦夕者也。為其外界之現象所
> 風動、所薰染，其規模常綺麗，其局勢常常清隱，其氣魄
> 常文弱，有明月畫舫、緩歌慢舞之觀。〔註138〕

歷代建立的都城都因地理之「風動」、「薰染」而影響朝代局勢規模。
梁啓超又論地理環境對詞章的影響：

> 燕、趙多慷慨悲歌之士，吳、越多放誕纖麗之文，自古然
> 矣。自唐以前，于詩、于文、于賦，皆南北各為家數。長
> 城飲馬，河梁攜手，北人之氣慨也；江南草長，洞庭始波，
> 南人之情懷也。散文之長江大河、一瀉千里者，北人為優；
> 駢文之鏤月刻雲、善移我情者，南人為優。蓋文章根于性
> 靈，其受四周社會之影響特甚焉。自後世交通益盛，文人
> 墨客，大率足跡走天下，其界亦寖微矣。

文章根於性靈，性靈由生活環境影響詩人個性而成。古代交通困難，
區域與區域之間的互動少，區域容易保存自己特色，所以，區域對人
文的影響較明顯；後世交通發達，區域地理對性靈的固塞封閉之影響
轉為開放，故區域影響比較微弱了。所以，時代愈後的年代，區域性

〔註137〕魏徵〈隋書・文學傳序〉：「江左宮商發越，貴于清綺；河溯詞義貞
　　　　剛，重乎氣質。氣質則理勝其詞，清綺則文過其意。理深者便于時
　　　　用，文華者宜于詠歌。此其南、北詞人得失之大較也。」
〔註138〕梁啓超：《飲冰室文集》第四冊。

影響力之重要性可能只剩下「桑梓之情」的意義，尤其清代對區域性詩話的整理是超越前人的。劉誠《中國詩學史‧清代卷》指出：

> 纂輯區域性詩話的念頭是由對故鄉的感情觸發的。中國文
> 人的鄉土意識極爲濃厚細膩，這可以從無數的詩文中領略
> 和感受到：而這些文人及其作品又是鄉土文化的榮耀和精
> 神上的代表，保存一郡一邑之文字使之如金石般不朽，正
> 是桑梓之情的最好體現。〔註139〕

以揚州爲例，阮元〈廣陵詩事序〉，認爲編輯《廣陵詩事》可以詩證事，庶幾保存文獻：

> 大指以吾郡百餘年來名卿賢士嘉言懿行綜而著之，庶幾文
> 獻可證，不致零落殆盡。〔註140〕

陶元藻〈全浙詩話序〉：

> 先正有言：君子居其鄉則一鄉之文獻可傳。又謂：坐視先
> 哲詩文淪洙，是爲忍人。浙江山陬而水復，多韜光匿采之
> 士，歲月既久，聲聞歇寂，得先生爲之揭揚，奪諸蠧蝕蝸
> 涎，以煜發其光彩，實能使古人逾久不敝之性情，綿綿繹
> 繹，會著於簡編。〔註141〕

保存地方文獻及發揚光大地方色彩就是桑梓之情的最好表現，所以，清代文學與學術的區域性雖強，但是區域對文學的影響，自古以至清代，在形態、目標上的意義已經發生變化。以清代而言，區域性影響文學應該聯合地理學、方志學、社會學等進行研究，以探索其更深刻的內在原因與意義，而非僅以區域劃分詩派。

　　至於陳衍所論的江西詩派，以陶潛爲始，〔註142〕從舉例之詩家

〔註139〕 劉誠：《中國詩學史：清代卷》第一章〈概說〉（福州：鷺江出版社，2002），頁23。

〔註140〕 阮元：《廣陵詩事》，（臺北：廣文書局，1971民60年9月）。

〔註141〕 陶元藻輯：《全浙詩話》，（臺北：廣文書局，1976）。

〔註142〕 《續編》卷三：「江右詩家，自陶潛以降，至趙宋而極盛。歐公、荊公、南豐、廣陵外，又有所謂江西宗派，祖山谷而禰彭城之後山，其甥徐師川，即不宗仰山谷，不足憑之說也，至前清而就衰。名者雖有蔣心餘、吳蘭雪、高陶堂，派別既不一致，力亦不足以轉移天

可知其所指爲籍貫，但到了清代「派別不一致」而不足以轉移風氣之語，說明同爲江西人氏，最終風格也不相同。詩人籍貫可以用來從事地理研究，但張泰來《江西詩社宗派圖錄》指出「風土」實不足以限制文學：

> 説者謂：居仁作圖，既推山谷爲宗派之祖，二十五人皆嗣公法者。今圖中所載：或師老杜，或師儲、韋，或師二蘇，師承非一家也。詩派獨宗江西，惟江西得而有之；何以或產於揚，或產於兗，或產於豫，或產於荊梁？似風土又不得而限之矣。〔註143〕

楊萬里已爲江西詩派定出「以味不以形」的標準，張泰來也說「似風土又不得而限之矣」，不審錢仲聯何以在此觀念中又以詩人籍貫區分派別？所以，區域劃分使得同光體更加模糊複雜，而產生重疊現象。

　　以區域分派的方法出現，所列置的詩人就形成錯綜現象。錢基博《現代中國文學史》在詩之部分，〈宋詩〉列舉陳三立、陳衍、鄭孝胥、胡朝梁、李宣龔五人，除胡朝梁外，以下各有附列：

　　陳三立——附張之洞、范當世、陳衡恪、陳方恪

　　陳　衍——附沈曾植

　　鄭孝胥——附陳寶琛、鄭孝檉

　　李宣龔——附夏敬觀、諸宗元、奚侗、羅惇曧、羅惇曼、黃濬、梁鴻志、何振岱、龔乾義、曾克耑、金天羽

陳三立是晚清江西詩派的代表人，陳衡恪、陳方恪爲陳三立之子，但是張之洞斥江西爲「魔派」，何以與所謂江西派的陳三立共列？而李繼凱、史志謹《中國近代詩歌史論》〈詩家論〉又將陳三立與王闓運合論，〔註144〕除了汪辟疆、錢仲聯之分派外，有鑑於汪辟疆分法的偏頗遺漏，於是再以地域角度，將近代詩人分爲內地派、邊地派與海

　　下風氣。」
〔註143〕《清詩話》，頁48。
〔註144〕李繼凱、史志謹：《中國近代詩歌史論》，頁351～362。

外派：

> 內地派主要是身居內地的詩人，主要指漢族的一些詩人；
> 邊地派主要是身居邊遠地區的詩人，其中特別是指那些沿
> 海地區（包括臺灣）與少數民族地區的詩人；海外詩派，
> 主要是指留學、流亡、經商於海外的中國詩人（華僑詩人
> 包括在內）。〔註 145〕

此分法又打破詩人籍貫的劃分，以「落後的復古」與「進步的近代」
區分，主要視詩人有無接受「外來文化的滲透」為主，所以，內地派
是指承襲相對穩固的不同程度復古思想、邊地派是對災難和動盪政治
特別敏感者以及少數民族詩人、海外派是沒有嚴格意義的在海外寫詩
者。分派形成混沌後，無法凝聚焦點，於是出現頗啟人疑竇之語。例
如錢基博《現代中國文學史》論陳衍：

> 與陳三立、鄭孝胥一時爭雄，同出宋賢江西，而蹊徑各別。
> 三立奧峭而出之以磊砢，孝胥枯澀而抒之以清適，衍則奧衍
> 而發之以爽朗，鑿幽出顯，力破餘地，此其所獨也。〔註 146〕

錢基博認為陳衍、陳三立、鄭孝胥「同出江西」，問題是陳衍並不承
認自己是「江西派」。〔註 147〕所以，區域分派把一個原本單純的主
體對象，另找出多條支線，其本意或許是要開拓研究空間，但是它
的侷限正是這些支線無法回應同光體原始的標誌，於是出現解釋的
分歧，同光體的位置從此模糊，終於掉入一個更遼闊的名詞——宋
詩運動。蔡鎮楚《中國詩話史》指出「同光體」是：

> 喧赫一時的宋詩運動，至同治、光緒年間發展而為「同光
> 體」，其中包括三派：以陳三立為首的江西派，宗黃山谷；
> 以陳衍為首的閩派，宗梅堯臣、王安石、陳師道、姜夔，

〔註 145〕李繼凱、史志謹：《中國近代詩歌史論》認為汪辟疆分法不妥之處
　　　　有三：一、湖湘派如果包括新派詩人在內，則不能稱作「領袖」，
　　　　二、秋瑾、宋教仁、鄒容未置入相應位置，三、以古法的詩學原則
　　　　充塞近代的歷史框架，是一種內在矛盾的僵硬觀念。頁 204。
〔註 146〕錢基博：《現代中國文學史》，頁 220。
〔註 147〕《續編》卷一評黃曉浦詩，云：「第四句指日本人謂余詩主江西派，
　　　　實不然也。」

以沈曾植爲首的浙派，則專宗江西詩派。〔註148〕

將同光體視爲「宋詩運動」之一支來討論是目前學界的眾論與定論，本書以爲同光體若爲「宋詩運動」之一，其在「宋詩運動」中的獨特性爲何？「宋詩運動」若是道咸以來的整體詩歌取向，何以只出現「同光體」一體而影響晚清至民國詩壇？凡此均爲割裂的研究無法解釋的問題。

二、年代劃派

此外，錢仲聯認爲同光體的「同」沒有著落，應云「光宣」，故汪辟疆有《光宣詩壇點將錄》、馬衛中有《光宣詩壇流派發展史論》、龐中柱《晚清宋詩運動研究》有「宣民詩壇」之論，便是從年代的區隔討論晚清詩壇。

馬亞中《中國近代詩歌史》一書，繼承錢仲聯分割的方法，而以「同光」時期爲基礎，論述該時期的詩人詩風。錢仲聯是完全離開陳衍所定的「同光」、「不墨守」兩義，反以陳衍並不預設的區域觀念去分析同光體。馬亞中擷取陳衍義界之一的「同治光緒年間」，再把「同光體」置入此「同光年間」來觀察，據此，同光詩人成爲一個龐大的集群，但是，同光詩人之中，有多少人符合「同光體」之「不墨守盛唐」卻應再仔細區分，故「同光詩人」不等於「同光體詩人」。也就是，「同光體」與「同光派」是兩件事，除了體、派之意義與觀念不同外，後代學者似乎疏漏了當時提出同光體的陳衍、鄭孝胥兩人；而「同光派」又再成爲「宋詩運動」的同義詞。

以上，區域及年代劃分詩人是屬於同光體的發展研究，乃同光體的延伸部分。從陳衍、鄭孝胥之有意識、有發言、有詩論的積極主觀意義而言，同光體之「不墨守盛唐」義並非對宗宋的追求，同光體的核心意義是由一種體製形成的派別，既爲體製，其內部詩論應比外部研究更值得探究。同光體在陳衍、鄭孝胥之後有所發展變

〔註148〕蔡鎮楚：《中國詩話史》卷六〈近代詩話〉，頁317。

異，然而其中變異不應以區域劃分，而應以體製而論。錢仲聯、汪
辟疆以地域論詩，以及諸多文學史所稱之「同光詩家」乃指同治、
光緒年間或者以後之詩人，嚴格說來，均非同光體之原始意旨，這
是在名義界定上的模糊，以至形成了模糊且複雜的同光體。這些異
論，由於敘述者立義之殊，進而所入之門異，所獲致之結論則歧，
此目前同光體研究之雜繁所在。

第八章 同光體「宗宋」之商榷

　　近代以來的文學評論者對「同光體」似乎延續著一種文學的誤會。由於首先肯定同光體是「宋詩派」之 ，再肯定同光體是承繼清初何紹基、程恩澤等人「清初宗宋派」而來，既爲「宋詩派之一」，則宋詩派的「其他條件」就可能因局部相似而又可納入同光體，故同光體在近代詩壇呈現著混雜的論述，同光體永遠不是同光體，只是「宋詩派」之一支的同光體。如此，基本上就沒有視同光體爲獨立的存在，再加上「宋詩派」義界過於寬泛、清代詩論之唐宋詩之爭、對陳衍詩論的誤會等，如此檢驗出來的答案是不符或甚至是負數的。考察《詩話》所言，清代詩人「喜言宋詩」但未嘗有詩人提出「宋詩派」、「宋詩運動」之語，這兩個群體觀念是後代學者爲研究方便而以近代西方的名詞加裝上去的，後世所提出的這兩個用語很模糊，並無明確義界，以至「宋詩派」與「宋詩運動」對於同光體是兩面落空的名詞。

　　所謂「運動」是西方術語，在生物學上意指「生物體本身的位置、方位或姿勢的改變」；在物理學上，意指「物體位置對另一個物體位置的變化」；[註1] 應用在社會學上，「社會運動」成爲一個普遍使用的名稱，指「一大群個人要進行一種社會變動的行動綱領或

〔註1〕 《大不列顛百科全書》第十七冊，（臺北：丹青圖書公司），頁319～320。

程序」，〔註2〕它通常也是社會思想家的一種概念工具，就是在社會群眾間散播思想、宣傳主義，以謀達其目的者。〔註3〕在中國社會，「運動」一詞是戊戌以後，西方傳入的社會科學著作且由日文轉譯的名詞之一。〔註4〕因此，它至少應有發起人、明確的主張宗旨、具共同理想之群體成員、為其共同理想所作的努力等元素，方能成立，例如民初的「五四運動」、「白話文運動」等。〔註5〕但是，所謂「清代宋詩運動」並沒有以上的特點，「晚清宋詩運動」、「近代宋詩運動」亦同。

故「同光體宗宋」值得商榷，除了義界不明確的「宋詩派」、「宋詩運動」外，另一原因在於學者對清代之宋詩觀未經仔細權衡，以及啟端於嚴羽「以文字為詩，以才學為詩，以議論為詩」中的「學」的認知不夠或者過度認知。近代對同光體的研究，因在未經權衡的宋詩觀之中進行解說，於是歸納出的「宋詩派」典範同時也是個誤會，再據以檢驗同光體「宗宋」則成了雙重誤會。孔恩《科學革命的結構》一書指出一個社群找到典範後，可以確定某一門學科有哪些規則存在，但是共同的典範與大家都接受的規則之間，並非彼此有通路，且社群成員同意某一典範，但不一定能對這個典範有完整的詮釋。〔註6〕如果將「同光體『宗宋』」，或者「同光體是清末『宋

〔註2〕 同前註，第十三冊，頁 124。

〔註3〕 《中文大辭典》第九冊，（臺北：中國文化大學出版部，1990），頁 130。

〔註4〕 張大明、陳學超、李葆琰：《中國現代文學思潮史》上冊，第二章〈啟蒙思潮下的文學革新高潮〉：「戊戌後傳入中國的西方社會科學著作，從日文譯出的漸多，西方各種專有名詞在日文中的漢字新語也順然移入中國。如『時代』、『社會』、『思想』、『組織』、『手段』、『手續』、『取締』、『談判』、『崇拜』、『價值』、『絕對』、『唯一』、『人格』、『運動』、『過渡』、『目的』、『舞臺』、『民族』……等等，都是借自日文的外來語。」（北京：十月文藝出版社，1995），頁 54。

〔註5〕 五四運動有〈五四北京學界全體宣言〉，收在周策縱等著：《五四與中國》，（臺北：時報文化出版公司，1979），頁 4～5。自話文運動則有胡適〈文學改良芻議〉。

〔註6〕 Thomas.S.Kuhn "*The Structure of Scientific Revolution*"王道還等譯：《科學革命的結構》〈導言〉，（臺北：遠流出版社，1994），頁 91～92。

詩派』之一」視爲孔恩所謂的「流行的答案」，〔註7〕則典範的流行
答案背後雖然不一定有一套規則存在，但必有可以把握的一組性質
是這個流行的答案所指涉的事物所共有，而被拿來使用，這一組流
行答案可從近代的詩學研究尋找出其中「誤會」，以下即敘述目前
「流行的宋詩觀」。所謂宋詩是相對於宗唐而言。

　　本章內容有：一、把同光體和「宋詩派」的設定分開，說明典範
在社群成員中已經歧出的解釋，二、陳衍詩論對宋代詩學觀念有意的
變化觀念，三、陳衍的自述之語三部分，釐清同光體並非宗宋的這個
近代以來因襲的論題，提出晚清同光體「宗宋」之商榷。

　　近代以來，對同光體的誤會來自於兩大問題，一、什麼是宋詩、
二、陳衍詩論。關於宋詩特色，自嚴羽「以文字爲詩，以才學爲詩，
以議論爲詩」後，明清兩代所論實夥，導致宋詩特色成爲一個眾說
紛紜的論題，但各方說法所提供的訊息反成一個難以明確定義的宋
詩，在此情況下，去評判清代之宋詩其實是未經權衡的宋詩，或者
說是一個已然發酵過的宋詩。目前的宋詩研究浩繁，然而，看到的
事物特色往往也同時製造出該事物的盲點，例如：「學杜學韓」是宋
詩特色，「學杜學韓」卻成爲宋詩特色之桎梏，換言之，黃庭堅詩是
宋詩特色，而黃庭堅學杜甫韓愈，則杜甫韓愈是否爲宋詩特色？近
代對同光體的誤解之一即是對宋詩的定義太寬，以至於在這個極寬
的視域中，論者所見的陳衍詩論或近似同光體詩人者，則處處都可
以「是宋詩」的影子。宋詩固爲一代之詩，要詳細說明宋詩特色，
恐非三言兩語可盡述，業師張高評先生《宋詩特色研究》〔註8〕一
書探討宋詩特色所牽涉的方面有會通化成、新變代雄、創意造語，
乃爲學者共識。爲避免在目前研究同光體是在未經權衡的宋詩之中
再造成混淆，本章擬採取從固有的「宋詩派」中，將同光體抽離之
方法，描述同光體自身。

〔註7〕同前註，頁 13。
〔註8〕張高評：《宋詩特色研究》，（長春：吉林出版社，2002）。

第一節　從「宋詩派」分離

嚴格說來，近代詩歌研究論文所說的「宋詩派」、「宋詩運動」是後世學者各以己意定名，晚清詩壇並未見此名稱。吳淑鈿《近代宋詩派詩論研究》第一章〈導論〉云：

> 清代此末代王朝的後期，中國社會受到歷史性的衝擊的時候，一部分舊派文人擷取其中的養份，以爲創作的指標，指標的選擇又意味傳統詩說的回歸；將道德主體與創作主體合而爲一，表現重德的人文精神，遙應孟子的「知人論世」說。我們將道咸至同光間一群在詩學上有這種共識的詩人稱爲近代宋詩派。

文中所說的舊派文人、傳統詩說、重德精神並不能解釋晚清末年紛雜的詩壇與詩風，而這三項爲何可以作爲「近代宋詩派」的理由，書中也沒有說明。對於一個派別的名稱、創始人、成員、特色等，至少都應有當代人的話語作爲基礎，但是，清詩人關於宋詩，最多說到「喜言宋詩」、「專尚宋詩」，〔註 9〕由於預設了晚清詩人並未說出的前提，於是，先肯定同光體是「宋詩派」或「宗宋」，由此前提而對同光體的分析與判斷將同光體愈來愈拖離其自身，以至今日，陳衍、鄭孝胥所提出的同光體成爲一個複雜、模糊、各說各是的詩體。文學史或文學批評史中，「宋詩派」的劃分就是造成混沌的第一個問題。

一、未經權衡之宋詩

清詩研究是晚近發展起來的學術領域，早期劉大杰《中國文學發達史》一書雖論至晚清詩人，但清代詩只花了十二頁篇幅；陸侃如、馮沅君《中國詩史》下卷〈近代詩史〉起自唐五代詞，下迄明

〔註 9〕如陳衍《詩話》卷一：「道咸以來，何子貞紹基、祁春圃寯藻、魏默深源、曾滌生國藩、歐陽磵東輅、鄭子尹珍、莫子偲友芝諸老，始喜言宋詩。」；康熙時的宋犖《漫堂說詩》第二則：「明自嘉、隆以後，稱詩家皆諱言宋，至舉以相訾警，故宋人詩集，庋閣不行。近二十年來，乃專尚宋詩。」

代散曲爲止，沒有清詩的篇幅。近年雖開始有近代詩歌研究，但是
對陳衍詩學頗多誤會，文學史或文學批評史之作，任務本在敍述文
學歷程、釐清文學觀念，但是近代的同光體研究，首先在溯源上即
出現混淆。

　　從「喜言宋詩」開始誤解同光體之「宗宋」，於是出現一連串爲
同光體尋求與「宋」有關連之溯源。郭紹虞《中國文學批評史》將同
光體詩人與何紹基列在同一目，並置於翁方綱「肌理說」之下，名爲
「肌理說之餘波」，所持之理由爲：同光體與肌理說均「合學人詩人
之詩而爲一」：

> 在「同光體」的詩人中間，如其一生精力盡於詩學，則即
> 使學古有得，而在作風方面或尚僻澀，或主瑰奇，似亦能
> 自樹一幟，然而仍不足以爲「同光體」的代表，何以故？
> 因爲他仍不免落於詩人之詩故。〔註10〕

郭紹虞對同光體的理解是：若要成爲同光體詩人，必備條件是學古有
得、尚僻澀、主瑰奇、須合學人詩人之詩爲一，而且「學人詩人之詩
爲一」乃關鍵所在，但郭紹虞並沒有說明何以「合學人詩人之詩而爲
一」是「肌理說之餘波」。另外，李繼凱、史志謹《中國近代詩歌史
論》根據郭紹虞說法，指出清代宋詩運動也可稱爲「詩家學者化」：

> 早期的提倡者是翁方綱、程恩澤和祁雋藻等人。……這種
> 以學問爲詩家根柢的說法或者也可叫做「詩家學者
> 化」，……繼之者又有何紹基、曾國藩、鄭珍、莫友芝等
> 人的此起彼應，同聲共調，便使宋詩派的聲勢越來越大
> 了。〔註11〕

並引陳衍〈近代詩鈔序〉：「學人之言與詩人之言合，而恣其所詣」爲
「宋詩派的基本特色」；如此將「宋詩派」溯源至「肌理說」者，其
著眼點在「學問」，即所謂學問詩的角度上。然而，陳衍提出「合學

〔註10〕郭紹虞：《中國文學批評史》，（臺北：文史哲出版社，1990），頁 1072。
〔註11〕李繼凱、史志謹：《中國近代詩歌史論》，（長春：吉林教育出版社，
　　　　1995），頁 182。

人詩人之詩二而一之」，所重者在「詩人之詩」，陳衍最終重視者為詩人性情（詳見第三章第三節），所以在學人與詩人的先後擇取上，是要「先為詩人之詩」。然而，郭紹虞之意，一位詩人不能成為同光體代表的原因是「落於詩人之詩」，此與陳衍「學人詩人之詩」的意思正好相反。郭紹虞又引陳衍〈近代詩鈔序〉〔註12〕稱為「此數語中已將同光體的真面目表露無遺」，然後又在其後文裡說同光體形成之文學關係「是他們推尊杜韓，推尊蘇黃的原因」，如此一來，郭紹虞稱為「宋詩運動」的同光體之條件在「宗杜韓、尊蘇黃」，黃保真等《中國文學理論史——清末民初時期》所論亦同。〔註13〕敏澤《中國文學理論批評史》將何紹基、鄭珍、莫友芝列為「道光以後宋詩派的倡導者」，並云「宋詩運動」是：

> 宋詩運動的倡導者們在文學上都是主張由學習蘇、黃。進
> 而學習杜、韓的，并且一致強調性情和學問。〔註14〕

敏澤除了提出「杜韓蘇黃」外，再加上「性情和學問」一項，關於性情與學問，清初以至晚清詩論家的見解各不相同，那麼，把不同的意見用來定義一個「運動」，是薄弱危險的。敏澤在《中國文學理論批評史》〈陳衍和同光體〉一節提及的「學問」引用何紹基、鄭珍、莫友芝之語，作出「宋詩派在思想上是落後的」結論，〔註15〕但是，陳

〔註12〕陳衍〈近代詩鈔序〉：「有清一代詩宗杜韓者，嘉道以前推一錢擇石侍郎，嘉道以來則程春海侍郎，祁春圃相國，而何子貞編修，鄭子尹大令，皆出程侍郎之門，益以莫子偲大令，曾滌生相國。諸公率以開元、天寶、元和、元祐諸大家為職志，不規規於王文簡之標舉神韻，沈文愨之持溫柔敦厚，蓋合學人詩人之詩二而一之也。」

〔註13〕「『合學人、詩人之詩二而一之』，這是陳衍對『宋詩派』前輩的創作主張和藝術實踐作出的理論概括，也是他對詩歌創作的基本要求。」，黃保真等：《中國文學理論史：清末民初時期》，（臺北：洪葉文化，1994），頁258。

〔註14〕敏澤：《中國文學理論批評史》，頁1354。

〔註15〕「宋詩派所強調的學問，就是孔、孟道統和程、朱理學，以及所謂的『絕特』的『儒行』，把它看作是處世、作學問、寫詩的『大原』和根本，這也就暴露了宋詩派所提倡的學問的內容，在思想上是落

衍對「學問」的說法並非指孔孟程朱學說。

在郭紹虞之後，黃霖《近代文學批評史》依循郭紹虞舊例，將何紹基、陳衍與宋詩派併為一節，並云「一般認為，道、咸間的宋詩運動直接發軔於程恩澤」；〔註16〕而鄔國平、王鎮遠《清代文學批評史》為「清初宋詩派」找到唐代的根源——杜甫、韓愈，引用田雯論詩，每有「杜、韓之派」：「歐陽文忠公崛起宋代，直接杜、韓之派而光大之，詩之幸也」，再云：

> 所謂「杜、韓之派」其實就是宋詩派。〔註17〕

鄔、王曾宋詩溯源至唐代的杜、韓，是以風格而論，然而，問題在：真正能引領風騷者，其風格通常不會只有一種，宋詩風格絕非單一，是否只要有生硬、瘦老、僻崛等風格者，都可以因為與杜、韓相關而成為「宋詩派」的線索？而且，詩學杜韓蘇黃是否能稱作就是宋詩派特色？

鄔國平、王鎮遠《清代文學批評史》又指出康熙年間的宋詩提倡者在「宗尚」方面轉向江西詩派：

> 他們在宋詩中更多地將目光轉向了江西詩派，以為此派的開山人物黃庭堅更能代表宋詩的風調。這種對宋詩的認識上承元初的方回，下開清季宋詩運動的先河。〔註18〕

這是從「宗尚」去談論宋詩，它是一種學習方向，宋以後的詩人宗尚某位宋詩人是否能構成其人「宗宋」的理由？以風格或宗尚去界定宋詩，可能是一件模糊的事。例如宋初西崑體學晚唐，蘇黃學杜

　　　後的。」，同前註，頁1359。

〔註16〕道咸間的宋詩運動興起的原因是：「清代中期，隨著神韻之空寂、格調之浮響、性靈之滑易等弊端日益暴露，社會審美趣味普遍喜新厭舊，而當時樸學盛行，詩人往往就是學者，長於訓詁考證，於是繼翁方綱『肌理說』之後，一種主張學宋詩、重實學、求鑱刻的思潮應運而生了。」黃霖：《近代文學批評史》，（上海：上海古籍出版社，1996），頁112。

〔註17〕鄔國平、王鎮遠：《清代文學批評史》，（上海：上海古籍出版社，1996），頁347。

〔註18〕同前註，頁348。

韓，那麼，西崑體、蘇黃與唐詩之間的「宋詩」關係是否能夠釐定？
汪辟疆《近代詩人小傳稿·陳衍》：

> 石遺初服膺宛陵、山谷，戛戛獨造，迥不猶人；晚年返閩，
> 乃亟推香山、誠齋，漸趨平淡。〔註19〕

這一段話若說與宋詩有關，只在於提到陳衍服膺之詩人都是宋人，
但陳衍在《詩話》裡自述不喜黃庭堅、自己也不是江西派（詳見第
三節），那麼，如果將陳衍詩論歸屬「宋詩派」的理由應該在哪裡？
陳子展《最近三十年中國文學史》〈詩界的流別及其共同傾向〉亦云：

> 和曾國藩同時的著名詩人，如鄭珍、魏源、何紹基、莫友
> 芝之流都喜談宋詩。這種尚宗宋詩的風氣，我們可以把它
> 叫做「宋詩運動」。近三四十年，所謂「同光體」，或所謂
> 「江西詩派」，便是繼承這個運動的產物。〔註20〕

如果依據陳子展所說，晚清至民國間的「同光體」與「江西詩派」
（應是指汪辟疆所云陳三立一派）都叫做「宋詩運動」，那麼，又何
必要有陳衍的「同光體」以及汪辟疆所分的六派、錢仲聯所分的三
派？自來，所謂「宋詩派」、「宋詩運動」或「近代宋詩派」、「晚清
宋詩運動」，研究者都沒有說出名稱意義的所以然，僅依據前人人云
亦云；假設「宋詩派」、「宋詩運動」、「同光體宗宋」是成立的，但
研究者又並未指出這些「宋」之確實涵括面，或者「近代宋詩派」、
「晚清宋詩運動」與唐詩相對的那一個「宋詩」有何異同？僅以陳
衍《詩話》卷一所云「喜言宋詩」而論，此語並不能構成一「運動」
的足夠條件；再者，如果「喜言宋詩」就足以稱「宋詩派」，那麼，
清初編輯《宋詩鈔》的呂留良、吳之振應該置於「宋詩運動」的哪
一派？陳衍與呂留良、吳之振的具體共同點，是都有《宋詩選》之
編著，學者在清代「宋詩派」的前提之下，以清初、中、晚三期劃

〔註19〕汪辟疆：《汪辟疆說近代詩》，（上海：上海古籍出版社，2001），頁
138。
〔註20〕陳子展：《最近三十年中國文學史》，（上海：上海古籍出版社，2000），
頁139。

分「清代宋詩派」，但結果顯示，以「清初宋詩運動」、「道咸宋詩派」、「近代宋詩派」爲名者，三者所根據的「宋詩派」條件都不盡相同。

　　黃霖《近代文學批評史》指出道咸間的宋詩派以何紹基言論最突出，而何氏論詩精義與核心在「不俗」，且「宋詩派詩人一般都重視學問乃至考據，以示『不俗』」，「何紹基標舉『不俗』，其精神主旨是強調藝術有個性」。〔註21〕黃霖以何紹基詩論之「不俗」爲其認定的宋詩派核心，但是，「不俗」是不屑與人相同、重視個性之意，那麼，如果「不俗」是從學問考據而來，那麼，學問與考據是「個性的」？

　　在多源之中溯源，又有視同光體與浙派相關。此作法亦是將同光體置入「近代宋詩派」去談，例如吳淑鈿《近代宋詩派詩論研究》之論近代宋詩派淵源有三：肌理說、浙派、桐城詩說。其中，對於近代宋詩派源自浙派的說法是：

> 浙派詩人論詩以學爲重，此亦正近代宋詩派詩論的重大關節。……清人論詩普遍重學，對道咸以後考據復興，傾心漢學的近代宋詩派作者來說，以學問爲詩更是一種明顯的共識；所謂由浙派演變而來，應是指他們對此論點的側重程度都相當大，有聲氣相同之勢。〔註22〕

由浙派演變而來的理由也是「以學問爲詩」。不過，吳淑鈿於文末亦說明：「近代宋詩派除了重學問爲詩，其餘見地實未盡同於浙派，所謂血緣關係，只就一偏而言。」事實上，不只「近代宋詩派」與浙派論血緣是「一偏」，所謂「近代宋詩派」或「宋詩運動」是個廣泛的名詞，目前尚未有學者爲它作確實的定義之後再予以清楚的研究，即使以吳淑鈿所定義的範圍來看，其中的問題是：陳衍論詩並非「傳統詩說的回歸」，對於翁方綱、何紹基、方苞之詩論亦未曾道及。而鄭

〔註21〕黃霖：《近代文學批評史》，（上海：上海古籍出版社，1996），頁116～123。

〔註22〕吳淑鈿：《近代宋詩派詩論研究》，（臺北：文津出版社，1996），頁48～49。

孝胥後來投效僞滿州國亦被以漢奸目之並鄙夷他在晚清詩壇的價值，雖然鄭孝胥詩的價值不在其經世理想的選擇，但歷來研究者所謂「近代宋詩派」是包括同光體詩人的，如此，貶抑鄭孝胥之學者，又應該如何對「重德的人文精神」作出解釋？

茲將上述作者之論點列一簡表：

作　者	論　　點
郭紹虞《中國文學批評史》	一、同光體爲肌理說之餘波 二、同光體與肌理說之特色均爲「合學人詩人之詩而爲一」 三、同光體形成之文學關係是推尊杜韓蘇黃的原因
李繼凱、史志謹《中國近代詩歌史論》	清代宋詩運動可稱爲「詩家學者化」，因爲詩家以學問爲根柢
敏澤《中國文學理論批評史》	宋詩運動的倡導者們在文學上都是主張由學習蘇、黃，進而學習杜、韓，并且一致強調性情和學問
黃霖《近代文學批評史》	一、道、咸間的宋詩運動直接發軔於程恩澤（宋詩派的清代之源） 二、宋詩派詩人一般都重視學問乃至考據，以示「不俗」
鄔國平、王鎮遠《清代文學批評史》	一、康熙年間的宋詩提倡者在「宗尚」方面轉向江西詩派 二、所謂「杜、韓之派」其實就是宋詩派（宋詩派的唐代之源）
陳子展《最近三十年中國文學史》	鄭珍、魏源、何紹基、莫友芝之流都喜談宋詩。這種尚宗宋詩的風氣，可以把它叫做「宋詩運動」。近三四十年，所謂「同光體」，或所謂「江西詩派」，便是繼承這個運動的產物
吳淑鈿《近代宋詩派詩論研究》	近代宋詩派淵源有三：肌理說、浙派、桐城詩說浙派詩人論詩以學爲重，此亦正近代宋詩派詩論的重大關節

以上論述者之說法是各取一個「點」爲「宋詩派」進行論說，可以看出對「宋詩派」的說法十分差參不齊：郭紹虞從詩論與尊崇杜韓蘇黃、李繼凱從學問、敏澤從性情與學問、黃霖從清代學問與

考據之源、鄔國平從崇尚杜韓、陳子展從崇尚宋詩、吳淑鈿從「以學爲重」的淵源等方面切入，但這些僅能是有關宗宋的條件「之一」而已。所謂「宗宋」的條件，惟朱則杰《清詩史》一書曾舉厲鶚爲例，述及何謂「宗宋」云：「厲鶚詩歌在藝術形式方面最大的特點是宗宋，具體表現有二：一是專法宋代詩人，二是好用宋代典故。」，但是，所說的宋代典故又指南宋國都杭州事物之描寫，因爲厲鶚詩記錄了杭州，那麼，何獨遺忘寫北宋國都汴京之典故者。換句話說，如果「好用宋代典故」也是宗宋條件之一，那麼，宗宋者是該寫汴京或杭州典故呢？朱則杰在學習末人上，則云：「一般詩人學習的大都是蘇軾、黃庭堅、陸游等大家，而厲鶚則所學盡是小家，主要是南宋的永嘉四靈，旁及姜夔，僅一陳與義家數稍大，而所取也只是他的前期詩。因此，厲鶚的詩歌格局狹小，風味清幽。」〔註23〕在這些歧義之下，目前的研究方法把同光體安裝在「宋詩派」中，而「宋詩派」的名義又不確定，則同光體於是更模糊纏擾。反過來說，假設這些歧義是成立的，那麼，同光體是否適用於這些論點？

　　在溯源方面之所以產生這些複雜的說法，起因應在於誤讀陳衍《詩話》一段關於道光以來詩學之述。〔註24〕這一番話論述晚清詩

〔註23〕朱則杰：《清詩史》，（上海：江蘇古籍出版社，1992），頁 232。
〔註24〕《詩話》卷三云：「前清詩學，道光以來，一大關捩。略別兩派：一派爲清蒼幽峭，自古詩十九首、……洗鍊而鎔鑄之，體會淵微，出以精思健筆。蘄水陳太初，《簡學齋詩存》四卷，《白石山館手稿》一卷，字皆人人能識之字，句皆人人能造之句，及積字成句，積句成韻，積韻成章，遂無前人已言之意，已寫之景，又皆後人欲言之意，欲寫之景。當時嗣響，頗乏其人。魏默深源之《清夜齋稿》稍足羽翼，而才氣所溢，時出入於他派。此一派近日以鄭海藏爲魁壘，其源合也。……其一派生澀奧衍，……語必驚人，字忌習見。鄭子尹珍之《巢經巢詩鈔》爲其弁冕，莫子偲足羽翼之，近日沈乙庵、陳散原，實其流派，而散原奇字，乙庵益以僻典，又少異焉，其全詩亦不盡然也。其樊榭、定盦兩派，樊榭幽秀，本在太初之前，定盦瑰奇，不落子尹之後，然一則喜用冷僻故實，而出筆不廣，近人惟《寫經齋》、《漸西村舍》近焉，一則麗而不質，諧而不澀，才多意廣者，人境廬、樊山、琴志諸君，時樂爲之。」

風的大略趨勢，學者在溯源上的誤會，是先肯定同光體為「宋詩派」，所以，陳衍此處所提的「清蒼幽峭」、「生澀奧衍」就成了「宋詩派」的風格，然而，陳衍所說的是「道光以來」的兩派，換言之，「清蒼幽峭」、「生澀奧衍」只是道光以來的詩風，未必是同光體之「宋詩派」特色。再者，文學史作者又從詩人的寫作內容評論，如朱則杰《清詩史》論陳沆：「詩歌現存數量不多，但它大量地反映了當時社會的黑暗現實，揭露了封建末世的種種弊端」，〔註25〕但是，我們看到陳衍談論陳沆的是：「字皆人人能識之字，句皆人人能造之句，及積字成句，積句成韻，積韻成章，遂無前人已言之意，已寫之景，又皆後人欲言之意，欲寫之景。」是肯定陳沆在詩的表現力之「新」而不「奇」。陳衍不主張生僻，張之洞論詩，也認為難字僻字有「張茂先我所不解」之苦，從「陌生化」解讀詩的僻澀固然是新方法，但是詩畢竟以感動人心為主，陳衍有此認知，因此，其論詩時，「生僻」、「冷澀」是被排除在外的，如何使用有限的、人人能懂的字詞來表達「無前人已言之意」才是詩的正身。

難字僻字的詩，可以表現作者趨新避舊的心理，但是，對於詩的傳釋功能可能尚待斟酌。這也是陳衍力圖站在「以詩為主」的立場構設其詩學主張，但反而造成同光體一百多年來成為一個文學誤會的最主要原因。

溯源產生的錯誤是以某一個與「宋」相關的特點看宋詩，再以因為「同光體宗宋」，於是把所見的同光年間詩人作品與宋詩比附，於是同光體宗宋之說擴充不絕，目前的文學史大都採取這樣的論述方法。李繼凱、史志謹《中國近代詩歌史論》一書所論〈宋詩——同光詩派〉一節亦以「宋詩運動」囊括陳衍之同光體，如此一來，道咸以至晚清就有許多「宗宋詩人」，以及，同光以至晚清的詩人都是「同光體詩人」了。

所以，以陳衍的言論對照文學批評史混淆了各自界定的「宋詩

〔註25〕朱則杰：《清詩史》，（上海：江蘇古籍出版社，1992），頁 335。

派」之義來看，同光體在目前的文學史論述裡的屬於「宋詩派」或「宗宋」尚值得商榷。同光體應該要和所謂「宋詩派」、「宋詩運動」分開，但從來的文學史卻正好把三者一起看待並努力追索其間源流關係，論之不絕，這不能不說是誤會之首因。

二、「學」之析疑

　　如果從宋詩的內在精神之一是「道」來說，「詩道合一」是士人主體之挺立，〔註26〕則清詩之內在主體是「學」，「詩學合一」是清詩學所建構的時代特色。唐詩由於以典範及時代在前的優勢，唐代之後的詩人若想要「望塵而及」，首先必須學習。所以，同光體宗宋，另一誤解在「學」之上，「學」的用法，除了轉注與假借之外，後世最常使用的有兩個意義，一是動詞的「學習」，二是名詞的「學問」。混淆「學習」與「學問」便會混淆「論學」與「論詩」。「學」字含義並非單一，學者未區別「清代重學」論題中的學習與學問兩義，以致清詩論被誤引誤用而造成似是而非的結論。例如吳淑鈿《近代宋詩派詩論研究》第二章〈近代宋詩派詩論的背景及淵源〉列舉肌理說、浙派、桐城詩說為淵源，其中，關於浙派的論述，指出「浙派詩人論詩以學為重，此亦正近代宋詩派詩論的重大關節」，而文中所舉的黃宗羲〈詩曆題辭〉與朱彝尊〈齋中讀書〉〔註27〕兩條資料，黃宗羲談的是學習，朱彝尊所說的是學問；學習是創作前的準備工作，學問是詩材問題。書中又云「清人論詩普遍重學，對道咸以後

〔註26〕宋詩平淡風格即「詩道合一」的表現，如黃庭堅〈次韻高子勉〉之六：「深沈似康樂，簡遠到安豐。一點無俗氣，還期林下風。」羅大經《鶴林玉露》卷十三：「張宣公詩閒淡簡遠，德人之言也。」學道而閒暇簡遠，於是平淡為道性之最終表現。胡曉明：《中國詩學之精神》第三章〈弘道〉，（南昌：江西人民出版社，1990），頁82～89。

〔註27〕黃宗羲〈詩曆題辭〉：「蓋多讀書則詩不期工而自工，若學詩以求其工，則必不可得。讀經史百家，則雖不見一詩，而詩在其中，若只從大家之詩章參句鍊，而不通經史百家，終於僻固而狹陋耳。」朱彝尊〈齋中讀書〉：「詩篇雖小技，其源本經史，必也萬卷書，始足供驅使。」

考據復興，傾心漢學的近代宋詩派作者來說，以學問為詩更是一種明顯的共識」〔註28〕則又將考據納入「學問」範圍，但考據是一種作學問的方式，則「以學問為詩」是指作學問的方式之「考據」或是指詩的材料之「學問」，抑或者另有所指，是令人費解的。總歸吳淑鈿此章節之問題有三：一、將「以學為重」與「以學問為詩」視為相同義；二、多讀書是詩人的行為，而「詩源本經史」是溯詩之源，屬於詩的問題；三、「以學問為詩」之根柢指的是創作前的準備工作，此又與視考據為「以學問為詩」有「學習」意味，則考據亦屬詩創作？四、以學問為詩的意義在擴展詩材之資，且「學問為詩」實踐了儒家詩教的價值，這裡所談的又轉移到詩的作用。如此混淆，造成的結果是只要沾上一絲「學」這個可用作學習與學問兩義的邊緣，則宋、清兩朝的學、學問、學習、理學、實學、考據等都可以是「宋詩派」的可能，於是產生一片廣袤的誤讀區域。

（一）清代「學問」之含義

關於詩的「學習」已見第三章〈陳衍詩學之創作論〉，此處分析「學問」義，以明「學」在清詩論中的非單一意旨。學，如果當作名詞，一義指專門而有組織系統的知識，則有學問、學科、學術等語詞，而清詩論中，「學」用作名詞「學問」義，其內容包含考據金石、經濟、古今制度、經史子傳、目錄版本、地理等；而獲得學問的方法是讀書，故「學」又包含讀書之義。

1、考據金石

清初學術潮流由於明季王學末流空疏與竟陵摹擬之弊，故重視實學、力矯輕俗，當時的考據學指訓詁名物、典章制度，〔註29〕並以經世致用為主要目標。康乾盛世，士人意識裡的美固是踏實穩厚

〔註28〕吳淑鈿：《近代宋詩派詩論研究》，頁48。
〔註29〕梁啓超：《清代學術概論》：「（明末清初）因矯晚明不學之弊，乃讀古書，愈讀而愈求真解之不易，先求訓詁名物，典章制度，於是考據一派出。」《飲冰室文集》第六冊，（臺北：臺灣中華書局，1987）。

之「嚴肅的美」，「學問」有兩種內容，一是在詩中增益「諸經注疏」、
「史傳考訂」、「金石文字」，《清史稿》記載翁方綱的文學歷程：

> 翁方綱，號覃溪，大興人，乾隆壬申進士。……精研經術，
> 嘗謂考訂之學，以衷於義理爲主。……所爲詩，自諸經注
> 疏，以及史傳之考訂，金石文字之爬梳，皆貫徹洋溢其中，
> 論者謂能以學爲詩。（《清史稿》卷四百八十五〈文苑二〉）

詩中含有史傳考訂、金石文字者，稱爲「以學爲詩」，故這時「以學
爲詩」是將考據學之內容注入詩中。但考據因「鉤稽瑣碎」，有礙文
筆，〔註30〕會閉鎖了自家靈光，這是考據學與詩之間難以跨越的鴻
溝。第二種指「有用之學」，即經過研考古今制度而用之於經國治世，
鄧之誠《清詩紀事初編》卷二〈胡承諾〉：

> 胡承諾，字君信，竟陵人，舉人，入清不仕，卒于康熙二
> 十年，年七十五，生平爲有用之學，著繹志十九卷，讀書
> 說四卷，至清季始刊行。〔註31〕

同卷，〈萬斯同〉云：

> 萬斯同，字季野，號石園，鄞人。……斯同少致力于詩古
> 文辭，既乃學爲經國有用之學，研考古今制度，索其遺意，
> 期於可行，蓋不得已而始致力于撰述。

清初之「學」，在追求「用」的意義上，是爲了延續宋學、針對明末
以來空疏的「不用」所激起的實踐意義。學術風潮影響文學創作，清
詩論「以學爲詩」的主張不同於宋詩爲了新變於唐之意義，這是應該
釐清的重要觀念。

　　以考據、金石、經濟之「學問」發展爲「學人之詩」，張伯偉《中
國詩學研究》指出考據學風對詩話的影響：

> 由考據之風而導致詩歌理論上對「學」的強調，由對「學」

〔註30〕何紹基〈與江菊士論詩〉：「考據之學，往往於文筆有妨，因不從道
　　　　理識見上用心，而徒務鉤稽瑣碎，索前人瘢垢，用心既隘且刻，則
　　　　聖賢眞意不出，自家靈光亦閉矣。故讀經不可不考據，而門徑宜自
　　　　審處。」（《東洲草堂文鈔》卷五）。
〔註31〕楊家駱主編：《歷代詩史長編》第十五種，（臺北：鼎文書局，1971）。

的強調而導致詩歌創作上「學人之詩」的出現，於是作為
一種回應，在理論上也就出現了對「學人之詩」的批評。
〔註32〕

考據之風強調「學」，影響詩歌而出現「學人之詩」，這是文學與學術
的相互回應，所以清初學人之詩中的「學人」指有學問之人，而學問
包括考據金石、經濟、古今制度之學等內容。

2、經史子傳

除了相應清代的時代學風外，清詩亦繼承宋詩的「以學問為
詩」，但宋、清兩代之「學問」內涵是有差別的。宋詩的「學問」具
理學、經義策論之義，《宋詩鈔・石屏詩鈔》引戴復古語：

> 或語復古：「宋詩不及唐。」曰：「不然，本朝詩出於經。」
> 此人所未識，而復古獨心知之。故其詩正大醇雅，多與理
> 契，機括妙用，殆非言傳。〔註33〕

「本朝詩出於經」故詩醇雅正大，是宋詩由「經」、「理」得來養分
而崇尚思想理致，轉抒情欣悅為智慧深刻。《後山詩話》引黃山谷
〈與方蒙書〉：

> 近世少年，多不肯治經術及精讀史書，乃縱酒以助詩，故
> 詩人致遠則泥。〔註34〕

「經」與「史」是相反於縱酒助詩的一種詩之學養，黃庭堅認為詩人
要治經術、精讀史書，以免陷溺。又劉克莊〈竹溪詩序〉：

> 本朝則文人多詩人少，……要皆經義策論之有韻者，亦非
> 詩也。(《後村先生大全集》卷九十四)

劉克莊指出詩中有經義策論「非詩也」，可知宋詩多以經義策論入
詩，而「經義策論」非詩，正明示性情與學問之不同。宋代理學發
達，宋人善於詩中講理議論，「學問」又不限於心性道德之學，在與
宋文化互相發明之中，尚包含讀書、論畫、講史、品書等內容。沈

〔註32〕張伯偉：《中國詩學研究》〈清代詩話與考據〉，(遼海出版社，2000)，
　　　　頁311。
〔註33〕《宋詩鈔》第三冊，頁2646。
〔註34〕何文煥：《歷代詩話》上冊，(北京：中華書局，1992)，頁311。

德潛《說詩晬語》卷下第六十四則，批評明人不讀唐以後書，而當時人又專讀唐以後書：

> 不讀唐以後書，固李北地欺人語。然近代人詩，似專讀唐以後書矣，又或舍九經而徵佛經，舍正史而搜稗史、小說，且但求新異，不顧理乖，淮風別雨，貽譏踳駁，不如布帛菽粟，常足厭心切理也。〔註35〕

由所舉當時人之讀書內容可知，盛清時期，書中學問以九經正史為正，詩人力搜野史小說作為材料是追新求異的心理，沈德潛指出「不顧理乖」之缺失也正說明當時讀書所重在「理」。「學問」經過清初的考據金石、經國濟世內容，流衍至清末，汪辟疆〈近代詩派與地域〉指出，道咸同光年間的作者即兼具學者身份，詩中往往「鎔鑄經史」：

> 近代詩家，承乾嘉學術鼎盛之後，流風未泯，師承所在，學貴專門，偶出緒餘，從事吟詠，莫不鎔鑄經史，貫穿百家。〔註36〕

不只「鎔鑄經史」而且還「學貴專門」。晚清詩人精通經、史、子、地理學，《詩話》卷六評論張佩綸詩可證：

> 張幼樵佩綸有〈讀管子〉十首，……（十首全錄）丙子丁丑間，從損軒處讀幼樵在都降神諸詩，才筆淹雅，與他人所扶者不同。近弢庵出示其遺詩數冊，略翻一遍，乃知其用功於經子兩部者甚深，非略知史事高談經濟者比也。

從陳衍為人所寫的詩敘，亦知晚清詩人精通各種學問，例如：〈朱芷青哀辭并敘〉：「芷青博覽群籍，治小學尤劬」，〔註37〕〈滄庵鄭先生哀辭有序〉：「精內典，喜與浮屠氏遊」，〔註38〕〈蕭穆傳〉：「熟於目錄版本之學，……為文長於考證」，〔註39〕〈馬貞榆傳〉：「治經兼采

〔註35〕《清詩話》，頁553。
〔註36〕汪國垣：《汪辟疆文集》，頁287。
〔註37〕陳衍：《陳石遺集》上冊，（福州：福建人民出版社，2001），頁547。
〔註38〕同前註，頁546。
〔註39〕同前註，頁555。

漢宋，……精舊地理之學」，〔註40〕〈楊守敬傳〉：「精目錄金石之學，碑帖及宋元版古書，經考訂題跋，景摹上石付梓者，不可勝數」等。〔註41〕其中，以地理學來說，尚有新舊之別，〔註42〕所以，同樣講「學問」，這一段歷程的內涵不僅與宋代理學不同，更由清初「用」轉為一種「流風」，其意識有所改變：實用是有意識的目標，而流風可能僅是無意識不自覺的隨情勢而動。清初進入晚清，由學人所專注經營之項目可知「學問」內容的多樣化，並與宋學不同。

　　清代的「學問」包括不同內容的指涉，更遑論如果與宋詩的「學問」相提並論可能會產生更大距離的歧途。學問在宋、清詩中的內涵不同，宋學問較傾向理學而清學問傾向考據性質，尤其發展至晚清則為實學，這是「學問」自宋至清的流變過程，但是「學問」作為詩歌創作的滋養土壤是相同的。宋代因理學發達以及思與唐人不同，在詩中講求與詩之本色——「性情」相對的「學問」成為宋詩的特色，從「異」的領域有意識地追取自身，建立特色；但是清代，因實學風潮之效應，詩歌隸屬於學問，是因應時代學風的一個觀念，「學問」在清詩也有自我存在的價值。

3、讀　書

　　清代詩人習於在詩中鎔鑄經史，此事最直接的途徑由讀書而來。從嚴羽的「以文字為詩，以才學為詩，以議論為詩」起，後世混淆「學」與「讀書」，以下分析清代的這兩個意旨。在清代，考據金石、經濟世務、經義史傳、史地學是學問的內容，而讀書就是獲取這些內容的入門首要。「讀書」恰可以分跨學習與學問兩義，因為讀書以行為而言，是一種學習活動；若以所讀之書的內容來講，書

〔註40〕　同前註，頁556。
〔註41〕　同前註，頁558。
〔註42〕　陳衍〈楊守敬傳〉：「同光以來，熟目錄版本之學者，有桐城蕭穆、江陰繆荃孫。精金石考證之學者荃孫、葆恂，守敬兼之，至地理之學，其所獨擅耳，守敬治舊地理，新化鄒代鈞治新地理。」《陳石遺集》上冊，頁558。

中內容亦屬於學問。正因為如此，若清詩人提到讀書，很容易被歸入「宋詩派」，但試問：除了明末王學末流之束書不觀、空求心性外，歷代何人不讀書？是故，「多讀書」亦不能成為論定詩人屬於「宋詩派」的理由。讀書是清代詩論家引為第一義之事，〔註43〕詩中植入經史考據等「學問」、講求「讀書」是時代風氣，然而，讀書與學問是否為了表現詩歌「嚴肅的美」而掩蔽了自然性情？持正面看法的認為博學深造可達自得之境，錢謙益〈馮巳蒼詩序〉〔註44〕認為讀書不會使人生陷入枯澀無聊，因為博學後的自得境界，是詩人透過讀書而獲得的創作能量。清代之前的嚴羽妙悟說，亦指向「自得」，只是其自得是一種禪妙，然而，即使禪妙的最高境界是擺脫外物、直契神境的超越狀態，嚴羽仍主張讀書。〔註45〕所以，讀書是作得好詩的條件之一，多讀書可以培養獨特的慧眼，詩人獨具隻眼就能經由讀書過程，而寫出高古精妙的好詩，而且，多讀書可以培養判斷粗鄙或朗遠的能力，具備這種判斷力才是學者。〔註46〕

　　由此推之，讀書與作詩之間的關係是求養其氣，然後藉氣與詩相養，蔣士銓〈鍾叔梧秀才詩序〉：

　　　曩與同學二三子論詩首戒蹈襲，唯務多讀書以養其氣，於古人經邦致治之略咸孜孜焉共求其故。(《忠雅堂文集》卷一)

〔註47〕

〔註43〕例如朱彝尊〈棟亭詩序〉：「天下豈有舍學言詩之理。」(《曝書亭集》卷三十)。厲鶚〈綠杉野屋集序〉：故有讀書而不能詩，未有能詩而不讀書。……書，詩材也。……詩材富而意以為匠，神以為斤，則大篇短章均擅其勝。(《樊榭山房文集》卷三)。袁枚〈與沈大宗伯論詩書〉：「古之人先讀書而後作詩，今之人先立門戶而後作詩。」

〔註44〕錢謙益〈馮巳蒼詩序〉：「孟子不云乎？君子深造之以道，欲其自得之也。又曰：博學而詳說之，將以反說約也。余以為此學詩之法也。」(《牧齋初學集》卷四十)

〔註45〕《滄浪詩話‧詩辨》：「非多讀書、多窮理，無以極其致。」

〔註46〕薛雪：《一瓢詩話》：「讀書先要具眼，然後作得好詩，切不可誤認老成為率俗，纖弱為工緻，悠揚宛轉為淺薄，忠厚懇惻為驫鄙，奇怪險僻為博雅，佶屈荒誕為高古，纔是學者。」

〔註47〕蔣士銓：《忠雅堂集校箋》第四冊，(上海：上海古籍出版社，1993)。

詩首戒蹈襲，多讀各類書籍，追求書中的智慧，智慧縈溢胸中後可陶冶萬端、創作「我之詩」，不會有因襲之病，讓「我」在智慧海中重新洗造、涵養貫通，目的是成就「不與人同」之詩。

時代風潮與文學有密切關係，清代自乾嘉盛行考據之學，文學與學術於是都和「學」有了關聯，在詩論方面，圍繞著「學」的發展性論題有：學問、學人、學人之詩等，這些論題的出發點都在「讀書」，而器識廣博、熟讀深思、養練心氣、追求智慧都是讀書的發酵作用，所以，「學問」也兼指「讀書」的含義，由讀書產生的做人處世智慧或作詩技巧的效能，都歸匯在「學問」中。

值得注意的是，清代學問和宋代學問的涵義不同，在晚清更有特殊性，即經世的觀念。晚清經世實學是因應西方列強入侵而興起的時代潮流，由於邊疆史地學對開發與鞏固邊防、維護國家統一具有重要意義，因此，史地學在晚清即與經世致用直接關聯。道咸年間經世派學者，以史學思想、地理研究直接面對現實，馮天瑜、黃長義《晚清經世實學》一書指出魏源的史學實踐：

> 無論是撰寫當朝史書還是探究前朝史事，都是本著學術與
> 政事兩位一體的宗旨，以學術致用，達到民富國強的目的。
> 〔註48〕

因此，晚清的「學問」頗有濃厚的經世意涵，其基本觀念爲「以學術致用」。曾國藩亦對經世之學的理論建樹付出貢獻，在古文運動方面，發展姚鼐的義理、考據、詞章，加入經濟一項可見一斑，《曾文正公日記》〈問學〉云：

> 有義理之學，有詞章之學，有經濟之學，有考據之學。義
> 理之學，即《宋史》所謂道學也，在孔門爲德行之科。詞
> 章之學，在孔門爲言語之科。經濟之學，在孔門爲政事之
> 科。考據之學，即今世所謂漢學也，在孔門爲文學之科。
> 此四者闕一不可。〔註49〕

〔註48〕馮天瑜、黃長義：《晚清經世實學》，（上海：上海社會科學院出版社，2002），頁305。

〔註49〕四部刊要《曾文正公家書》，（臺北：世界書局，1985），頁6。

將經濟之學與孔門四科之「政事」等同並觀，強調經濟對於國家的重要性。曾國藩很明確指出宋代的義理之學爲道學，但清代的考據之學並非宋之道學，晚清經世之學更不是，那麼，嚴羽提出的宋詩「以學問爲詩」爲奇特解會，後世是否還能以「學問」或「以學爲詩」判定清詩之爲宋詩的範圍呢？

（二）程恩澤、何紹基之「論詩」與「論學」

目前同光體研究，由於沒有辨析「學」之義旨，就肯定了同光體是「宋詩派」，於是源溯至「清初宋詩派」的何紹基、程恩澤；在同光體出現的晚清，錢仲聯則以沈曾植的「學問」最突出而推崇爲最具代表性之人。黃霖《近代文學批評史》將何紹基、陳衍與宋詩派併爲一節，並云「一般認爲，道、咸間的宋詩運動直接發軔於程恩澤」，故文學史常將同光體溯源到程恩澤、何紹基。其作法上是認定「理」與「學」爲宋詩詩色之一，因何、程思想及詩中帶有「理」、「學」的成分，便對號入座，於是清代的「宗宋」詩人愈來愈多，這是研究者過度解讀宋詩所造成。宋詩講究「理」，但是此「理」與清代「理」並不相同，坊間論文多將「論詩」與「論學」混爲一談。

程恩澤是嘉、道年間極負盛名的漢學家之一，其〈金石題詠匯編序〉常被引爲「宋詩派」的證據：

> 詩以道性情，至詠物則性情絀。詠物至金石，則性情尤絀，雖不作可也。……宋人棄訓詁，談義理，自謂得古人心，不知義理自訓詁出，訓詁舛則義理亦舛。……訓詁通轉，幽奧詰屈，融會之者，怳神遊於皇古之世，親見其禮樂制度，則性情自莊雅，貞淫正變，或出於史臣曲筆，賴石之單文隻詞，證據確然，而人與事之眞僞判，則性情自激昂，是性情又自學問中出也。（《程侍郎遺集》卷七）

引文所言是詠物詩難有性情，後以「欲通義理必自訓詁始」的精神引入詩歌理論與創作中，以及「詩以道性情」但「性情又自學問中出」，性情是由學問轉化出來的，其實是一種以性情陪襯學問的說法，程恩

澤所重在學問。論學講求學問之道，清代漢宋學之爭中的主宋者，又因爲承「尊德性與道問學」，故「論學」再與「德性」聯結，於是詩文與性行合一，這是將詩歌拖離抒情本位，何紹基爲此說代表。何紹基認爲學詩「先學爲人而已」，學做人必牽涉道德修養，故提出「明理養氣」，〈與汪菊士論詩〉〔註 50〕文中指出眞性情是由積理養氣而成，有溫柔敦厚之性情，乃能有溫柔敦厚之詩，所以，做人之方與作詩之法有了聯繫，這裡講的性情是由外在的積與養培植鍛鍊出來的，詩的性情立基於「理」。

如此，則作詩與做人相通，又〈題馮魯川小像冊論詩〉：

> 溫柔敦厚，詩教也，此語將三百篇根底說明，將千古做詩
> 人用悍之法道盡。凡刻薄吝嗇兩種人，必不會做詩，……
> 非胸中有餘地，腕下有餘情，看得眼前景物，都是古茂和
> 藹，體量胸中意思，全是愷悌慈祥，如何能有好詩做出來！

刻薄吝嗇之人必不會作詩，此論亦頗武斷，因爲做人與作詩的關係不至於密切到這樣的地步。由於何紹基認爲作詩與做人相同，所以引黃庭堅「臨大節而不可奪，謂之不俗」申論做人與作詩之不俗，〈使黔詩鈔序〉：

> 所謂俗者，非必庸惡陋劣之甚也。同流合污，胸無是非，
> 或逐時好，或傍古人，是之謂俗。直起直落，獨來獨往，
> 有感則通，見義則赴，是謂不俗。……前哲戒俗之言多矣，
> 莫善於涪翁之言曰：「臨大節而不可奪，謂之不俗。」欲學
> 爲人，學爲詩文，舉不外斯恉。

「不俗」固是宋詩特色之一，然而後世所言之「不俗」指字句的、學問的、性情等的不俗，不一而足。最重要的是作詩與做人不同，雖同樣要求「立誠」，但是做人之誠與作詩之誠還是有所區別。做人之誠

〔註 50〕〈與汪菊士論詩〉：「平日明理養氣，於孝悌忠信大節，從日用起居及外間應務，平平實實，自己體貼得眞性情，時時培護，字字持守，不爲外物搖奪，久之，則眞性情才固結到身心上。」（《東洲草堂文集》卷五）。

所面對的是自己以及自己之外的他人，講求修身之誠；作詩之誠面對的是自己以及文字的馭使，後者是修辭之誠。

陳衍〈與王晉卿參政書〉引《易經》談到眞誠，云：

> 《易》曰：「修辭立其誠」，不誠無以爲辭，然亦非謂誠之既立，辭遂無所事修也。〔註51〕

做人須眞誠，作詩亦須眞誠，但陳衍指出並非眞誠就足以成詩，寫詩還需修辭工夫。所以，何紹基論詩之不俗與陳衍不同。陳衍、鄭孝胥同光體詩論的第一義是「性情」，何紹基在理論上先談學「做人」，陳衍是先學做「詩人」，這一點對詩的認知就有極大的差異。何紹基「不俗」雖然講的是個性獨立，指詩人應具備個性與獨立人格，而基本精神則在「立誠」，「先學做人」爲第一要義，此畢竟是延續宋代理學的先學成人之法的概念。但是此與詩之表現個性、流露眞情尚有差別，因爲何紹基是先要求「學會做人」再移情至詩之創作，語見〈使黔草自序〉：

> 詩文不成家，不如其已也，然家之所以成，非可於詩文求之也，先學爲人而已矣。……立誠不欺，雖世故周旋，何非篤行。……於是移其所以爲人者，發見於語言文字，不能移之斯至也，曰去其與人共者，漸擴其已所獨得者，又刊其詞義之美而與吾人之爲人不相肖者，始則少移焉，繼則半至焉，終則全赴焉，是則人與文一。人與文一，是爲人成，是爲詩文之家成。（《東洲草堂文鈔》卷三）

詩文不成家，不如算了吧！對自我的要求相當嚴厲。大凡詩人皆自許成一家，但陳衍是從「自家高調」的詩開始，目標相同而觀念稍異。況且，雖然同樣重視性情，但是陳衍以「詩人」爲主體性與何紹基以「做人」爲前提，出發點不同；陳衍比較冷靜且眞實地以詩論詩，如果「人成」可以透過「詩」、「文」而成，千百年來，東西方哲學家何苦費盡一生對宇宙、人、天、修養等問題尋思不已。

何紹基被認爲是晚清宋詩派的先聲，然而所提的詩學觀念與陳

〔註51〕《陳石遺集》上冊，頁572。

衍是有差別的。以「學」來說，何紹基認爲詩文不成家是非常嚴重的事情，不能成家乾脆就不必學了，何以會有如此觀念，就在於何紹基站在經術莊嚴的立場來談論詩文，其所心慕的宋詩風是「經史味深」、「儒雅道在」，〈與汪菊士論詩〉云：

> 近代詩家，每一大集中，可以擊節高歌者，不得幾篇。……
> 梅村愈唱愈低，徒覺詞煩而不殺，以無眞理眞識眞氣也。
> 顧亭林詩多可讀，經史味深也；高江村詩多可誦，儒雅道
> 在也；……若不是自家實心做出來，即入孝出弟，只算應
> 酬；若是實心出來，即作揖問候，亦是自家的實事。(《東洲
> 草堂文鈔》卷五)

讀書要以六經爲主，旁及子史百家，相較之下，陳衍所追尋的並不是經史與儒雅。陳衍的「自家」與何紹基「自家」內容也不同，何紹基「立誠」的「自家」是理、氣、情、詞之眞，他把「理」擺在第一位，所以要「先學爲人」，而「爲人」和「學詩」的關鍵在「眞」與「誠」，再把眞誠個性和思想純正一起看待，「自家實心」可以入孝出悌，故「人與文一」，此爲何紹基被視爲「清初宋詩派」的基本理論。然而，陳衍所重在「詩人」，《詩話》雖然批評鍾嶸「不學」、只知批風抹月、讀書不博，陳衍主張讀書但卻認爲讀書是「非功利」的：

> 夫作詩固不貴掉書袋，而博物則惡可已。……故讀書猶兵
> 也，可百年不用，不可一日不備。(《續編》卷一)

批評鍾嶸不學無識、力詆博物，所論讀書「可以百年不用」表示陳衍並不以功利性視之，至少不必有天理、儒道、經術等那般沉重，「可百年不用，不可一日不備」是一種輕淡，嚴肅中的輕淡；但是，也不能因讀書之非利益性質而教人束書不觀，這是陳衍反對不學的立場。學者喜稱何紹基、程恩澤爲「清初宋詩派」，再以何、程爲同光體之奠基者爲思考路線；他們所引用的「學」似言之有理，但其中的來龍去脈與何紹基、程恩澤論述的內容相異，卻是需要辨明的。

上述何紹基、程恩澤作爲「清初宋詩派」奠基者之思維在把「論

詩」與「論學」視為一事，學者亦持相同看法。李繼凱、史志謹《中國近代詩歌史論》所論〈宋詩——同光詩派〉一節，以「宋詩運動」涵蓋程恩澤、何紹基、鄭珍、莫友芝、祁寯藻、陳衍、鄭孝胥等人，並引述任訪秋《中國近代文學史》對何紹基的論述，認為有道理：

> 何紹基的二元化詩論也使道咸年間的宋詩運動呈現出雙向的美學趨向：一是循著宋詩派理論的基本指向，追求艱澀勾棘的學人風度；二是順乎詩歌發展的總趨勢，以清新俚俗而富於生氣的語言，著力表現詩人的自我，追求獨特的詩人風格。這兩種美學追求是互相排斥的，但它們又同時並存於中期宋詩派的幾乎每一位詩人創作之中，反映了儒家傳統詩論的向心力同詩歌內部發展規律的離心力之間的衝突。〔註52〕

稱許何紹基詩論達到了兼具「學問入詩」、「本色自然」的美感，然而此與「儒家傳統詩論的向心力與離心力之間的衝突」有何關係？儒家傳統詩論未曾有艱澀勾棘的學人風度與清新俚俗之間的衝突，「清代宋詩派」和儒家詩論的關係似乎並不十分重要。該文再引何紹基〈慈仁寺荷花池之一〉：「坐船先戒榜人嘩，避熱來尋古佛家。好是淨因香火地，有三十六畝荷花。」云：

> 「有三十六畝荷花」的散文化特徵，正是以文為詩的宋詩派允稱獨到的地方。

詩之講求「本色自然」無庸置疑，但是學者延攬太多宋詩的寬泛化、印象式語詞，上述引文中，任訪秋所說：以文為詩、艱澀勾棘、學人風度、學問入詩都成了「宋詩派」的「獨到之處」。後世之人將唐詩視為中國詩史的輝煌國度，宋詩研究被發掘之後，也相繼成了第二個無上的榮耀。

再如繆鉞〈論宋詩〉：

> 宋詩既異於唐，故褒之者謂其深曲瘦勁，別闢新境；而貶

〔註52〕李繼凱、史志謹：《中國近代詩歌史論》，（長春：吉林教育出版社，1995），頁185。

之者謂其枯淡生澀，不及前人。實則平心論之，宋詩雖殊
於唐，而善學者莫過於宋。〔註53〕

指出宋詩特色若欲一言以蔽之，即「善學」，可知繆鉞視宋唐之異在
「學」，並且是「善學」這件事，則繆鉞的「學」義在「學習」義，
又非「學問」了。凡此，學者研究多少有混淆「學」、「學問」、「學習」
的跡象。

（三）晚清之性情與學問

　　由於「學」與「學問」的糾葛，晚清詩壇「以學為詩」是個複
雜的局面。汪辟疆〈近代詩派與地域〉提出「清詩之有面目可識者，
當在近代」，其所謂近代指道咸同光時期，汪氏認為這個自成風會、
可識面目的轉變在於時代內憂外患，詩人有感而作的因素，〔註54〕
然而，若從詩學內部觀察，自成風會而可識的其實是唐宋詩觀念的
轉變。清代「變化」觀念牽動著爭唐爭宋，清詩話裡不乏百家爭鳴
之勢，其中弔詭的是所爭之唐宋其實並非清詩人主要意識，因為大
多數詩論家其實都主張兼融唐宋，即使有明言唐宋之高下，只是少
數人宣示對唐宋詩之一己好惡，而一己好惡只彰顯個別，對整體的
觀照似乎不夠堅實。朱庭珍《筱園詩話》卷一云自兩漢以下，詩各
有所短長，〔註55〕詩事之需要爭辯的是其大體，例如偏鋒魔道之作
就必須力爭，但唐宋詩之爭並未到了魔道而必須剿伐的地步，因為
只是「丹素」問題，故朱庭珍以為是歷代以來的聚訟好辯。清詩論
所爭的非唐即宋之二分只是小體表象，此爭論之另一面意識是在寫

〔註53〕繆鉞：《詩詞散論》〈論宋詩〉，（臺北：臺灣開明書店，1982），頁17。
〔註54〕汪辟疆：《汪辟疆說近代詩》，頁9～10。
〔註55〕《筱園詩話》卷一：「要之各派皆有所長，亦皆有所短。善為詩者，
　　　　上下古今，取長棄短，吸神髓而遺皮毛，融貫眾妙，出以變化，以
　　　　求集詩之大成，無執成見為愛憎，豈不偉哉！何必步明人後塵，是
　　　　丹非素，祧宋尊唐，徒聚訟耶？執一格以繩人，互相攻擊，此弊始
　　　　於南宋，明代詩人效尤，愈啟爭端。莊子曰：『辯生於未學。』此之
　　　　謂也。若別裁偽體，斥絕偏鋒魔道，則千古既有定論，寸心亦具是
　　　　非，屬不得已，非好辯矣。」《清詩話續編》第二冊，頁2331。

作角度上判斷學習宋詩的適宜性，所以，假設「學」之納入詩中是宋詩的一個總標的，而「學」有學習與學問兩義，宋人在學習方面是要求能多向前代名家學習創作技巧以突出唐格，在學問方面則希望透過積學培養心胸以使詩的創作含蘊更多思致；換言之，自嚴羽開啟唐宋詩之爭，主要爭論點其實就在「性情與學問」的問題。從唐人「一唱三嘆」、「多蘊藉」、「以詩爲詩，主情性」、「濃淡遠近」與宋人「一瀉千里」、「主氣、多徑露」、「以文爲詩，主議論」、「諸法變化」等分判，唐宋詩在清代詩論裡，在爭唐宋的言論裡所找到的最大公約數是在爭論「性情與學問」。

　　清代「學問」的含義廣泛，晚清以沈曾植爲例，其學問廣博令人折服，但是，釐清學問的含義後，更重要的問題是：學問在晚清詩人眼中的地位如何？尤其是詩歌浸染在這個清代主要風向球之中，所扮演的角色爲何？其實，嚴羽說「以文字爲詩，以才學爲詩，以議論爲詩」爲近代諸公的「奇特解會」，其「奇特解會」是因宋詩思欲與唐詩不同而成就的，但是，在清代實學風潮之下，「奇特解會」的三事反而不足爲奇了，那麼，就算清詩有所謂「宋詩派」又何必以特別關照的眼光看待「學問」？除非能夠說出所謂清代宋詩派與宋詩的根本差異何在。學者多已分析南宋以來的唐宋詩之爭，以下敘述晚清詩論論及「文字、才學、議論」的「學問」，如何對應以「性情」爲主的詩。

　　《方南堂先生輟鍛錄》有云：

> 可知學問理解，非徒無礙於詩，作詩者無學問理解，終是
> 俗人之談，不足供士大夫一笑。〔註56〕

沒有學問作基礎而寫的詩是「俗」，學問之於詩是重要而不衝突的，這裡從「不俗」看待學問，故學問無礙於詩，是性情與學問並重。其思考路線是先以「不俗」扭轉學問，讓學問具有不俗之性質，然後再與性情相融無礙。然因爲方氏擁護唐詩，故又曰：

〔註56〕《清詩話續編》第二冊，頁 1937。

> 要之作詩至今日，萬不能出古人範圍，別尋天地。唯有多
> 讀書，鎔煉淘汰於有唐諸家，或情事關會，或景物流連，
> 有所欲言，取精多而用物宏，脫口而出，自成局段，入理
> 入情，可泣可歌也。〔註57〕

若跳開唐宋詩之爭，這裡是鼓勵讀書，而且其目的是鎔煉、取精用
宏，寫詩便可脫口而出、自成局段、入情入理，故讀書與性情互相
成全，非關爲了成唐或成宋。可以說，唐宋詩之爭到了晚清似乎不
再以明星姿態被重視，但問題可能依舊存在，在愈後的時代流轉中，
其實，它已從唐宋詩之爭凝聚且轉變爲性情與學問之論，而對於此
論述，呈現兩者並取、互相融合之勢，其認知是除了轉化學問的價
值外，「學」之積理養氣已經和宋代不同了。朱庭珍《筱園詩話》即
指出清人「積理」已和宋代「理語」不同，〔註58〕後世研究者反而
因清詩人多兼學者此一性質，就作爲清詩人「以學爲詩」即爲宗宋
的直接論據，這是沒有分清楚宋「學」與清「學」之異，以及「學」
與「詩」的意義不同之故。

　　宋人講學問，清詩論將「學問」從宋詩擷取過來，賦與其奠基涵
養之責任，目的爲了與「性情」相揉合，林昌彝《射鷹樓詩話》卷十
二引惠棟之言：

> 元和惠松崖諸生（棟）精於漢學，……先生序吳企晉詩，
> 謂詩之道有根柢，有興會，根柢原於學問，興會發於性情，
> 二者兼之，始足稱一大家。〔註59〕

根柢與興會，一爲學問之源，一爲性情所發，若能互相作用，即成
大家。《射鷹樓詩話》卷五又引潘德輿之說，認爲「詩無可學」，但

〔註57〕《清詩話續編》第三冊，頁 1944。

〔註58〕《筱園詩話》卷一：「詩人以培根柢爲第一義。根柢之學，首重積理
養氣。積理云者，非如宋人以理語入詩也：謂讀書涉世，每遇事物，
無不求洞悉所以然之理，以增長識力耳。」，《清詩話續編》第三冊，
頁 2331。

〔註59〕《清詩話訪佚初編》第七冊，（臺北：新文豐出版社，1987）。

是每日沉潛性情學問，則可成為能詩之士。〔註60〕此與陳衍所說的
詩「說到學已非其道」道理相同，詩不可學是因為詩以性情為本色，
性情是個人內在的感性元素，乃非經驗、不可學的，但如果能與外
在經驗、可學的「學」加以配合，專一沉潛後就能「不學而能之」，
性情與學問相融，已非相配之前的各自單一，相融所得之值又可視
為兩個正數的相乘，這對於詩歌創作的成功是備受期待的。融合的
觀念不同於宋詩之鍛鍊詩法，換言之，清詩不以鍛鍊詩法為重，而
從詩的根柢與源頭中，從宋人鍛鍊意識裡再加以沉潛之要求，期許
開創宋詩在唐詩之後「開闢真難為」的境地之上，另外再自成一家，
其沉潛融鑄與宋詩之鍛鍊不同。

　　前述晚清詩壇空疏，詩論家對詩的態度卻顯得奇特，他們都認為
神韻性靈詩是無愈、愚夫的，甚至認為神韻詩是懶人行徑，因為可以
「便於不學」，〔註61〕然而，大部分詩人論詩卻又不棄性情。其實，
不論唐宋詩之爭如火如荼，百代以來，詩主性情、有情然後有詩是詩
家共識，無關乎時代與風格，或者說時代與風格是第二位的。甚至晚
清佛學風潮流行，詩人談佛說禪的思想裡亦以為「模宋規唐徒自苦，
古人已死不須爭」，〔註62〕梁章鉅《退庵隨筆》〈學詩一〉即云：

　　《三百篇》之性情，「溫柔敦厚」四字盡之，則人人所當勉，
　　此不可以時代限之也。〔註63〕

梁章鉅認為論詩必談《三百篇》並非淺人迂見，古今言語不同，或許

〔註60〕《射鷹樓詩話》卷五：「四農謂詩之源流得失，實盡此數十言之中，
學者誠知詩無可學，而日治其性情學問，則詩不學而亦能之，必不
得已遵朱子所論，而採摘精審，專一沈潛，庶乎其不悖於聖人之詩
教，而足為能詩之士矣。」，同前註。

〔註61〕梁章鉅：《退庵詩話》〈學詩二〉：「自王漁洋倡神韻之說，於唐人盛
推王、孟、韋、柳諸家，今之學者翕然從之，其實不過喜其易於成
篇，便於不學耳。」《清詩話續編》第三冊，頁1973。

〔註62〕張問陶〈論詩絕句〉之十，《船山詩草》卷十。引自王廣西：《佛學
與中國近代詩壇》，（開封：河南大學出版社，1995），頁72，王書以
張問陶、王曇、曾燠三人為乾嘉之際佛學詩人之代表。

〔註63〕《清詩話續編》第三冊，頁1949。

古人語妙勝於今日，此是時代所限，無可奈何，但千年不變不限的是詩的性情。只是，性情如何讓它更有益於詩？通常是透過學問培植根基，再兩者融化，性情與學問的關係是調和狀態，且必須「化」。融合之後，還要能融化，「合」與「化」畢竟更有一層無跡的美感。

《筱園詩話》卷一有云：

> 作詩之際，觸類引伸，滔滔湧赴，本湛深之名理，結奇異之精思，發爲高論，鑄成偉詞，自然迥不猶人矣。此可以用力漸至，而不可猝獲也。〔註64〕

讀書學養既非頓悟，它必須由涵融而來，性情與學問涵融之後是一種真氣化合的新面目。《白華山人詩說》卷一亦云：

> 或謂文家必有濫觴，但須自己別具面目，方佳。予謂「面目」二字，猶未確實，須別有一種渾渾穆穆的真氣，使其融化眾有，然後可以獨和一組。是氣也，又各比其性而出，不必人人同也。體會前人詩便知。〔註65〕

所以，清詩的「自己面目」不是指人性濫觴處的原本之性，是經過融合之後的新氣，此新氣因爲從自己性情而出，故人人不同，此爲性情加入「學問」涵養後，所化成的第三物。《筱園詩話》卷一說詩人作詩之旨與詩的理法才氣大略相同，不同處在於詩人是否能以才力去變化心聲，以成自己面目：

> 猶人之面目，人人各異，而所賦之性，天理人情，歷百世而無異也。至家數之大小，則由於天分學力有淺深醇疵，風會時連有盛衰升降，天與人各主其半，是以成就有高下等差之不齊也。〔註66〕

人的面目各異，人「性」百代無異，面目在人、人性由天，如果想突破天人各主其半的局面，就繫於詩人「人力」之養鍊，學習與學問占據清詩論的大旨在此。因爲基於宋詩講求學問的枯澀之病，清詩人意

〔註64〕《清詩話續編》第三冊，頁2331。
〔註65〕《清詩話續編》第三冊，頁2274。
〔註66〕《清詩話續編》第三冊，頁2328。

識到性情與學問必須融合。《竹林答問》云：

> 性靈，即性分也。學詩者有天資穎悟出手便高者，是性分
> 中宿世靈根。……此種人學詩最易，然往往缺於學術，轉
> 至自傲。其由學力進者，多不能成家，以性情不相入也。
> 故兩者必相須相成。〔註67〕

天生已具性分之人學詩最易，但由於容易學成而轉爲自大，卻往往疏
於學術；相反地，先以學力入者，其詩又無性情，則不能成家，故性
情學問必須相成，不可偏廢，而性靈爲先。《白華山人詩說》卷二說
書味與靈秀之氣要融合，徒有山林氣並非眞詩人，〔註68〕古之名詩
人，多以性情與山水相融，若滿紙山林而沒有性情，仍只是描山摹水
罷了，所以，性情與學問之互融陶冶是清代詩人致力之事。

「性情與學問」相關的詩之鍊字也是由讀書而來，它與學問有關。
嚴羽《滄浪詩話》妙悟之說，是爲了破除不詩過度鍛鍊導致偏鋒的局
面，因此，潘德輿《養一齋詩話》卷一認識到「鍊字」的意義：

> 殆宋人鍊字之法，力求峭健，多拗曲不明，並以此忖度唐
> 賢歟？趙昌父謂「古人以學爲詩，今人以詩爲學」。鍊字之
> 法傳，即「以詩爲學」之一端也。〔註69〕

如果說唐人以詩爲詩、宋人以詩爲學，那麼，清人透過性情與學問
融合而成就了「詩學合一」。只有當「學」是陳衍所意指的寫詩的「態
度」時，性情與學問的融合才能因性質的矛盾而融通，易言之，「學」
的意義已轉化爲兼取學習、學問之內涵，且消化其中沉養自得的積
極意義而培育清詩。龔鵬程〈論本色〉一文論述江西詩派肯定「興」
是詩的本質，再以知性的反省超越了抒情與言志的矛盾。〔註70〕性

〔註67〕《清詩話續編》第三冊，頁2222。
〔註68〕《白華山人詩說》卷二：「凡作詩必要書味薰蒸，人皆知之。又須山
　　　　水靈秀之氣，淪浹肌骨，始能窮盡詩人眞趣，人未必知之。試觀古
　　　　名人之性情，未有不與山水融合者也。觀今之詩人，但觀其遊覽諸
　　　　作，雖滿紙林泉，而口齒間總少烟霞氣，此必非眞詩人也。」，《清
　　　　詩話續編》第三冊，頁2287。
〔註69〕《清詩話續編》第三冊，頁2014。
〔註70〕龔鵬程：《詩史本色與妙悟》：「江西後來之所以會發展出『學詩如參

情與學問如何融合則是清代藉唐宋詩之爭的思考，在經過爭辯唐宋詩之後，清詩論家指出兩者的相融，融合的方法是改變學問的板重認知，轉以「詩之根柢」視之，當事物由現象過渡至本體，無形中便消弭了本質上的對立而達成和解。陳衍「學人詩人之詩合」的以詩人之詩為重而輔以認真確實的作詩態度，他也轉化了對學問的認知，但是，此轉化是轉到了詩人的作詩態度，落點在詩人，而非學問，是對性情與學問的融合作出不同於前人的解釋。

　　以上，未經權衡的宋詩、「學」之歧義、以及晚清時，唐宋詩之爭衍變為性情與學問的思考，清代的宋詩論是需要分辨的，如果不將同光體從複雜的清代宋詩派中借提出來，難以釐清其面貌，故目前學界「同光體宗宋」之說值得商榷。

第二節　陳衍之「變宋」詩觀

　　在未經權衡的宋詩之下，誤解陳衍詩論，則清代詩學研究對同光體的看法是在鬆散的宋詩觀念中，將謬誤合理化且形成百餘年以來的話語權力。

　　陳衍詩學之重點是視詩為主體而非詩法或學問。以唐宋詩的分解來說，陳衍對唐宋詩之爭的看法是融合的，亦即不必分唐宋；以唐宋詩的歸納來說，陳衍所言的是「變宋」的宋詩觀，亦即不是完整的「宗宋」。本節論述陳衍詩學中所主張的是一種並非完全「宗宋」之變化觀念，進一步提出「同光體為宗宋」之商榷。目前同光體研究僅在陳衍詩論字面上追敘陳衍之復古、宗宋，但是深入了解《詩話》與陳衍所作序跋文，「同光體宗宋」尚有可議空間。陳衍「變宋」之宋詩觀，可以從「宋調」之力破餘地與陳衍詩論之因「變」

禪』『悟』之類講法，就是因為他們站在知性反省的立場，重新思考中唐以來詩風轉變的問題，先肯定比興是詩的本質，然後再以『悟』來融匯中唐，達成理性與感性辯證地超越綜合，經過中唐，而再回到盛唐。」，（臺北：臺灣學生書局，1986），頁 120。

而「新」，以及陳衍自述之語三方面論之。

一、「宋調」之力破餘地

　　陳衍以「三元說」論唐宋詩，〔註71〕「三元」之「力破餘地」是陳衍論唐宋詩之異的重要關鍵，宋詩既推本唐人之法，力破唐人餘地，清詩何也不力破宋人餘地？所以，不以時代論唐宋，「力破餘地」是陳衍詩論的一個重要準則。葉維廉〈嚴羽與宋人詩論〉云：

> 文學批評者可以改變借來的概念而成為新的觀點，借此以構造其對詩的原創性的看法。〔註72〕

如果文學批評家能將承襲過來的概念加以發揮，不能因為那承襲之跡而抹殺其創造性貢獻。「力破餘地」是清初開始已有的變化觀念之異詞，但是，力破餘地尚多了一層「破」之後再開新之義；「變化」只要做到與前人不同即可，「破」摧毀舊有，「破後的改變」則比「變化」有一層更強調新貌的意義。陳衍提出了古典詩的新變觀念，但是此觀念的重點在於改變之後，不能又落入只是一種「由舊變新」之貌新，換言之，此「新」是一個概念，不是以挑戰舊式的內容與形式為目的，亦即詩歌之新並非詩人以「反傳統」而寫出「新」的詩，而是創作態度與觀念上的根本改變，所以，「三元說」的終極意義並非爭唐宋，而在提出一種創新的觀念。

　　龔鵬程《江西詩社宗派研究》云江西派乃一觀念之社集，非一實質團體：

> 然時或以為江西乃一創作及論詩之組織團體，既為一團體矣，其詩學理論與彼此組成關係，必成一有機之結構狀態。凡結構皆有其功能，亦有其局限；其功能與社會配合，則流行，漸不能切合社會之發展與需要，則崩潰。江西即其

〔註71〕《詩話》卷一：「余謂詩莫盛於三元，上元開元，中元元和，下元元祐也。君（案：指沈曾植）謂三元皆外國探險家覓新世界、殖民政策、開埠頭本領，故有「開天啟疆域」云云。余言今人強分唐詩宋詩，宋人皆推本唐人詩法，力破餘地耳。」
〔註72〕葉維廉：《中國詩學》，（北京：三聯書店，1994），頁101。

　　　　一例。久之，乃又知其皆不然：江西非一實質之結構，乃

　　　　一觀念之社集，故無所謂崩潰，但隨觀念之轉換而起變異

　　　　耳。〔註73〕

同光體未若江西派之有嚴格理論，其意義僅「同光以來，不墨守盛唐」
兩語。從陳衍詩論所述，以及初期陳衍所提及的鄭孝胥、沈曾植、陳
三立三人與後期汪辟疆等學者以地域、創作年代所重新結構的「同光
詩人」群體來看，同光體也有觀念的集合與分化。集合者，由陳衍、
鄭孝胥開始提倡時是一個精簡的開放觀念，此後的沈曾植、陳三立與
所謂「同光詩人」逐漸演變成複雜的發展，即分化的。據龔鵬程之言，
江西詩派乃一觀念集合，欲詳此觀念必須從宋文化之形成與內涵才得
見江西所以為江西之由，因為是一個觀念的組合，故其轉變無所謂崩
潰，只是觀念之轉換變異。這種「觀念集合」的概念用之於同光體後
期的發展亦通，同光體之發展與江西詩派之變異不同，而在於陳衍、
鄭孝胥之後因觀念的轉移變異並形成一種文學誤會──對宋詩的誤
會，欲詳同光體，必須解開對陳衍的誤會。

　　誤解「同光體宗宋」便會在復古或創新兩途中迷路。同光體若是
宗宋，則它是復古的，如果復古，陳衍於「三元說」所提的「力破餘
地」以及「開埠頭新本領」的變化與開創是架空的，沒有落腳點。陳
衍既然以「力破餘地」看待唐宋詩，故其眼中唐宋詩是變化的，宋詩
是力破唐詩之餘地，推而廣之，晚清詩也在「變化」觀之下力破唐、
宋詩之餘地，既已破除界限，同光體如何可能由於「破除」又「成為」
宗宋？

（一）變化觀念

　　「力破餘地」呼應陳衍論唐宋詩的兩處環節是：變化觀念、唐宋
未易斷言。陳衍所提出的同光體「不墨守盛唐」之義，是一開放的概
念，意即不囿唐亦不囿宋，後人的解讀，卻專從「不墨守盛唐」的對
立面──「宗宋」理解，這是無視於清代唐宋詩之爭的非絕對性，也

───────────

〔註73〕龔鵬程：《江西詩社宗派研究》，（臺北：臺灣學生書局，1983），頁48。

誤會了陳衍這句話是採用相對說法之意義。

　　陳衍《近代詩鈔·曾國藩》小傳云：「詩極盛於唐，而力破餘地於兩宋。」〔註74〕宋詩是對唐詩的「力破餘地」而來，所以，其中紐帶關係是變化。其〈送樊山布政之官江寧〉：「樊山爲政如爲詩，敏捷變化無不宜。萬首早封渭南伯，方岳屹立華山碑。」〔註75〕讚美樊增祥詩作數量多，可媲美楊萬里，以爲政喻爲詩，因爲政必須有善舞的長袖、運籌變化的能耐，故作詩在於求變化。陳衍既主張變化，宋詩是變唐而來，同光體亦是變宋而有新的風格。陳衍又於《宋詩精華錄》卷一之案語云：「天道無數十年不變」，〔註76〕指凡事盛極而衰，衰極而漸盛，既不可能不變，變成「宗宋」不是又「不變」了嗎？所以，若談變化，應變化成同光體自己。《詩學概要·宋》亦云：

　　　　詩人之盛，唐代後以宋代爲觀止。蓋宋人詩學，各本唐法，
　　而擴充變化之，卓然成大家者，不甚亞於唐也。〔註77〕

宋詩由唐詩變化而來，所以宋「不甚亞於唐」，即言唐宋詩無法論高下的。陳衍又不主專學一家，所以不可能成爲宗「宋」之「一家」：

　　　　鄙意古人詩到好處，不能不愛，即不能不學。但專學一家
　　之詩，利在易肖，弊在太肖，不肖不成，太肖無以自成也。

〔註74〕陳衍：《近代詩鈔·曾國藩》小傳：「詩極盛於唐，而力破餘地於兩宋。眉山、劍南之詩，皆開天、元和之詩之變化也。自明人事摹仿而不求變化，以鴻溝畫唐宋，東坡且無過問者，涪翁無論矣。坡詩盛行於南宋金元，至有清幾於戶誦，山谷則江西宗派外，千百年寂寂無頌聲，湘鄉出而詩字皆宗涪翁。」

〔註75〕陳衍：《詩集》卷四。

〔註76〕《宋詩精華錄》卷一案語：「此錄亦略如唐詩，分初、盛、中、晚。吾鄉嚴滄浪高典籍之說，無可非議者也。天道無數十年不變，凡事隨之。盛極而衰，衰極而漸盛，往往然也。今略區元豐、元祐以前爲初宋，由二元盡北宋爲盛宋，王、蘇、黃、陳、秦、晁、張具在焉，唐之李、杜、岑、高、龍標、右丞也；南渡茶山、簡齋、尤、蕭、范、陸、楊爲中宋，唐之韓、柳、元、白也；四靈以後爲晚宋，謝皋羽、鄭所南輩，則如唐之有韓偓、司空圖焉。此卷係初宋，西崑諸人，可比王、楊、盧、駱；蘇、梅、歐陽，可方陳、杜、沈、宋。宋何以甚異於唐哉！」

〔註77〕《陳衍詩論合集》下冊，（福州：福建人民出版社，1999），頁1037。

（《詩話》卷十四）

專學一家有利有弊，「太肖」之弊是最後什麼都不是，「易肖」之利尚有一「肖」，如此說來，弊似乎更甚於利的。陳衍幼年由伯兄陳書啟蒙，受影響極深，陳書〈損軒見過去後擬作論僅得六首〉詩，說宗唐宗宋互相為笑，都是無當之行：

> 萬派同流學海瀾，豈知古調是重彈。
> 更相為笑都無當，止作貧兒暴富看。
> 八代文章枉起衰，馬班爛調豎儒知。
> 由來耳目爭新樣，不廢江河果是誰。（《詩話》卷一）

陳衍受其指導，陳書之詩觀必然也會影響了陳衍。

所以，陳衍將變化觀念應用在詩之進境，《詩話》卷二十五云：

> 所謂進境者，只問視前之同不同，不問視前之工不工也。
> 前工於丹，後工於素，前工設色，後工白描，工同而所工
> 不同矣。

進境不是因年歲增長、累積作品就能臻至之地，它必須與前作有異，未必是與詩人前作相比而更工之作品，亦即，重點在變化，而非變化後的成果如何。所以，陳衍所謂的變化是觀念與態度的改變，並非只視作品之與舊作不同就是「變」，也就是問「同不同」，不問「工不工」，這顯示其強調詩人觀念改變，是越進更高一層次談變化，如果只從作品工與不工而論，是停留在詩的表面而已。

（二）唐宋未易斷言

學界研究同光體，將之置於「宗宋」的論點，但是從陳衍詩論來看，其中宗宋的成分不多。上述「變化」是陳衍詩論的特點，所以唐詩異於漢魏，宋詩異於唐，清詩異於宋；若同光體宗宋，陳衍應該篤定提出「宋詩是什麼？」，並且對此問題有明確肯定的答案，但關於此問題，陳衍的說法卻是「宋詩很難說是什麼？」。他從「唐宋未易斷言」切入：

> 余嘗敘晉卿王君（樹枏）詩續集云：「人之言曰，明之人皆
> 為唐詩，清之人多為宋。然詩之於唐宋，果異與否，殆未

　　易以斷言也。咸同以降，古體詩不轉韻，近體詩不尚聲貌
　　之雄渾耳。其弊也，蓄積貧薄，翻覆只此數意數言，或作
　　色張之，非其人而爲是言，非其時而爲是言，與貌爲漢、
　　魏、六朝、盛唐者，何以異也？」（《詩話》卷十四）

說明咸同以後古近體詩之弊，反覆摹擬則與漢魏盛唐無異，同時提出
「清人多爲宋詩」之疑，此言學習的方法錯誤，即摹擬之死而造成
的，重點是陳衍指出唐與宋詩不容易清楚斷言。所以，陳衍不願意
「區畫唐宋」，《詩話》卷二十九載劉仲英〈讀石遺集七言長古〉詩，
陳衍回報一律云「宋唐區畫非吾意」、「漢魏臨摹是死灰」。〔註 78〕陳
衍不執意宗唐或宗宋之爭，也表現在他所反對的王士禎，陳衍對王士
禎有異議的是以神韻論詩，而不在王士禎宗唐一事。

　　關於唐宋詩之爭論，陳衍提出了一種不必過分僵化的評論角
度：

　　一日，掞東招欲飲，余後至，見劍丞與昀谷，方齗齗爭論。
　　劍丞謂唐宋詩人獨有一梅聖俞耳，昀谷大非之，稍訾及宛
　　陵，因取決於余。余平解之曰：論詩固不必別白黑而定一
　　尊，劍丞言似太過。（《詩話》卷十四）

其意是唐宋均可學，不必別黑白，陳衍點出的觀念是將唐宋優點融
冶：同時注重變化、存實、興會、平淡。所以，眞正能詩之人是讓人
不能分出唐宋者，其〈答陳光漢詩學關疑七則〉之一云：

　　唐宋詩佳者，無大分別。眞能詩者，使人不能分其爲唐爲
　　宋，使人能分出者，非詩之至者也，自家之詩而已，其次，
　　乃似某大家。〔註 79〕

可見能說出唐宋詩之分的，是在「不佳處」方能言，眞詩是不能分
唐宋的，能分唐宋者「非詩之至」。所以，詩之「至」是一種融合
唐宋詩各有的優點所蘊釀而成的第三種形式，因爲宋詩也有缺點，

〔註 78〕《詩話》卷二十九：「劉生雄驚孟郊材，凌紙論文怪發來。并世欲推
　　　　壓元白，古人直遣媲歐梅。宋唐區畫非吾意，（來詩矯矯唐宋原作有
　　　　宋），漢魏臨摹是死灰。萬卷有書眞讀破，吐醨棄粕快銜杯。」
〔註 79〕《陳衍詩論合集》下冊，頁 1088。

〔註80〕「是唐非宋」或者「是宋非唐」只是分別成為一種美——唐美或宋美，而退一步說，僅論唐美或宋美都是偏失，清詩在唐宋之後，如果肯定真詩，應該看到這一點。〈自鏡齋詩集敘〉又說：

> 五言發軔漢代，其教未昌。魏、晉、六朝，累牘連篇，率風雲月露遊覽讌集之詞。故詩至唐而後極盛，至宋而益盛，蓋自次山、少陵、元、白、蘇、黃、陸、楊之倫，號大家者，類無不感諷引論，長言嗟嘆。〔註81〕

「至宋而益盛」即變本加厲，所以唐宋詩沒有高下優劣，但是有不同，亦即宋詩是變化的，它相對於唐詩是以自己的方式加值。能平衡不同朝代各具特色的詩，加以融化才是真詩。因此，不要仗氣於盛唐，能在「唐宋之間」者為佳，《詩話》卷二十一錄有張際亮詩，云：

> 建寧張亨甫先生際亮，道光間詩名藉甚。……名句在唐、宋之間。……又〈醉題一覽亭〉句云：「黃葉落澗中，響在白雲裡。」乃不專仗筆氣以為盛唐者。

　　以上，在強調變化、不過分拘執唐宋的立場上，陳衍詩論朝向不古板、不拘泥於單一性發展，是對宋詩的超越。於是，可以在其論詩文字裡，看見陳衍的「變宋之詩觀」，換言之，陳衍論詩不完全宗宋，是「變化的宗宋」，以下論述陳衍詩論之因「變」而「新」。

二、陳衍詩論之因「變」而「新」

　　陳衍詩論強調「變化」觀念，其對宋詩的「力破餘地」一語，實已道出「變化」的主要方向。本書前半段敘述陳衍詩學內容，其中關

〔註80〕《石遺室詩話》卷十五指出宋詩的毛病：「疑始有絕句〈答友人〉云：『王石谷畫蘇書溫李詩，桐城文派夢窗詞。咸同以後成風尚，吾意難同肯詭隨。』此語皆實錄，惟溫、李詩三字不甚確。余憶元人吾子行有一絕句，描畫宋末風尚云：『烹茶茅屋掩柴扉，雙鬢吟肩更撚髭。策杖遍仙山下去，騷人正是興來時。』子行作有《閒居錄》云：『晚宋之作詩，多謬句，出遊必云策杖，門戶必曰柴扉，結句多以梅花為說，塵腐可厭，余因聚其事為一絕句。』云云。」

〔註81〕《陳衍詩論合集》下冊，頁1066。

於詩的特質、創作、源流、鑑賞等，呈現了在清代詩學脈絡中的個人主張，以下再從「變化」的角度說明陳衍詩論既主張「變化觀」，其所提倡之同光體並不可能走回頭而崇尚已成過去的「宋詩」，那麼，陳衍「變宋」詩論的核心何在？首先，是一個以性情爲主體而對宋詩有所承襲又加以變化的複合體。

（一）詩人性情之主體性

陳衍詩學將性情置於詩之首要地位，其他相關見解都是以性情爲基礎下發展出來的，因爲主張性情，所以詩是荒寒之路、重視詩人、欣賞山林詩、強調自家高調，這些都指向詩人自己的性情。自〈詩大序〉〔註82〕「詩言志」觀念的悠久歷史，批評家對「志」與「之」有許多解釋，但無論如何，它總是強調了感情的自然表現。陳衍《詩話》與《宋詩精華錄》二書中，十分重視興寄，因爲興詩深婉，〔註83〕六朝、唐、宋詩人多用此法，興寄如此備受詩人青睞的主要原因在「深婉」之作較「淺直」者引人入勝。「興」比「比」、「賦」之與性情的關係更加直接，因爲性情內在於詩人深心，「比」之「以此物比他物」、「賦」之「敷陳其事」都是講外在事物，未若「興」由詩人內心首先興起。

　　徐復觀〈釋詩的比興——重新奠定中國詩的欣賞基礎〉一文云：
　　　　興所敘述的主題以外的事物，不是情感經過了反省後所引
　　　　入，而是由情感的直接活動所引入。人類的心靈，僅就情
　　　　的這一面說，有如一個深密無限的磁場，興所敘述的事物，
　　　　恰如由磁場所發生的磁性，直接吸住了它所能吸住的事
　　　　物。因此，興的事物和詩的主題的關係，不是比樣，係通
　　　　過一條理路將兩者連接起來，而是由感情所直接搭掛上。

〔註82〕〈詩大序〉：「詩者，志之所之也。在心爲志，發言爲詩。情動於中，而形於言；言之不足，故嗟嘆之；嗟嘆之不足，故永歌之；永歌之不足，不知手之舞之，足之蹈之也。」
〔註83〕《詩話》卷十四：「唐以前名句，多全聯寫景者。宋人除陸放翁、范石湖、楊誠齋諸集外，往往寫景中帶著言情。……豈好景果爲前人寫盡乎？抑亦厭賦體淺直，不如比興深而曲耳。」

〔註84〕

陳衍論詩強調興寄，也是發現了情感與外物之間的「直接吸住」的能量，「興」不是經過反省的理智的情。所以，錢鍾書記錄陳衍之《石語》有：

> 論詩必須詩人，知此中甘苦者，方能不中不遠，否則附庸風雅，開口便錯，鍾嶸是其例也。〔註85〕

詩人方能論詩，因爲能以自身體會詩的世界而對詩有相同心情的了解。《石語》又載有陳衍爲錢鍾書詩作序云：

> 余以爲性情興會固與生俱來，根柢閱歷必與年俱進。然性情興趣亦往往先入爲主而不自覺，而及其彌永而彌廣，有不能自爲限量者。未臻其境，遽發爲牢愁，遁爲曠達，流爲綺靡，入於僻澀，皆非深造逢源之道也。默存勉之，以子之彊志博覽，不亟亟於盡發其覆，性情興會有不彌廣彌永獨立自成一家者，吾不信也。〔註86〕

性情如何成爲獨立一家之言？是性情與根柢閱歷互相融洽之彌永彌廣，其作用在「彌」。彌永彌廣的那個詩境不能急求，以「彊志博覽」與與生俱來的「性情」互相化合，性情終可獨立一家、不能限量，這是陳衍的信心，而此彌永彌廣則非復古守舊、故步自封所能解釋的了。

陳衍〈健松齋詩存敘〉云：

> 自四術四教，掌於樂正，造士用《詩》、《書》、《禮》、《樂》，而孔門雅言，不外詩書執禮。又曰：興於《詩》，立於《禮》，成於《樂》。之數者，皆以詩居首，何哉？詩以理性情，書以道政事。政事外至，性情內出。外至者，其所本無，內出者，其所自有也。〔註87〕

陳衍在詩的創作上贊成摹擬，但僅限於擬景不擬情，性情不可摹擬是

〔註84〕收在林慶彰編：《詩經研究論集》（一），（臺北：臺灣學生書局，1987），頁 76。
〔註85〕錢鍾書：《錢鍾書集》之《石語》，（北京：三聯書店，2001），頁 6。
〔註86〕同前註，頁 13。
〔註87〕《陳衍詩論合集》下冊，頁 1068。

強調「詩人」的獨特性與主體性，陳衍突顯詩之特質的抒情部分，也就是「人」必須是眞性情的散發者。上引《詩》、《書》作用不同，且《詩》於四藝居首的原因在於性情由詩人「內出」，是詩人本所自有的。但是，性情又不容易保護，因爲世俗之浸染機會太多，陳衍的詩人性情主體，如何永保其眞地體現於詩？即其提出的「荒寒之路」，也就是直接落盡繁華，讓心靈直觸孤寂寒涼，作用於詩才能有自我面目。

　　《詩話》卷一載有陳衍與陳三立對於詩的看法之異：

> 伯嚴論詩最惡俗惡熱，嘗評某也紗帽氣，某也館閣氣，余謂亦不盡然，即如張廣雅之洞詩，人多譏其念念不忘在腎部時督武昌，其實則何過哉，此正廣雅詩長處。……以上數詩，皆可謂綿邈尺素，滂沛寸心，《廣雅堂集》中之最工者。……事事皆節鎭故實，亦便是廣雅心氣，所謂詩中有人在也。

陳衍曾任張之洞幕府一段很長時間，「綿邈尺素，滂沛寸心」之語或許是褒揚其主、投其所好，但是從另一方面看，陳衍不棄館閣紗帽氣，原因在於詩如果有紗帽館閣氣，也是恰合其人身分，所以才正是其人長處。「詩中有人在」是評詩的標尺，但是，此人如何「在詩中」卻是評詩眞正要去推敲的，若是僅憑「愁苦易好」一論，固然山川搖落、行吟澤畔之詩動人，但詩歌只此一格，無乃太過窄隘，故陳衍之論具有彈性，並不專以一格論詩，而這也可以和其注重詩人自家高調之旨相發明，亦即別人認爲有館閣氣的，陳衍以爲正是其人長處，甚至還可以看出詩人之風格。其評論陳寶琛詩也是在人人之慣常評價外，特別賞其哀感頑豔：

> 人亦有言，弢庵詩有館閣氣，余曰：弢庵是館閣中人，雖罷官居鄉二十餘年，究與眞村夫野老不同，滄趣名樓，則滄江青瑣之思，亦詩人循例事也。〈上巳花下悵然有感因和倣玉用昌黎寒食日出遊韻〉云……可謂哀感頑豔矣。

　　（《詩話》卷一）

陳衍在別人看到陳寶琛的館閣氣之外，能別有所見，即著眼於詩人個別的特殊風貌。見人所未見需要詩識，何嘗不也說明陳衍認為詩人可貴在於有自己的存在。

因此，陳衍論詩十分重視「自立」，「不能自立」是無效的學習更非詩家所追尋的境界，學習上強調自成一家之言，如何願意以「宗宋」為目的？

（二）「學人詩人之詩合」之義

清代詩學研究必會提及「學人之詩與詩人之詩合」，但誠如前述，清代之「學」有歧義，而論者每以籠統概括方式談論此一問題，常見的謬誤即發生於把學習、學問、學術，以及與之相關的讀書、考據等都視為一事。例如錢仲聯〈清代學風和詩風的關係〉〔註 88〕一文，談論「學人之詩詩人之詩合而一之」所舉的鄭珍〈論詩示諸生時代者將至〉及何紹基〈題馮魯川小像冊論詩〉、〈與汪菊士論詩〉，錢仲聯並未說明學人之詩、詩人之詩為何物？又鄭珍、何紹基詩論與學人之詩、詩人之詩有何關聯？事實上，所舉鄭珍及何紹基之詩文是談論「讀書」的，〔註 89〕那麼，學人之詩指的是「讀書」？而讀書是清代詩人普遍重視之事，若此，則「學人之詩與詩人之詩合」的情況又何必是清中葉以後必須特別強調的學風？又吳淑鈿《近代宋詩派詩論研究》說「學人詩與詩人詩合」是理性德性才性的總體呈現，陳衍所說的學人詩是才學為詩。〔註 90〕凡此，都沒有對清代

〔註88〕錢仲聯：《夢苕盦論集》，（北京：中華書局，1993），頁 182～195。
〔註89〕鄭珍〈論詩示諸生時代者將至〉：「我誠不能詩，而頗知詩意。言必是我言，字是古人字。固宜多讀書，尤貴養其氣。」何紹基〈與汪菊士論詩〉：「作詩文必須胸有積軸，氣味始能深厚，然亦須讀書。看書時須從性情上體會，從古今事理上打量。於書理有貫通處，則氣味在胸，握筆時方能流露。蓋看書能貫通，則散者聚，板者活，實者虛，自然能到腕下，如餖飣零星，以強記為工，而不思貫串，則性靈滯塞，事理迂隔，雖填砌滿紙，更何從有氣與味來。故詩文中不可無考據，卻要從源頭上悟會。有謂作詩文不當考據者，由不知讀書之訣，因不知詩文之訣也。」
〔註90〕吳淑鈿：《近代宋詩派詩論研究》，頁 107～109。

以及陳衍的「學人之詩」與「詩人之詩」做一番考察，造成的謬誤是：凡考據家、金石家、訓詁家而能詩之人均是此一詩壇局面的代表人物，〔註91〕且他們之間都可以互相考索發明，形成解讀清詩論中「學人之詩」的一面巨大網絡。

　　陳衍對「學人」的定義並不指詩人身份或者學問內容，「學人詩人之詩合」說的是一種「態度」，即運用清代考據學家作學問的精審態度寫詩，非一般所謂的「以考據為詩」或「以學問為詩」之「學問」意義（詳見第三章第三節〈學人之詩與詩人之詩合一〉）。陳衍所謂「證據」與「比例」是日常生活中的事理，故「學人」指透過讀書修養，養成對生活事理的合情合理之認識，施之於詩歌，乃「學人之詩」；而將生活中合理面對事理的態度用詩之抒情方式結合起來，即所謂「學人之詩與詩人之詩合」，其內容並非清代考據學之「學人」之義。

　　此又可從陳衍論及「精神結構」互證。文學史學者對「學人之詩與詩人之詩合」的解釋是因為程恩澤、何紹基、鄭珍等人是學者，學者而寫詩，故稱所做之詩「學人之詩與詩人之詩合」，甚少注意陳衍所說的「精神結構」。陳衍〈密堂詩鈔序〉一文中，〔註92〕指出程恩澤、何紹基、曾國藩、鄭珍諸人之詩的價值在取道元和、北宋而得開、天之「精神結構」。若只解釋為以學者身分寫詩、或詩中蘊含學問、或重視讀書養氣等義，都會造成與陳衍的意思之理解上的齟齬，因為如果「學人詩人之詩合」是「清代宋詩派」特色，那麼，歷代詩人兼學者亦多有人在，清代尤多，是否以學者身分而寫詩者全都可納入？所以，分判事物時，或許找到事物之異更重於找到其

〔註91〕　曾克耑〈論同光體詩〉：「清代之所謂學人，不過是考據家，所謂詩人也者，不過是吟風弄月的朋友。」所說的學人、詩人過於簡單，亦非陳衍之意。《頌橘盧叢藁》第四冊，（香港：新華印刷公司，1961），頁 455。

〔註92〕　〈密堂詩鈔序〉：「顧道、咸以來，程春海、何子貞、曾滌生、鄭子尹諸先生之為詩，欲取道元和、北宋，進規開、天，以得其精神結構之所在，不屑貌為盛唐以稱雄。」，《陳衍詩論合集》下冊，頁 1064。

同，同光體有自身特色，這一個「學人詩人之詩合」的論題必然不會在與前代有重疊意義的角度中呈顯自己，所以，陳衍所說的「學人詩人之詩合」指作詩的精神，即一種認眞踏實的作詩態度。

清代理性的詩論家都抱持性情與學問相濟之論，尤其在學問方面要求根柢深厚。《筱園詩話》卷一引紀昀論「詩學義山、山谷」，〔註93〕紀昀勸人學詩先須根柢深厚之後，再學習用筆運意、屬詞使事，若學者無知，在尚未培養根柢之下就妄學這些需要學力的例如江西詩派，必墮偏鋒，故黃庭堅不是隨意可學的。反之，講究學問亦有自身的偏鋒，在清詩論中，不難感受到評論家眼中，詩之字字有來歷其實是一種炫學心理。例如王夫之《薑齋詩話》卷下，〔註94〕指出寫詩時的下筆之語是偶然湊合，詩之以「用意」而別，字字必求出處是一種陋習。《蓮坡詩話》第一六九則，〔註95〕引朱熹質疑《詩經》裡楺眞之語從何處可以得到考證，所以，字句求出處是俳優之行爲。又袁枚以性靈說詩，則將詩中有礙性靈之事以刻薄語視之，〔註96〕稱字字有來歷爲「骨董開店」。可見這種字求出處，如果是屬

〔註93〕《筱園詩話》卷一：「然學詩者，總須鎔經鑄史，以《騷》、《選》及八代、三唐爲根柢。根柢既深，識力既確，然後學義山，而得其用筆運意之雄厚深曲，使事屬詞之精切婉麗，最爲有益。即兼涉西江，而得其生峭新異之致，亦非不佳，所謂兼博取也。若根柢不深，則從江西入手，必墮偏鋒，致成粗獷之習。」《清詩話續編》第三冊，頁2348。

〔註94〕王夫之：《薑齋詩話》卷下：「落日照大旗，馬鳴風蕭蕭」，豈以「蕭蕭馬鳴，悠悠斾旌」爲出處耶？用意別，則悲愉之景原不相貸，出語時偶然湊合耳。必求出處，宋人之陋也。其尤酸迂不通者，既於詩求出處，抑以詩爲出處，考證事理。」《清詩話》，頁17。

〔註95〕《蓮坡詩話》第一六九則：「作詩好用經語，亦是一病。……宋時或有言今人作詩多要有出處。朱子曰：『關關雎鳩』，出在何處？程子亦云：『古之學者，惟務養情性。若今之爲文者，專務章句，悅人耳目，既務悅人，非俳優而何？』如此可以言性靈。」《清詩話》，頁514。

〔註96〕《隨園詩話》卷五第三十八則：「抱韓、杜以凌人，而粗腳笨手者，謂之權門托足。仿王、孟以矜高，而半呑半吐者，謂之貧賤驕人。開口言盛唐及好用古人韻者，謂之木偶演戲。故意走宋人冷徑者，謂之乞兒搬家。好疊韻、次韻，刺刺不休者，謂之村婆絮談。一字

於學問之事，「性情與學問」在詩之表現上面臨最大的考驗是兩者不同性質，雖然詩論家大多主張讀書博學，但它必須經過轉化發酵的過程，方能與詩之本色的性情相得益彰，如何使兩者在性質的矛盾中成為可能，陳衍提出的觀點是：學問與學習運用於詩只是一種態度，唯有如此，性情與學問如何相融的難題才可以在不抹殺任何一方或抑此揚彼的情況下得到可能的成績，此為陳衍詩論表面上雖似重覆前人之語，但是，其詩論是一種創作新理念。況且，陳衍將「學問」當作「詩料」而已，並非詩的主要元素，相對於晚清詩壇，詩的發展似乎慢慢地遠離了詩本身，例如王闓運的摹擬、詩界革命的以舊形式寫新名詞等，工具成了目的，深具創意特色的詩是否應該有一個回歸詩本身的認知呢？陳衍強調詩的真實，而非著上「實學」色彩的學問詩，是藉由作學問之認真實在的態度昭顯詩的自身真實。

　　「學人之詩與詩人之詩合」指的是一種作詩態度而非詩之內容，所謂態度即清代考據學、實學的認真確實態度。文學、人生、時代是互相反映作用的，這種追求實在的心態指出清代雖然自清初開始即以經濟致用而發展實學，以至晚清的公羊今文經學，對詩歌而言其實完全是無用的，因為當考據、經濟、實學、致用都只是學問的內容，那就永遠是「內容」的身份，無法以「態度」的觀念轉化，使它們真正具有骨與肉而實際存在，而彰顯無可取代的價值。

（三）「事實」之追求

　　由於「學人詩人之詩合」指的是作詩的態度，它將詩中學問的知識意義轉化為心態意識，陳衍將這個觀念從學問的內容轉到作學問的態度，於是，陳衍論詩追求真實──事理之真實。《詩話》批評盧前〈埋書〉詩：

> 今人喜搜集前人逸稿，多為本人所刪棄者，轉以暴前人短處矣。近見盧前所刊《巢經巢逸詩》一卷，凡二十葉，則未刻之稿，非刪棄也。中有〈埋書〉五言古四首，……末

一句，自注來歷者，謂之骨董開店。」

云：「汝存我盡力，汝亡我收枯。借問爐中人，識此孝子無？」
竊謂「爐中人」「人」字，只要用「書」字。若對書中人說，
則他處此書尚存，其人故未燼也。（《續編》卷三）

所評有兩點：其一，不要作無謂的搜集工作；其二，詩中「爐中人」
宜改爲「爐中書」，因爲所焚者書而非人，由此可見陳衍推敲的是詩
中事理之切實及理智。《詩話》卷三十一論杜甫寫景逼肖：

堅廬詩閒適自喜，專學韋陶。〈曉月〉云：「高樓曠野氣，
憑闌好時節。何以慰寂寥，愛此下弦月。素星已半落，清
輝猶未絕。懸嶺疑有無，依雲欲明滅。曙色正相催，佳景
幽難説。」往嘗論少陵工詩，首在寫景逼肖。「風林纖月落」，
未上弦月也。「殘夜水明樓」，下弦月也。「懸嶺」十字，實
下弦以後之月，五更始出者。

「逼肖」，是杜甫將月亮出現的日期與各種時辰之月態描寫得非常切
合時地，故所論「寫景逼肖」是要求呈現一種「確實」的精神，所以
肯定詩中上弦月、下弦月、下弦以後的五更始出之月，一一分明，這
是追求生活中眞實的事理。〔註97〕又陳衍重視「實錄」：

章孫宜作霖，則門人紱雲哲嗣，少孤好學，能詩畫，工楷
書，曾以其椿萱憶蓉室唱和圖乞題，謝余一律云：……皆
係實錄。（《續編》卷一）

曹遠模今年八十有一矣，久官山左，有循良聲，而濟以精
幹，爲歷任上峰所倚。投老歸里，入陶社而少作詩。以所
著《古春草堂筆記》贈余，皆記作宰時事，有關係，非空
談也。（《續編》卷一）

詩人所作，不論居家情狀或歷官生涯，家庭、爲官、與時事有關係
者，皆爲《詩話》所錄，陳衍強調這些都是「非空談也」。

至於詩中之理，自魏晉玄言詩「理過其辭，淡乎寡味，……平

〔註97〕陳衍對杜甫的評價也在其詩的景眞，《石遺室詩話》卷一：「任是如
何景象，俱寫得字字逼眞者，惟有老杜。」後引杜詩，評爲「寫出
曠野夜行景」、「寫出無月夜景」、「寫出暑天鬱蒸將雨景」、「眞大雨
景」、「眞雪後陰天」，均爲景眞的讚美。

典似道德論」，經唐代寒山、拾得之佛家偈語，至宋代理學詩，都是運用詩而談「理」，所不同者，或談道家之理、佛家之理、儒家之理；以道理入詩，不論所談的是哪一種埋，當詩人在詩中講道理，就成了被嚴厲批評的箭靶，賀裳《載酒園詩話》〈朱熹〉：

> 詩雖不宜苟作，然必字字牽入道理，則詩道之厄也。吾選晦翁詩，惟取多興趣者。

宋代理學家中，朱熹是最被稱讚的道學詩人，劉熙載《藝概·詩概》云：「朱子〈感興詩〉二十篇，高峻寥遠，不在陳射洪下，蓋唯有理趣而無埋障，是以至為難得。」理趣意謂詩中雖然說理，仍有詩的趣味存在。陳衍評論理學詩，〔註98〕對「詩中有道」之作品的評選條件亦在「說理而不腐」，仍固守詩須具有詩的本色之立場。然而，後人多誤會陳衍詩論之「理」，本書以為陳衍追求的是生活的事理，但學者替「近代宋詩派」溯其淵源為「肌理說」，〔註99〕其實陳衍所說詩中之「理」，與「肌理說」的文理、義理並不相同。翁方綱〈月山詩集序〉云：「故為詩者，實由天性忠孝，篤其根柢，而後可以言情，可以觀物耳。」，〔註100〕翁方綱之意，詩人可以言情觀物是由「天性忠孝」而來，明顯與陳衍所說的「荒寒之路」意旨不同，翁氏言詩之情是「天性忠孝」，而陳衍說的是詩人的孤獨寂寥。

陳衍論詩主性情，又賞識困遇之詩，因詩人遭困，其內心的體會發之於詩詞，以獨特之筆寫出詩人內心深沉的感嘆，從這一點可知，對於歷來人們認定的宋詩兀傲澀味的特色，陳衍是從詩人所遭

〔註98〕《宋詩精華錄》選朱熹詩，評曰：「晦翁登山臨水，處處有詩。蓋道學中之最活潑者，然詩語終平平無奇，不如選其寫物說理而不腐之作。」《陳衍詩論合集》上冊，頁817。

〔註99〕吳淑鈿：《近代宋詩派詩論研究》：「肌理說論詩以通於理者為美，包括作品表現一種整體的內容形式的美，即義理及文理。以理論詩，強調認知與學問，使詩言志變成詩言理，則學問的獲得非常重要。」所說翁方綱的「理」是「理學與乾嘉經學互為關涉，而儒家的仁義道德亦被引入理學概念之中」。頁43。

〔註100〕引自《清代文學批評資料彙編》，（臺北：成文出版社，1979），頁526。

受的實際境況去看待的；換言之，詩之兀傲僻澀是因詩人境困而透過詩筆寫「實際」，陳衍看到的兀傲是立足於詩人之現實環境而來，並非以知識或詩句詩法看待宋詩所謂的澀僻。

　　所以，陳衍論詩的「理」指人生的眞實，並非宋學、樸學、經學、史學等「學問」之義理，亦非宋詩學「以詩證道悟道」之道化地透解生命。〔註101〕《詩話》卷十二，陳衍提到想要編輯地理詩，庶有別於考據學問，將實學表現於詩歌之中：

> 余嘗欲輯古今人詩，翔實地理形勝，而詩句又復雅馴者，
> 彙爲一編，庶山川能說，登高能賦，兼《毛詩傳》九能之
> 二而有之。

晚清學者喜研究輿地之學，因西方列強由東南海域而來，如何從地理上防範外敵侵犯是一新興的實務精神。〔註102〕陳衍欲研究地理的方法是想編輯地理詩，他的想法是以詩的形式輯錄地理，所以，他的關心一直在詩本身；而收輯地理詩目的是要「翔實地理形勝」，均可知陳衍對「眞實」意念的追求。本書第二章陳衍對詩之特質的看法是眞摯性情，在「眞」的要求之下，不僅情眞，景亦眞，事亦求眞，故陳衍批評名家大家之作，常有「於理不足」處，例如列舉黃庭堅、李白、韓愈、王士禎之詩，評之曰：

> 余謂漁洋潼關句，……分明是兩扇，必說四扇，似不得藉
> 口於古人。昌黎時關門不敢知其如何，總以不說謊爲妥。

〔註101〕宋代理學著名的「除窗前草」論題，影響宋詩「觀物」詩歌思維，此爲宋詩之以詩證道悟道特色。胡曉明：《中國詩學之精神》〈心性境界之證悟〉亦討論宋代詩道觀的人文特質。（南昌：江西人民出版社，1990），頁97～111。

〔註102〕馮天瑜、黃長義：《晚清經世實學》〈第五章：道咸年間經世派的史地學〉：「如果說，嘉、道、咸年間經世派研討漕、河、鹽、農諸大政是爲著解除『內憂』，那麼，經世派的史地學則主要是應對『外患』的產物。姚瑩在論及《康輶紀行》的寫作時說，他之所以『喋血飲恨而爲此書』，是爲了『雪中國之恥，重邊海之防，免胥淪於鬼域』。這一言頗能代表道咸間經世派史地學的精神。」，（上海：上海社會科學院出版社，2002），頁248。

又漁洋〈雨後觀音門渡江〉詩云:「飽挂輕帆趁暮晴」雨後
作,言暮晴是矣,而第三句又云「吳山帶雨參差沒」,又說
雨何耶?爲之解者曰:初晴山尚帶雨耳。然非方落雨,何
以會沒?若因天暝而沒,又何以知其帶雨耶?此雖小疵,
亦宜檢點,非效紀文達之好批駁古人詩也。(《詩話》卷十七)

以不說謊爲合理,是求眞實之精神。陳衍認爲這些小毛病應仔細檢
點,並非故意批駁古人,所重即實事求是。注重事理的「事實」亦
說明陳衍論詩講究「實際」,故《詩話》又有「能與稱」之說,指不
論使用什麼技巧或方法,詩都要呼應「恰切」原則,其〈王晉卿詩
續集序〉云:

能詩者不必至其地,至者不能詩,能之亦才力不稱其景物
之壯遠。余於詩文,無所偏好,以爲惟其能與稱耳。(《詩話》
卷十四)

「能」是詩才,即「別才」,此爲詩人性之所近,不能勉強。王士
禛《詩友師傳續錄》王士禛答「詩不假修飾苦思」也提到詩不能勉
強,[註103] 詩要適合詩人身分,詩作與詩人才能配合得起來,不
可支離而造成詩是詩、詩人在詩外的情況。能與稱有「詩與人合」
的意思,但陳衍「稱」又不專指詩人之性行思想之稱合,尚有「稱
題」之義:

鯉九寄近作數首,皆有可觀。……「懸三間屋崖之腹,束
百丈瀑屋之肩。其人非具別手眼,此地安見新洞天。雲開
雲闔即户牖,石吞石吐成關鍵。汀蕃就石勢險絕處纍石爲門,如關
隘然。靈源雖好人迹尟,何如來聽高寒泉?」此首佳在稱題,
非貌爲兀傲者比,可以遠把雙井之袖,近拍散原之肩。(《續
編》卷一)

因此,陳衍「能與稱」的主張又並不完全指詩與人合,其義在「適
當」、「相稱」而未必專指哪一方面的適當。「稱」的含義,陳衍又云:

[註103] 王士禛:《詩友師傳續錄》:「苦思自不可少。然人各有能有不能,
要各隨其性之近,不可強同。……皆未可以此分優劣。」《清詩話》,
頁154。

> 語言文字，各人有各人身分，惟其稱而已。所以尋常婦女，
> 難得偉詞，窮老書生，恥言抱負。至於身厠戎行，躬擐甲
> 胄，則辛稼軒之金戈鐵馬，岳武穆之收拾山河，固不能繩
> 以京兆之摧敲，飯顆之苦吟矣。(《詩話》卷三十二)

此言什麼身份說什麼話，語言文字之於詩人是自然相應的，它可以顯
現各種身份的一般性特色，例如：婦女難得偉詞、窮老難言抱負、壯
士不會苦吟等。詩之稱合身份並非陳衍首創，〔註104〕陳衍的論點說
的是詩人「別才」，但是，可以看出陳衍將「別才」放在「真實」義
上看待，「別才」指向詩人自我，詩人自我指向「真實」，故對事物追
求事實、對詩人強調「能與稱」之真實。

《石語》載陳衍不喜陳三立詩，因其艱深：

> 陳散原詩，予所不喜。……近作稍平易，蓋老去才退，并
> 艱深亦不能為。為散原體者，有一捷徑，所謂避熟俗是也。
> 言草木不曰柳暗花明，而曰花高柳大；言鳥不言紫燕黃鶯，
> 而曰烏鴉鷗梟；言獸切忌虎豹熊羆，并馬牛亦說不得，袛
> 好請教犬豕耳。〔註105〕

陳三立避熟避俗的結果造成艱深，而陳衍認為此艱深是一種「捷
徑」，所以，宋詩以避熟避俗避陳為創新的詩法，但陳衍卻視這些方
法是捷徑，也是陳衍論詩講求實際的一個重要意識。陳衍論詩不尚
奧衍，所喜吟諷的王安石詩，是王詩顯豁易解者：

> 自海藏提唱荊公詩，李璧注本，為之騰價。余不深於荊公
> 者，其顯豁易解處，固喜吟諷，餘則寄託遙深，多所未解。
> 今讀胡展堂漢民〈讀王荊文集〉六十絕句，乃嘆其浸淫日久，
> 能見人所未見。爰錄其有自注諸首，以餉世之讀荊公諸者。
>
> (《續編》卷二)

陳衍不喜艱深之詩，而所錄胡展堂〈讀王荊文集〉絕句，因其有自

〔註104〕張戒：《歲寒堂詩話》卷上：「人才各有分限，尺寸不可強。同一物也，
　　　而詠物之工有遠近；皆此意也，而用意之工有淺深。」才分有限，不
　　　可勉強，故詩之工拙淺深自現。《歷代詩話續編》上冊，頁454。
〔註105〕錢鍾書：《錢鍾書集・石語》，頁6。

注，作者自注則詩較眞實，讀者之理解更能貼近該詩之眞實。陳三立也主張「實」，陳衍錄胡展堂〈讀王荊文集〉絕句後，提到陳三立讀過胡展堂詩後之評語，〔註106〕而認爲陳三立比自己有特見，因陳三立論胡詩的抒胸臆、寓識解是在「依故實」的基礎所說的。

追求事理的眞實同時也表現在寫詩態度要認眞，不可以敷衍：

> 門人薛綜緣，持贈其師蕭畏之丙章《蕭齋詩選・續選》兩薄本，閱之，……如〈題費此度墨跡〉云：「世路本難行，高人跛足行。一家辭蜀道，千里到蕪城。浩劫餘殘息，荒村畢此生。大江孤艇句，千載惹浮名。」首十字奇創，覺漁洋成都跛道士之作，僅敷衍門面矣。（《續編》卷二）

這裡作詩求眞的觀念，陳衍重宣詩人性情爲本。前述陳衍將批評重點放在詩人身上，若引用西方文學理論，在一件藝術作品相關的四個要素——作者、作品、讀者、宇宙中，〔註107〕陳衍是重視作者的，只要作者是個認眞求實之人即能創作眞實的作品，這個意義足以說明陳衍詩論並非宗宋，因爲宋詩講究技法與力求與唐詩不同而另創天地的創作傾向，是以作品的表現爲考量的一種詩潮，陳衍強調的是詩人。

學者誤解陳衍重視詩人這一觀點，亦出現在學者對「荒寒之路」、「寂者之事」的解讀，盧善慶《中國近代美學思想史》云：

> 陳衍揭示這一點的目的，不是肯定詩歌具有獨立的審美價值，而是強調只有高尚之士才肯惠臨這樣的一條路。這個高尚之士愈脫離群眾愈好。……詩是寂者之事，詩的宗旨實際上就是逃避現實，脫離群眾，提倡所謂「寂與困」。〔註108〕

〔註106〕《續編》卷二：「散原謂：『展堂讀韓詩王詩，各數十首。大抵就依故實，而抒胸臆，寓識解，於讀王尤多索隱表微之論，以其得力於二家至深，故五七古皆近退之，七言絕句皆肖介甫。』視余所作展堂詩序，較有特見矣。」

〔註107〕M.H.Abrams 亞伯拉姆斯：《鏡與燈》（*The Mirror and the Lamp*）所設計的四要素。（北京：北京大學出版社，1989）。

〔註108〕盧善慶：《中國近代美學思想史》，（上海：華東師範大學出版社，1991），頁303。

陳衍提出「自家高調」是肯定詩歌的獨立價值，詩一沾染利祿即喪失了作者自己，陳衍從作者的角度出發，重點是荒寒之路上的作者之自覺能力，其意並非只有高尚之士才肯惠臨荒寒之路，也不是走在荒寒路上的才是高尚之士的身份。再者，如果陳衍主張詩人要愈脫離群眾愈好，逃避現實，何必提及詩人所寫的官居生活、關繫時事，以及所欲編輯地理詩之理想。這一種尊重「實際」之態度，是陳衍詩學與清代樸學精神相應，但落點不是「學問」而在「詩」的領域所呈顯的自我特色。

（四）「非法」之詩法

陳衍詩學並未提出一套特定的寫詩之法，若從《詩話》整理陳衍評詩而透露對詩法的意見的話，可以說陳衍並不講詩法，因爲其觀念是「變」，即改變前人之法，既然強調變化，就不會要求一固定之法。陳衍認爲寫詩以平凡語詞即可，不必搜索枯腸尋覓前人未使用過的語詞才算是「去陳言」，但是強調要「前人未道者」，即用尋常詞寫新意：

> 振心詩稿，在余處者，尚有可摘佳句。……〈呈石遺師〉：「公詩獨造原無法，我語平心儗或倫。羞與時賢共窠臼，每於常處見清新。旁人錯比陳無已，肯作江西社裡人。」
>
> （《續編》卷三）

其門人說陳衍詩是「無法」的，特色是「每於常處見清新」。陳衍主張用尋常字句寫新意，換言之，所謂「俗氣」的詞，例如星星、月亮、太陽、薔薇、玫瑰都可以使用，重點是要用這些平常語句寫出新詩，所以，陳衍所說的鍛鍊是：

> 梅峰佳作甚多，余話之屢矣。年來契闊，又寄到一卷，錄其較有意味者。……〈玉尺山池荷〉云：「紅占一池春，白作六月雪。」〈憶錢塘巷藤花〉云：「春來盼花開，花開治行縢。買花良不易，看花還未能。」〈雨中老樹獨立一鷹意自若感賦〉云：「古木待春枝兀兀，老幹杈枒向空突。鸜雀

　　逡巡不敢栖，上立一鷹獨強倔。昂頭斂翼縮兩拳，雨打風

　　欺視無物。」皆金經百煉之作。(《續編》卷三)

「有意味」是《詩話》經常出現的評語，所引「金經百煉」之作卻看
不到一個生澀之字，故詩要鍛鍊的是駕馭文字的能力，使用不艱澀的
文字，表達出異於尋常或異於前人的寫作組織出來。因此，陳衍不喜
黃庭堅，黃庭堅論詩所提出的奪胎換骨，是在古人技法中重煉新異，
〔註 109〕陳衍亦主張求新變，但是用平凡的話語創新意，此與黃庭堅
的奪胎換骨法不同，黃庭堅是經過改造而奪前人之意；陳衍不奪前人
之意，但是創新。

　　陳衍教人學詩，應該因材性之所近，不主一家而自為詩，薈萃古
人之所長以自成家，其〈與默園論詩即送其行〉詩云：

　　黃生手持荊公詩，密密圈點吟哦之。

　　此中海藏久探索，更無餘地堪因依。

　　君家雙井富書卷，驅使詰屈或汝師。

　　茲行山水入八桂，劍鋩羅帶相參差。

　　柳韓筆力藉磨礪，勿怨世路多崎嶇。(《詩集》卷六)

不主張專學某一家，詩中勉勵友人讀王安石、黃庭堅、韓愈、柳宗

〔註109〕「奪胎換骨」見於惠洪《冷齋夜話》所引：「山谷言：詩意無窮而
　　　　人之才有限，以有限之才追無窮之意，雖淵明、少陵不得工也。然
　　　　不易其意而造其語，謂之換骨法，窺入其意而形容之，謂之奪胎
　　　　法。」，關於「奪胎換骨」一語之所有權，目前有兩種意見，周裕
　　　　鍇〈惠洪與換骨奪胎法──一樁文學批評史公案的重判〉一文，以
　　　　文獻學方法考訂此語是惠洪《冷齋夜話》的誤引；持相反意見的是
　　　　莫礪鋒〈再論『奪胎換骨』說的首創者〉則認為現有文獻尚無法否
　　　　定黃庭堅首創「奪胎換骨」說的舊說，而「點鐵成金」屬黃庭堅語
　　　　則無誤。兩文均刊於《文學遺產》2003 年第 6 期，乃爭議「奪胎換
　　　　骨」語出自何人？黃庭堅或許不是教人剽竊，但是，詩之「鍛鍊」
　　　　是必須的。然而陳衍提出「以邊際語」寫出無窮新境界，其鍛鍊的
　　　　方法不同，故陳衍亦不主張太工整的對句，《宋詩精華錄》卷四劉
　　　　克莊摘句案語云「後村詩名頗大。專攻近體，寫景、言情、論事，
　　　　絕無一習見語，絕句尤不落舊套，惟律句多太對，如難對易、如對
　　　　似、為對因、無對有、覺對知、疑對信之類，在在而有。」律句不
　　　　必太對仗工整，亦即不須過分鍛鍊。

元詩，並沒有教人專學哪一家詩法。宋詩的創作意識是為求與唐異，是在唐的對立面而存在，也就是異於唐詩者為宋詩，陳衍「不墨守盛唐」之「不墨守」，義為任何領域皆可嘗試，而學界取盛唐之外的「宋」解釋同光體，此與陳衍「不墨守」義有所違。

「不墨守盛唐」之皆可嘗試，啟發後人非常廣闊的空間，此空間指向一種「寬闊的學習」，這是將詩的學習從內容移轉到態度之一種眼界。在陳衍詩論中，對學習、學問，包括學什麼、如何學的問題，提出一種「態度」意義，以作為意識理念而非固限於學習某人、某種方法、某條路徑。本書第三章〈陳衍詩學之創作論〉所述，詩的學習杜甫、韓愈是宋代以來的「聖法」，但是，陳衍在學習杜、韓方面，他講求的是「肖」韓「似」杜，意即不必是一種絕盡的學習，反而是學到差不多有杜甫、韓愈的樣子即可，這是陳衍在詩法上不把「法」說盡之處，然而，世人不解，反指責陳衍「鄙意古人詩到好處，不能不愛，即不能不學。但專學一家之詩，利在易肖，弊在太肖，不肖不成，太肖無以自成也。（《詩話》卷十四）」是「滑頭話」。〔註110〕本書以為這是陳衍給予詩法的一個寬鬆空間，類同宋詩法講求的「從有法入，無法出」的主張，但陳衍並不願意如此提示，而採取一個相對開放的空間，如果宋詩法是從有法至無法，〔註111〕陳衍所講的是「非法之法」而不講「法」的背面之「無定法」，它是從借鑑前賢、學習之法談到稍微像所學之法即可，最終是自創，陳衍也沒有提出諸如前人所創之各種法名，故本書稱為「非法之法」。

陳衍學詩既「不專主一家」，則《詩經》之後、晚清之前的詩法均可作為學習對象，如何可能只是「宗宋」一法？

〔註110〕盧善慶：《中國近代美學思想史》，頁 309。
〔註111〕江西詩派講活法。如呂本中〈夏均父集序〉：「學詩當識活法。所謂活法者，規矩備具，而能出於規矩之外，變化不測，而亦不背於規矩也。是道也，蓋有定法而無定法，而無定法而有定法，知是者，則可以與語活法矣。」蔣述卓、洪柏昭、魏中林、劉紹瑾編：《宋代文藝理論集成》，（北京：中國社會科學出版社，2000），頁 628。

（五）推重梅堯臣

曾國藩自喜於晚清倡言江西派，而陳衍頗自負在當時首先提倡梅堯臣。梅詩的特色是枯淡，翁方綱《石洲詩話》卷四：

> 按《詩林廣記》云：「後山之詩，近於枯淡。」愚觀宋詩之枯淡者，惟梅聖俞可以當之，若後山則益無可回味處，豈得以枯淡為辭耶？……蓋元祐諸賢，皆才氣橫溢，而一時獨有此一種，見者遂以為高不可攀耳。〔註112〕

元祐諸賢以才氣縱橫為長，惟梅堯臣獨有枯淡風格，所以突出。陳衍所提倡的理由不全在梅詩枯淡，還有梅宛陵的「狀難寫之景，如在目前，含不盡之意，見於言外」（《詩話》卷十），「如在目前」需要平凡易懂之字句，「見於言外」則表達出深而曲的感情。詩意冷與詩法澀是不同的，陳衍同意前者而反對後者，但似乎學者喜以意與法的枯淡生澀一併而論陳衍。陳衍指出詩的特質是「荒寒」，那麼所創作的詩味則冷、長，《詩話》卷三十二錄黃仲良〈人日石師招飲聞雨樓下賦呈〉：

> 寒雨漫山集此堂（是日適有雨），擁爐酌酒紫蘭香。不知師意還天意？詩味由來帶冷長。

由寒天漫雨聯想到天冷詩冷，天意雨冷，師意詩冷，詩味之冷長是老師所授，因此黃仲良為寒雨賦詩，並為老師的詩觀留下見證。陳衍欣賞的「冷」是詩意，而非詩法上的冷僻，相對地，陳衍不喜苦澀：

> 詩貴淡蕩，然能濃至，則又濃勝矣。詩喜疏野，然能精微，又精善矣。（《詩話》卷十八）

詩淡詩濃、疏野精微均佳，故欣賞淵雅有味者，其〈重刻晚翠軒詩敘〉喜林旭初學黃庭堅、陳師道之苦澀後，懂得轉向淵雅，〔註113〕因為欣賞淵雅有味，故陳衍強調含蓄：

〔註112〕《清詩話續編》第二冊，頁1428。

〔註113〕〈重刻晚翠軒詩敘〉：「暾谷力學山谷、後山，寧艱辛，勿流易，寧可憎，勿可鄙。……後山學杜，其精者突過山谷，然粗澀者往往不類詩語，暾谷學後山，每學此類。在八音中多枹鼓，少絲竹，聽之使人寡歡。……遊淮北年餘，所作數十首，則淵雅有味，迥非往日苦澀之境，方滋為暾谷喜，而暾谷遂陷不測之禍矣。」

詩以含蓄爲工，夫人知之，然含蓄殊不易，張篁溪以歸釣
圖請人題詩，而篁溪初未歸也。余生平語言戇直，作詩亦
時復如是。……林宰平題一五言律云：「所得是幽適，深期
水竹居。低迷南國夢，寥寂故溪魚。獨繭危非絕，方舟觸
已虛。嚴灘千載意，共遂此心初。」曰「深期」，曰「低迷」，
曰「寂寥」，「嚴灘」以意言，遂初以心言，可謂妙於語言。
「獨繭」二句，妙又在語言之外。（《詩話》卷十九）

陳衍自述自己言語戇直，表現於作詩亦是，此本書第七章點出陳衍
「平易白話」之旨。故引林宰平之詩，評論其妙於語言，更妙於語
言之外，相形之下，是自慊語直之詩不能達至妙境，詩語含蓄則有
妙境。王士禛《師友詩傳續錄》第十九則，答宋詩與唐詩之問，指
出唐宋詩異在風格之蘊藉與徑露，〔註114〕清代詩論家認爲宋詩直
露、不堪咀嚼，〔註115〕陳衍《詩話》所錄之詩，含蓄不直者居多，
詩是一種美感的表達，故陳衍《詩話》提到苦語使人不歡：

溫州王季思起，寄示其詩二三十首。并有書自言沈浸宛陵、
臨川、東坡、後山諸家，而其詩乃苦淡使人不歡。率性錄
其作苦語者一首。（《續編》卷一）

陳衍不喜苦語，但錄此苦語之詩，因《詩話》目的是輯存詩作，優
劣並錄以存實。王季思學宛陵、臨川、東坡、後山，但學到了苦淡，
陳衍認爲苦淡詩令人寡歡，所以，推重梅堯臣開創的宋詩平淡詩風
是別有側重角度的。

〔註114〕 王士禛：《師友詩傳續錄》第十九則：「唐詩主情，故多蘊藉；宋詩
主氣，故多徑露。此其所以不及，非關厚薄。」，《清詩話》，頁152。
〔註115〕 吳喬：《答萬季埜詩問》：「宋之最著者蘇、黃，全失唐人一唱三嘆
之致，況陸放翁輩乎？……宋人皆欲人人知我意；明人必欲人人說
好，故不相入。」《清詩話》頁26；汪師韓《詩學纂聞·四美四失》：
「宋、元後詩人有四美焉：曰博，曰新，曰切，曰巧，既美矣，失
亦隨之。學雖博，氣不清也，……文雖新，詞不雅也，……切而無
味，……巧而無情，則言中之意盡。」《清詩話》頁440；繆鉞：〈論
宋詩〉亦云：「宋詩以意勝，故精能，而貴深折透闢。……唐詩之
弊爲膚廓平滑，宋詩之弊爲生澀枯淡。……故宋詩內容雖增擴，而
情味則不及唐人之醇厚」《詩詞散論》頁18。

陳衍推崇梅堯臣之理由並非只在梅氏在宋詩所開創的平淡之風。梅堯臣從杜韓奇險中另闢平淡，而陳衍從梅堯臣的平淡中再轉出一路：運用平凡語句寫具有新意之詩，亦即梅堯臣「狀難寫之景，如在目前，含不盡之意，見於言外」的另一層次的實踐。陳衍喜山水行遊，由山水體悟「新氣」精神，陳衍有〈春盡日〉詩：

　　餞春宜底物，疏筍儘登盤。

　　洗盡肥濃味，新詩出肺肝。(《詩集》卷八)

此詩以飲食清淡比喻詩之別出肺肝的「新氣」。陳衍並未特別指出宋詩為何物，但此處與清初吳之振〈宋詩鈔序〉指宋詩特色在「皮毛落盡，精神獨存」不同，陳衍並不從唐詩之「皮毛落盡」看待宋詩，而是從詩自身的新，此「化盡唐詩」與「新詩自新」兩者是完全不同的。

　　詩既重性情，真性情似乎多發自於閱世淺薄之人，從這一點來說，陳衍的性情論與平淡風格互相發明。平淡由真摯性情所發，從「荒寒之路」、「自家高調」、「疑詩能窮人」，在詩的特質與作用上，陳衍重提了魏晉「文學自覺」的論題，而賦與更深的詩之意義。陳衍所推重之梅堯臣詩，在平淡的意義上，呼應「荒寒之路」的不愛奢華與「真摯的性情」。梅堯臣詩平淡，平淡則質實，質實則不作驚人之想，這是一種穩實的篤定。陳衍肯定性情的重要性，認為它是詩歌特質，反觀持政教說者將性情塗以人倫色彩，兩相比較正反映陳衍的性情論是比較單純的，亦即很純粹地看待詩中真摯的性情，沒有其他裝飾，此為陳衍之平淡詩觀，且平淡又富含真實的觀念。如果說「平淡」是宋詩風格之共識，〔註116〕陳衍的平淡詩觀改變了宋詩之將感情加以理性化而成的和夷之美，在晚清，提出了異於宋

〔註116〕 胡曉明：《中國詩學之精神》〈尚健與心性之圓融廣大自適〉指出宋詩：「即轉心性之偏為圓融，以今語表述，即個人性之中貫穿社會性，情感之中滲透理性，是為宋詩學化解哀情之一種『治心之法』，明乎此，方可瞭解何以平淡和夷之美，為宋詩學風格論之共識。」，（南昌：江西人民出版社，1990），頁 130。

詩理學思致的以「實在」爲核心之平淡。

　　陳衍論詩文字裡，以上五點可知他對宋詩的看法與時人評論是不同的。陳衍並非重新敘述前人之宋詩觀，而是在宋詩常例外，別有說法。陳衍並非反宋詩，但其宋詩觀是「變宋」之宋詩觀。

第三節　陳衍自述之語

　　最後，同光體「宗宋」之商榷，可以從陳衍之自敘言論再考量。陳衍所發表的詩論中，有多處明確表明自己並不傾向宋詩，當然，宋詩的涵義廣泛，本文無法將宋詩特色一一舉證，以對照陳衍之宋詩論，但是從陳衍這些否認的言談中，至少可以證明後世對陳衍詩論「宗宋」的說法是尚待商榷的。汪辟疆〈近代詩派與地域〉稱：

> 至於近代詩家，淵源兩宋，最早則姚姬傳之提倡山谷，而程春海、祁春圃、何子貞、鄭子尹、曾文正繼之。陳散原、沈子培、陳石遺尊宋尤力，天下詩人，盡北面矣。

意謂姚鼐是近代「宗宋」的開始，其理由是姚氏提倡黃庭堅。崇尚唐或宋的某一位詩人並不能成爲宗唐或宋的理由，但是，如果，說提倡黃庭堅就是「宗宋」，然而，陳衍自述「不喜黃庭堅」、不承認自己是江西派：

> 江右詩家，自陶潛以降，至趙宋而極盛。……五十年來，惟吾友陳散原稱雄海內，後生英俊，謬以余與海藏儕諸散原，方諸北宋蘇、王、黃三家，以爲海藏服膺荊公，遂以自命；雙井爲散原鄉先哲，散原之兀傲僻澀似之，皆成確證。因以坡公屬余，余於詩不主張專學某家，於宋人，固絕愛坡公七言各體，興趣音節，無首不佳，五言則具體而已，向所不喜。雙井、後山，尤所不喜。日本博士鈴木虎雄，特撰《詩說》一卷，專論余詩，以爲主張江西派，實大不然。余七古向鮮轉韻，七律向不作拗體，皆大異山谷者，故時論不盡可憑。若自己則如魚飲水，較知冷暖矣。（《續編》卷三）

此言後輩將陳衍、鄭孝胥、陳三立比諸北宋蘇軾、王安石、黃山谷，
而陳衍的意見是：鄭孝胥服膺王安石，陳三立與黃山谷不僅有同鄉
之誼，而且詩之兀傲僻澀相似，此二者都是「確證」。然而，至於當
時人所稱的自己，陳衍則有話要說：其一，陳衍不主張詩專學某一
家；其二，只喜蘇軾七言詩；其三，不喜黃山谷與陳師道；〔註117〕
其四，直接反駁日本學者指陳衍為主張江西派為失誤。這四點自白
說明了陳衍傾向宋詩的成份不大，學界均肯定江西詩派為宋詩代
表，江西詩派有呂本中所提出的二十五成員，而宋詩較有影響力的
「蘇黃」、「一祖三宗」，這代表性的杜甫、蘇軾、黃庭堅、陳師道、
陳與義五人，在陳衍的說法裡已不欣賞兩人，陳師道是與黃庭堅並
稱的詩人，且黃庭堅更是在「蘇黃」、「一祖三宗」兩者中重覆被提
及之人，在否定重量級宗主的情況下，說陳衍宗宋也是值得商榷的。

陳衍〈放翁詩選序〉又云：

> 時賢之喜後山者，極工用意，余嘗病其不發舒，諷其有以
> 自廣。今談柬嗜好有不同者，故為縱論之，亦以表詩之為
> 道，固貴精微深透，而出筆不欲顯其單，遣詞不欲顯其艱，
> 則詩與人之相關，有不可以偽為者矣。〔註118〕

此處說明陳衍的四點觀念，其一，不喜後山者，在其「不發舒」，此
即陳衍不主張酸苦澀僻詩，詩應開朗宕闊；其二，作為詩人應有不
同的嗜好，不能偏愛一人一曲；其三，詩之可貴在精深，但不是以
艱難之詞表現；其四，詩與人相關，若詩中沒有詩人自我，是虛偽
的。這些觀點也看不出「宗宋」之跡，反而，陳衍所謂的「唐音」
是「肝膈中真實語」、「質語」，〔註119〕質樸之語、真摯性情是詩之

〔註117〕黃保真等：《中國文學理論史：清末民初時期》〈張之洞、陳衍的詩
　　　　文理論〉卻說：「陳衍論詩，往往故意同王士禛、沈德潛、王闓運
　　　　等人立異。理論上雖講詩盛於『三元』，而實際上卻著眼於取法宋
　　　　人，尤其偏重於黃庭堅、陳師道，難免落入宋詩窠臼。」頁265。
〔註118〕《陳衍詩論合集》下冊，頁1067。
〔註119〕《詩話》卷二十七：「門人江陰章獻雲廷華，……詩清穩中時多警
　　　　句，……〈夜坐〉云：……皆肝膈中真實語，他如〈過洪文襄故里〉

首要內涵，而陳衍又重視詩人之詩更甚於學人之詩，在這一層面上，陳衍可說是比較傾向唐音的。那麼，何謂「宋詩」？業師張高評先生《宋詩特色研究》一書所論甚詳，〔註120〕以及徐復觀〈宋詩特徵試論〉提出宋詩特徵的基本路線是「從素樸平淡的基線去開擴詩的境界」，黃庭堅試圖在「『非詩』的方向中，做出更眞的詩」。〔註121〕然而，本書乃依據陳衍「唐宋未易斷言」之說，並不探討唐詩與宋詩特色，而是針對時論將陳衍詩學歸之「宗宋」提出質疑。

　　錢基博《現代中國文學史》述及一件往事：

> 日本文學士神田喜一郎慕衍名，過訪，謂：「公所著《尚書》、《周禮》、《禮記》、《考工記》、《說文》諸書尚未讀過，惟見《元詩紀事》、《近代詩鈔》、《詩話》，因談鈴木虎雄博士著《詩說》，謂主江西派，然否？」衍麕之曰：「大家詩文，要有自己面目，決不隨人作計，自三百篇以逮唐宋各大家，無所不有，而不能專指其何所有，蓋不徒於詩中討生活也！」神田極以爲然。〔註122〕

云：「山脉清雄水脉肥」，地靈人傑，七字寫得出。又云：『勳名曠世無儕偶，公論人間有是非。』〈夜飲招冶盦晉江竟至喜極〉結聯云：『天涯高會少，今夕要千杯。』質語的是唐音。……謝君詩有性情，與歠雲作殆相伯仲。」，又同卷錄陳子言〈三月三十日華陰道中作〉云：「河流已束潼關隘，雲影遙遮嶽帝祠。婀娜東風數枝柳，華陰道上送春時。淡樸數語，卻是詩人之詩。」

〔註120〕張高評：《宋詩特色研究》從宏觀的文化、破體、變化等角度指出宋詩的特色有會通化成、新變代雄、創意造語。（吉林：長春出版社，2002年5月）。又〈清初宋詩學與唐宋詩學之異同〉以以學問爲詩、以議論爲詩、穿鑿與刻抉爲清初宋詩學特色。《第三屆國際暨第八屆清代學研討會論文集》，（高雄：中山大學清代學術研究中心，2004），頁115。

〔註121〕徐復觀〈宋詩特徵試論〉，《中華文化復興月刊》第十一卷第十期，1978。

〔註122〕錢基博：《現代中國文學史》，頁222。附帶一提，此資料見於臺灣粹文堂版《現代中國文學史增訂本》，據「出版說明」錢基博所著《現代中國文學史長編》於一九三二年刊行，一九三六年增訂。上海書店出版社之《現代中國文學史》（2004年8月）與粹文堂版文字略有出入，上海書店版即未見此條資料。

要有「自己面目」，絕不隨人作計，所以，陳衍不會是自己之外的誰，既非江西詩派，也不會是先賢中的哪一位詩人。因此，同光體不會宗宋，當然也不會宗唐、宗漢魏六朝，這似乎是學界無人理會同光體非宗唐、非宗宋的「自立」之處。

蘇軾、黃庭堅可說是宋詩的重量級人物，陳衍只賞識蘇軾有「興趣音節」之作而不喜黃庭堅，兩家之異即在性情。〔註123〕蘇東坡作詩並不刻意用心，黃庭堅為了避俗而性情反為詞句所累。翁方綱《石洲詩話》卷四也比喻黃山谷、陳後山詩：

> 山谷詩，譬如榕樹自出千枝萬幹，又自枝幹上倒生出根來。……任天社云：「讀後山詩，似參曹洞禪，不犯正位，切忌死語，非吳搜旁引，莫窺其用意深處。」因為作注。
> 〔註124〕

樹之枝幹又倒生出根來，與陳衍說黃山谷詩不生澀，只是「槎枒」枝枝節節是相同意見，而陳師道詩必須作注才能窺其用意，則是因為「以澀難為創新」的手法，這些恰好是陳衍所不認同。李調元《雨村詩話》卷下亦不喜黃庭堅與陳後山之詩：

> 西江派詩，余素不喜，以其空硬生湊，如貧人捉襟見肘，寒酸氣太重也。……後山詩，則味如嚼蠟，讀之令人氣短。如「且然聊爾耳，得也自知之」二句，係集中五律起筆，竟成何語？真謂之不解詩可也。擁被呻吟，直是枯腸無處搜耳。〔註125〕

江西詩派在晚清曾國藩提倡之前，沉默無聲，料應在此枯腸嚼蠟。

〔註123〕 趙翼：《甌北詩話》卷十一〈黃山谷詩〉：「北宋詩推蘇、黃兩家，……然其間亦自有優劣。東坡隨物賦形，信筆揮灑，不拘一格，故雖瀾翻不窮，而不見有矜心作意之處。山谷則專以拗峭避俗，不肯作一尋常語，而無從容遊泳之趣。。……山谷則書卷比坡更多數倍，幾於無一字無來歷，然專以選才庀料為主，寧不工而不肯不典，寧不切而不肯不奧，故往往意為詞累，而性情反為所掩。此兩家詩境之不同也。」《清詩話續編》第二冊，頁1331。
〔註124〕 《清詩話續編》第二冊，頁1427。
〔註125〕 《清詩話續編》第二冊，頁1534。

但是，陳衍亦非排斥詩法翻新，所反對的是過分追求而誤入惡道，以及所寫成的「不可解之詩」，這違反陳衍強調詩歌應使人歡娛的主張。

再者，從《詩話》所批評的王士禛，可知陳衍所反對的是王士禛詩論的「韻」的無從把握，〔註126〕此與陳衍反對嚴羽其實道理相通的，亦即陳衍不同意以禪理喻詩，雖然嚴羽提出的是一種學詩的途徑，此途徑有別於傳統的由讀書、練習、多讀多寫，但是「悟」（不論頓語或漸悟）、「禪」、「參」等，只會將人引入更茫昧難明之境。對照王士禛論詩的觀點，其實與陳衍有抵觸也有暗合之處，抵觸處在陳衍不同意「虛」，因爲，此與黃庭堅的「澀」都不是在平實基礎上所表現的詩。這一點也可以解釋爲何沈曾植作爲「同光魁傑」，但在論詩方面，後來提出「三關」而與陳衍的「三元」分道揚鑣，原因即在沈曾植論詩與作詩的實踐傾向以佛學論詩、佛語入詩，不論禪與佛所提供的創作方法是否因有別於傳統而需要受到重視，陳衍所反對的嚴羽、王士禛足以說明其論詩的踏實方針。最不濟之說，若狹隘地採取錢仲聯以學人身份看待同光體，以及「宋詩主理」來看宋詩，陳衍曾自言「余非理學先生」：

> 夏劍丞七年不相見，有喜余來滬兼訊柱尊榆生二子詩，末
> 聯云：「吾衰喜與游楊友，重是程門一輩賢。」自是恰切。
> 惟余非理學先生，欲易游、楊爲晁、張，程門爲蘇門。（《續
> 編》卷一）

以上，是時論以「同光體宗宋」而本書認爲值得商榷之處。如果說清詩重學，學是外向性的，但陳衍詩論的指向是以內向性的詩人性情爲主導，從陳衍詩學來說，同光體詩論對前代有所承繼，但又絕非完全承襲，否則，即違背了其追求變化的基本主張。必須分析的是陳衍詩論在承襲前代觀念之中，有多少是深具當代意義的部分，透過與

〔註126〕王士禛：《師友詩傳續錄》第二十八則，問格與韻，王士禛答：「格謂品格，韻謂風神。」風與神之形象內涵有著不可捉摸、無定無跡之意。《清詩話》，頁154。

舊說之比照，同光體所具的個別性可以自然呈顯。

　　黃霖《近代文學批評史》說：

> 清朝詩壇，出唐入宋，主要是兩派之爭，然自嘉、道以降，
> 宋大樽、陳沆、湯鵬等人也推重漢魏，另覓途徑。不過，
> 他們的言論一般並不絕對，影響也不大。〔註127〕

晚清所謂「宗宋」詩人努力調和唐宋，大多數詩論家走的是「出唐
入宋」之路，以示清初繼摹擬唐音之後的創新與救弊，但陳衍詩論
所走的是「出唐出宋」之路，在宋調中可以見唐音、在唐音中亦見
宋調，所以，不是宗唐也不是宗宋。

〔註127〕　　黃霖：《近代文學批評史》，頁248。

第九章　同光體之反對者

晚清反對同光體者，可分三方面言之。其一，從反宋詩來說，代表者為南社；其二，從反復古來說，代表者為詩界革命；其三，從反陳衍來說，代表者為錢仲聯。本章從柳亞子、梁啟超與黃遵憲、錢仲聯三部分敘述晚清反對同光體之言論，可藉由反對同光體與反對陳衍兩個角度呈顯同光體。除了南社以政治立場反宋詩，以及詩界革命為追求西方新理念反宋詩，而錢仲聯等人以宗宋復古反對陳衍，錢仲聯對陳衍的反駁，映襯錢仲聯之論述方為晚清之宗宋者。

第一節　柳亞子

南社由柳亞子、陳去病、高旭等人，於宣統元年（1909）十一月在蘇州虎丘成立。在政治立場上反對清王朝，陳去病〈南社長沙雅集紀事〉、〈南社紀略・新南社成立布告〉云：

> 南者，對北而言，寓不向滿清之意。（〈南社長沙雅集紀事〉）
>
> 舊南社成立在中華民國紀元前三年，它底宗旨是反抗滿清，它底名字叫南社，就是反對北庭的標幟了。（〈南社紀略・新南社成立布告〉）〔註1〕

〔註1〕引自郭延禮：《中國近代文學發展史》第三卷，（濟南：山東教育出版社，1995），頁1766。

南社的成立宗旨具有極強烈的政治意圖，既然反抗滿清，則被視爲滿清遺老派的同光體詩人就在政治因素上被南社排斥。柳亞子〈胡寄塵詩序〉說明南社反對同光體的理由：

> 余與同人倡南社，思振唐音以斥傖楚，而尤重布衣之詩，以爲不事王侯，高尚其志，非肉食者所敢望。……寄塵則少年英儁，方有志於經世之務，出其餘緒，作爲小詩，清新俊逸，朗朗可誦。〔註2〕

柳亞子對同光體的批評側重在政治立場，因爲同光體重要詩人多擔任過清朝官吏。「思振唐音以斥傖楚」、「清新俊逸」可以看出其反對艱澀冷僻，喜清雅可讀之詩，而「尤重布衣之詩，以爲不事王侯，高尚其志」則難免偏屈，因爲際遇雖影響一個人，但布衣或王侯之身分似乎不必是評論詩人的標準。以此理由反宋詩，柳亞子之反對是偏狹的，已經脫離對詩的理性批判，〈胡寄塵詩序〉又云：

> 今日詩道之弊，其本源尚不在此。論者亦知倡宋詩以爲名高，果作俑於誰氏乎？蓋自一二罷官廢吏，身見放逐，利祿之懷，耿耿勿忘。既不得逞，則塗飾章句，附庸風雅，造爲艱深以文淺陋。彼其聲氣權勢，猶足奔走一世之士，士之夸毗無識者，輒從而和之，眾呴漂山，群盲詫日。

「罷官廢吏」指的正是陳衍、鄭孝胥等人，因爲他們都是滿清遺臣，鄭孝胥後來於清亡後又事僞滿州國，留下歷史罵名。柳亞子是革命者，他的作法是把個人的革命情緒移用於論詩，批評提倡宋詩者耿耿難忘利祿之懷，利用詩壇發強作解人之言，柳亞子之論以個人好惡爲出發點，並且以反對滿清一朝爲幟志。

〈胡寄塵詩序〉又指出當日詩話之作是無恥行爲：

> 其尤無恥者，妄竊汝南月旦之評，撰爲詩話，已不能文，則假手捉刀，大書深刻，以欺當世。就而視之，外吏則道府，京秩則部曹，多材多藝，炳炳麟麟，而韋布之士，獨

〔註2〕舒蕪、陳邇東、周紹良、王利器編選：《近代文論選》下冊，（北京：人民文學出版社，1999），頁455。

　　闃然無聞焉。嗚呼！

文中「無恥行爲」似將矛頭指向陳衍。陳衍在當時詩壇頗有聲望，人
有詩作必求其評，柳亞子說此月旦之評是欺世之行，且詩作無異職官
表而已。奇怪的是柳亞子在爲蘇曼殊所作之〈燕子龕遺詩序〉敘述與
蘇曼殊平生交遊時，說：

> 君工愁善病，顧健飲啖，……人目爲癡，然談言微中，君
> 實不癡也。嘗共余月旦同時流輩，余意多可少否。君謂：「亞
> 子太丘道廣，將謂舉世盡賢者。」余曰：「然則和尚將謂舉
> 世盡不肖耶？」相與撫掌而罷。〔註3〕

〈胡寄塵詩序〉指責他人月旦之評尖酸刻薄，〈燕子龕遺詩序〉中與
蘇曼殊的月旦之評卻爲風流雅談，柳亞子的評論是情緒化的，然此或
正是革命者而非論詩者之特質。嚴格說來，柳亞子又非以反對同光體
爲主，他是復古者一概否認。其〈論詩六絕句〉：

> 少聞曲筆湘軍志，老負虛名太史公。
>
> 古色斕斑眞意少，吾先無取是王翁。（其一）
>
> 鄭陳枯寂無生趣，樊易淫哇亂正聲。
>
> 一笑嗣宗廣武語，而今豎子盡成名。（其二）
>
> 一卷生呑杜老詩，聖人伎倆祇如斯。
>
> 蘭陵學術傳秦相，難免陶家一蟹譏。（其三）
>
> 浙西一老自嵯峨，門下詩人亦未訛。
>
> 祇是魏收輕蛺蝶，佳人作賊奈卿何！（其四）
>
> 時流競說黃公度，英氣終輸倉海君。
>
> 戰血臺澎心未死，寒笳殘角海東雲。（其五）
>
> 快心一敘見琴南，閩海詩豪林述菴。
>
> 老鳳飛升雛鳳健，龍門家世有邅談。〔註4〕（其六）

對所謂復古者沒有好話：王闓運無眞意、老負虛名；陳衍、鄭孝胥、

〔註3〕《近代文論選》下冊，頁458。

〔註4〕錢仲聯編：《近代詩鈔》第三冊，（上海：江蘇古籍出版社，2001），
　　　　頁2057。

易順鼎、樊增祥是豎子成名；浙派是佳人作賊；但是對黃遵憲、林紓則頗有讚語了，因為二人是維新人士、富有戰鬥精神，並將林紓比作司馬遷，讚美其「龍門家世」。

　　柳亞子之言，是為了抵制所謂清廷遺老而提倡唐音，動機不純粹為了詩，並且既反對宋詩，並未見對其所倡之唐音在詩學方面的進一步論述。到了後期，南社成員如胡先驌、姚錫鈞、聞宥、朱璽、蔡守等人則出現了欣賞同光體的聲音，例如姚錫鈞〈題吹萬近詩〉：

> 高君善歌詩，健筆自天縱。囂然笑群兒，強劃唐與宋。
> 我常誇閩人，瘦句與秋鶱。鄭陳尤平談，高調誰能共？
> 橄欖得回味，嚼冰愁齒凍。此外有散原，萬象恣嘲弄。
> 君能用我言，吐語更驚眾。〔註5〕

「閩人」指鄭孝胥、陳衍、陳寶琛等，南社一向攻擊宋詩，如今喻為「高調」，「誰能共」則道出了無法企及的仰望之心。姚光〈荒江樵唱自序〉云：

> 夫詩，性靈之物也。……姚子性喜詩而未嘗學詩，其為詩也，多於酒後夢醒之餘，吹簫說劍之頃，曉風殘月之時，山光波影之間，閒吟低唱，忽然而得之，亦未嘗伏案拈韻，含毫吮墨，拘拘於為詩也。嘗作論詩絕句曰：作詩無用分唐宋，獨寫情懷真性靈。我是天機隨意囀，荒江樵唱有誰聽。（《南社叢選》卷七）〔註6〕

此為柳亞子激烈言論之外的南社另一章，姚光說詩是性靈之物、不同意苦心鍛造，故自己「未嘗伏案拈韻」，若以「含毫吮墨」暗指宋詩鍛鍊、追求思致的話，看來南社的這一派人亦認為詩無分唐宋的，而作詩是一件風雅隨性之事。

　　所以，南社之柳亞子雖然強烈反對同光體，但是整體方向並不一致，亦沒有充分的理論基礎，南社在清末民初的意義，更大的是其政

〔註5〕引自黃保真等：《中國文學理論史：清末民初時期》，（臺北：洪葉文化公司，1994），頁400。

〔註6〕同前註，頁397。

治傾向與民族精神。

第二節　梁啓超與黃遵憲

　　清代詩學的唐宋詩之爭至晚清已遞變爲新舊文學之爭，此一爭論始於詩界革命之「別創詩界」理念，由於它是在反復古的立場上發言，而同光體屬於古典詩範圍，故詩界革命之反對言論可以作爲南社之對照。

　　梁啓超有《飲冰室詩話》之作，又其《夏威夷遊記》云：「余素不能詩，……然嘗好論詩。」《飲冰室詩話》則說：「生平論詩最傾倒黃公度」，用極大篇幅讚賞黃遵憲，因此，可視梁啓超與黃遵憲二人各爲詩界革命之理論、創作代表。梁啓超《夏威夷遊記》提出詩界革命必須具備「三長」：

> 欲爲詩界之哥侖布、瑪賽郎，不可不備三長，第一要新意境，第二要新語句，而又須以古人之風格入之，然後成其爲詩。……若三者俱備，則可以爲二十世紀支那之詩王矣。

詩界革命的三要素即新意境、新語句、舊風格。《飲冰室詩話》又強調：

> 過渡時代，必有革命，然革命者當革其精神，非革其形式。吾黨近好言詩界革命，雖然，若以堆積滿紙新名詞爲革命，是又滿州政府變法維新之類也。能以舊風格含新意境，斯可以舉革命之實矣。苟能爾爾，則雖間雜一二新名詞，亦不爲病，不爾，則徒示人以儉而已。

用舊詩體寫新語句而表現舊風格與新意境之詩是詩界革命的用心，根據梁啓超之語，重點在「新名詞」。因此，詩界革命所主張的新舊融合雖然爲了變更古典文學，但是仍有某種磨擦。黃遵憲〈人境廬詩草序〉曾提及其心目中的一種詩境：

> 士生古人之後，古人之詩，號專門名家者，無慮百數十家，欲棄去古人之糟粕，而不爲古人所束縛，誠戛戛乎其難。雖然，僕嘗以爲詩之外有事，詩之中有人，今之世異於古，

今之人亦何必與古人同？嘗於胸中設一詩境，一曰，復古
人比興之體；一曰，以單行之神，運排偶之體；一曰，取
離騷樂府之神理而不襲其貌；一曰，用古文家伸縮離合之
法以入詩。其取材也，自群經三史，逮於周秦諸子之書，
許鄭諸家之注，凡事名物名切於今者，皆採取而假借之。
其述事也，舉今日之官書會典方言俗諺，以及古人未有之
物，未聞之境，耳目所歷，皆筆而書之。其鍊格也，自曹
鮑陶謝李杜韓蘇訖於晚近小家，不名一格，不專一體，要
不失乎爲我之詩。誠如是，未必遽躋古人，其亦足以自立
矣。

此詩境包括的要點有：比興之體、不拘對仗聲律、重神不襲貌、以古
文法寫詩、〔註7〕取材切合時事、使用方言俗諺等，黃遵憲稱爲「爲
我之詩」。此與陳衍主張的「詩人之詩」類似，只是「我」的指涉不
同，陳衍講自家高調，而黃遵憲所指的是假借古詩神理與古文文法，
再加入方言俗諺，取群經三史而切合今事者，此組合體就成爲「不名
一格，不專一體」之「爲我之詩」，那麼，所謂「一格」、「一體」其
中有比興之詩境、單行與排偶之形神、離騷樂府與古文之法，取材方
面則有經史名物、官書會典、方言俗諺等，像是非常複雜的一種混合
體了。

「爲我之詩」似是強調詩人自己，梁啓超也說「詩人之詩」，但
是其義指寫時事而又有飄渺詩情者，《飲冰室詩話》云：

公度嘗以光緒七年裁撤美國留學生，爲中國第一不幸
事，……錄其罷美國留學生感賦一首，嘻，是亦海外學界
一段歷史也，其中情狀，知之者已寡，知之而能言之者益
希矣，錄以流布人間焉，學生乎，監督乎，當道乎，讀之
皆可以自鑑也，豈直詩人之詩云爾哉！

關於裁徹美國留學生之事發生在光緒七年（1881），黃遵憲〈罷美國

〔註7〕 張堂錡：《黃遵憲及其詩研究》指出「古文家伸縮離合之法」即夾敘
夾議、或正寫或側寫，即具備敘、議、寫之法。（臺北：文史哲出版
社，1991），頁89～91。

留學生感賦〉見《人境廬詩草》卷三，是一首敘事詩。以中國著名的敘事詩來說，古樂府〈孔雀東南飛〉與〈木蘭辭〉、韋莊〈秦婦吟〉、白居易〈長恨歌〉與〈琵琶行〉、吳梅村〈圓圓曲〉、樊增祥〈彩雲曲〉等均屬時事詩，形式是長篇；內容上，〈長恨歌〉寫帝妃之情，其餘是市井男女之情，容易被討論傳誦。在國家重大事件的意義上，黃遵憲此詩的「時事意義」高於「詩的意義」，陳子展《中國近代文學之變遷》推崇它是「長篇敘事詩」，〔註8〕敘事用長篇固然可以將事情來龍去脈交代清楚，然而使用律絕寫時事，同樣也能表達作者對事情的觀感，長篇短篇並不會影響詩人以時事創作之優劣。再者，如果詩界革命欲以「新學之詩」鼓動中國當世思潮、喚醒國魂，反倒是梁啟超的小說界革命來得有效應，因為，以新舊而言，「舊瓶裝新酒」畢竟仍是舊瓶，以最須被喚醒的尋常百姓靈魂來說，欲達到救世之效者似以小說為上而非「舊瓶」的詩；且相對於當時老百姓來說，「舊瓶」的詩歌形式仍為一般受教育不高的市井之人所不易接受，未若小說的能有大量對話及人物性格用來抒情敘事、以及其通俗性之優勢。在當時的社會，能以詩表情達意、抒發感受並接受用古典詩表達感受的方式者是知識份子而非尋常百姓，所以，詩界革命所謂「舊形式、新內容」，黃遵憲針對的人是——知識份子，所使用之古典形式才比較能發生作用。從這一點來說，詩界革命、南社的心意所在仍然在與他們同一階層的士大夫，思欲改革對象只是這些高等知識份子。

　　由於詩是「吾人心聲」，故詩中有我，詩中存真，黃遵憲〈與朗山論詩〉云：

> 夫聲成文謂之詩，天地之間，有聲皆有詩也。即市井之謾罵，兒女之嬉戲，婦姑之勃豀，皆有真意以行其間者，皆天地之至文也。不能率其真，而捨我以從人，而曰：吾漢，

〔註8〕陳子展：《中國近代文學之變遷》〈詩界革命運動〉云：「到了近代，有新思想，新詩料，供天才的詩人運用，遇著作長篇的機會，自能作出內容很充實的長篇來。黃遵憲是這時代一個成功的長篇作者。」，（上海：上海古籍出版社，2000），頁14。

吾魏，吾六朝，吾唐，吾宋，無論其非也。即刻畫求似而
得其形，肖則肖矣，而我則亡也。我已忘我，而吾心聲皆
他人之聲，又烏有所謂詩者在耶！〔註9〕

黃遵憲的「我之詩」是拋棄古代，代之以市井內容，因為「捨我從
人」不能率真，所以不僅唐宋之爭無謂，連漢魏六朝都不必是。黃
遵憲的改革詩歌，方式是用舊形式寫新思想，而「新思想」包含兩
部分，一為市井的、一為西方的，兩者都為了反古。前者變更古代
內容為市井率真，如此一來，「舊詩體」之作用依然落在知識階層；
後者以西方新名詞入詩，此與以理學、佛學、經史入詩的思路並沒
有兩樣，但是表現出來的詩，其扞格不入程度可能更甚於佛語、義
理、經語入詩，因為西方名詞入詩又阻隔著一層譯音譯詞的障礙，
其理解難度可想而知，不熟悉西學的士大夫難懂，尋常百姓則又如
何？所以說：詩界革命的對象其實是知識份子。

　　因此，詩界革命之終極意義：「思想改造」遠大於一家一體的
「為我之詩」。《飲冰室詩話》提到「詩人之詩」還有：

李亦園當辛丑回鑾時，有感事詩數十首，芳馨悱惻，湘纍
之遺也。今得見其二，錄之。……帝子苔痕玉座青，鷓鴣
啼處雨冥冥。北門劍珮迎蕃使，南極風濤接御亭。江海佳
期愁腕晚，水天舊事夢婷娉。秦絲解與春潮語，一曲蘼蕪
忍淚聽。其風格在少陵玉谿之間，真詩人之詩也，特此二
章已須人作鄭箋耳。

詩美則美矣，「須人作鄭箋」說明在詩人與讀者溝通之間已經有難關，
則美之於「須人作鄭箋」的意義何在呢？梁啓超「詩人之詩」又以丘
逢甲為例：

若以詩人之詩論，則丘倉海逢甲其亦天下健者。嘗記其己亥
秋感八首之一云：遺偈爭談黃蘗禪，荒唐說餅更青田。戴
鰲豈應遷都兆，逐鹿休訛厄運年。心痛上陽真畫地，眼驚
太白果經天。只愁讖緯非虛語，落日西風意惘然。蓋以民

─────────────────
〔註9〕引自黃保真等：《中國文學理論史：清末民初時期》，頁184。

> 間流行最俗最不經之語入詩，而能雅馴溫厚乃爾，得不謂
> 詩界革命一鉅子耶？

推許丘逢甲詩健，其「詩人之詩」表現在民間流行語、最俗最不經之語入詩而能雅馴溫厚者，然而，據所引丘逢甲〈己亥秋感八首之一〉詩，似乎看不出如何能解釋以俗與不經之語而表現雅馴溫厚。

程亞林《近代詩學》第六章談論黃遵憲「別創詩界」與梁啟超「詩界革命」云：

> 古典文學如何變？也是一大難題。近代革新派詩人和詩論
> 家所想所做的大致有兩點：一是以「言文合一」為出發點，
> 強調變革古典詩的用語、句式、內容，要求詩歌口語化、
> 自由化、當代化、個性化；二是以詩歌應該為維新、革命
> 服務為出發點，特別強調變革古典詩歌表達的內容，要求
> 用古典詩形式表達西方傳入的新知識、新精神。〔註10〕

「別創詩界」的想法是用古典詩形式傳達西方的新知識，其「言文合一」還是從新與舊的對立上，將古典攬入「新」內，其所欲變革的只是「古典詩」的用語、句式。錢基博《現代中國文學史》對詩界革命源由與特色作以下的說明：

> 所為詩喜摭撥舶來新名詞以自表異，大率類此，而啟超不
> 謂然。……譚嗣同既死，啟超獨稱夏曾佑與嘉應黃遵憲、
> 諸暨蔣智由，並推為新詩界三傑。其實三人皆取法古人，
> 並未能脫盡畦封。……惟三人皆頗摭用新理西事以潤澤其
> 詩，與譚嗣同同，而啟超則頗以傷格為譏耳！〔註11〕

「詩界三傑」皆取法古人，但是又喜用新理西事入詩，此梁啟超所說「以舊風格，含新意境」，而摭撥舶來名詞並不能脫去舊畦，連梁啟超也以為「傷格」。除了採用西方新名詞寫詩外，詩界革命的「新詩」還有《飲冰室詩話》所舉夏曾佑之詩：

> 穗卿贈余詩云：「滔滔孟夏逝如斯，亹亹文王鑒在茲。帝殺
> 黑龍才士隱，書飛赤鳥太平遲」。又云「有人雄起琉璃海，

〔註10〕程亞林：《近代詩學》，（長沙：湖南人民出版社，2000），頁122。
〔註11〕錢基博：《現代中國文學史》，（粹文堂，1974），頁336。

獸魄蛙魂龍所徒」，此皆無從臆解之語。

又有：

> 冰期世界太清涼，洪水茫茫下土方。
> 巴別塔前分種教，人天從此感參商。
> 六龍冉冉帝之旁，三統芒芒軌正長。
> 板板上天有元子，亭亭我主號文王。〔註12〕

這樣的詩或許只有作者自己懂得，在「獨恨無人作鄭箋」的情況下，陳子展《最近三十年中國文學史》評論詩界革命詩之好處是「新奇、不腐臭、不庸濫」，〔註13〕然而這三項好處只能說它實踐了顛覆傳統詩學意識之意義。值得注意的是其創作方法直接引用經典字語，梁啟超於上引夏穗卿「無從臆解」詩之後，指出：

> 當時吾輩方沈醉於宗教，視數教主非與我輩同類者，崇拜迷信之極，乃至相約以作詩非經典語不用，所謂經典者，普指佛孔耶三教之經，故新約字面，絡繹筆端焉。……至今思之，誠可發笑，然亦彼時一段因緣也。

所以，詩界革命之變革的立意良好，作為「彼時一段因緣」亦不容忽視，然而，「誠可發笑」故其詩學意義尚待探究。張堂錡《黃遵憲及其詩研究》指出：

> 這是一場不徹底的詩歌改良運動，尚未觸及到詩體解放的根本核心，因此，他是「舊瓶裝新酒」的實踐者，而非「新瓶裝新酒」的提倡者。但無可否認的，由於他的改良主張與本身優異的創作成績，確實在晚清盛行宋詩的風氣下，擴大了詩歌表現的領域，突破舊體詩的束縛，提高了詩歌活潑的生命力。〔註14〕

〔註12〕引自陳子展：《最近三十年中國文學史》，（上海：上海古籍出版社，2000），頁152。

〔註13〕陳子展：《最近三十年中國文學史》：「他們這類新材料，在舊派文人看來，自然既不如自然界風雲月露的空靈，又不如《詩》、《騷》、《爾雅》裡草木蟲魚的典雅，更不比社會間忠孝節義的有關名教。它的好處，就是新奇，不腐臭，不庸濫。」，頁153。

〔註14〕張堂錡：《黃遵憲及其詩研究》，頁93。

但必須指出的是引文肯定黃遵憲之積極進步的要點，是在「晚清盛行宋詩風氣」之對比下而言，似乎新派詩是進步、宋詩是落伍的，理由很清楚，即宋詩是舊、新派詩是新。所以，筆者以為晚清之宗宋詩變成當時詩壇爭新舊的另一個新議題，這才是詩界革命在晚清詩壇的歷史價值，否則，如果宋詩是落伍的，詩界革命「舊瓶裝新酒」何以不是五四白話詩「新瓶裝新酒」而進步呢？

陳衍評黃遵憲詩，云：

> 公度詩多紀時事，惜自注不詳，閱者未能盡悉。（《詩話》卷七）

> 人境廬詩，驚才絕豔，人謂其濡染定盦，實則宗仰《晞髮集》甚至。……君志在用世，有經世才。（《詩話》卷八）

指出黃詩之侷限在讀者未能明悉，而「志在用世，有經世才」則道出黃遵憲的人生趨向似乎也不在詩。陳子展《中國近代文學之變遷》〈詩界革命運動〉將譚嗣同、夏曾佑比喻為陳勝、吳廣的揭竿而起，黃遵憲是一代霸才的項羽。〔註15〕陳子展認為黃遵憲成功的緣故有三：一、取材豐富，二、以作文之法作詩，三、他想做到「我手寫我口」，不避流俗語。黃遵憲〈山歌〉九首全用流俗語；而〈己亥雜詩〉之「秀孝都居弟子行，人人陰騭誦文昌。邇來雲笈傳鈔貴，更寫鸞經拜玉皇。」及「螺殼漫山紙蝶飛，攜雛扶老語依依。紅羅繖影銅簫響，知是誰家掃墓歸。」，自注曰：

> 嘉道以來，所謂學術，只誦陰騭文耳。嘗謂國朝學案應別編文昌一派，近更有玉皇教，以關帝、呂祖、文昌為三聖，所傳經典均自降鸞來，如明聖經之類，大抵本道家名目而附會以儒說，士大夫多崇信之。

> 掃墓每在墻間聚食，喜食螺，棄殼於地，足以徵其子孫之

〔註15〕「想在古舊的詩體範圍中創造出詩的新生命，譚、夏不過揭竿而起的陳勝、吳廣；黃遵憲即不能成為創業垂統的劉邦，以他的霸才，總可以譬於『力拔山兮氣蓋世』的項羽。」，陳子展：《中國近代文學之變遷》，頁16。

　　　　眾多也，樂用銅簫，亦土俗。(《人境廬詩草》卷九)
則不只流俗語，甚至民間信仰習俗、諸神名號、祭祀情況都一一入
詩。如果白居易與元稹的新樂府運動已從事平俗白話的努力，那
麼，黃遵憲的作法更深入，詩料的採用更直探神秘的民間鬼神情事。

　　黃遵憲《日本國誌》卷三十三〈學術誌〉提倡明白曉暢之文：
　　　周秦以下文體屢變，逮乎近世，章疏移檄告諭批判，明白
　　　曉暢，務期達意，其文體絕爲古人所無，若小說家言更有
　　　用方言以筆之於書者，則語言文字幾復合矣。余又烏知夫
　　　他日者不更變一文體爲適用於今、通行於俗者乎？嗟乎！
　　　欲令天下之農工商賈婦女幼稚皆能通文字之用，其不得不
　　　於此求一簡易之法哉！

期待他日變創一通俗簡易文體之願望，實是爲了給「士」之外的人通
用，這或許是黃遵憲預現的「白話文運動」之機，但同時亦透露黃遵
憲潛意識裡，「士」之外的農工商、婦女幼稚需要的是另一種文體，
這是否也是一種劃分觀念呢？

　　朱庭珍《筱園詩話》卷四指「風雅掃地」爲：以考據爲詩，以詞
曲爲詩，以冷典僻字、別名瑣語入詩，以稗官小說、方言俚諺入詩、
道學語、禪語、公家應付語等，〔註16〕朱庭珍排斥的「非風雅」涵蓋
面很廣，然而，題材用語是因人而異的選擇，如果自古以來詩人「貴
古賤今」爲詩歌史所詬病，那麼，對於要求詩的題材必須符合當代之
名詞事物，才是能掌握現實的偉大詩人，不就是「貴今賤古」另一種
窠臼嗎？而詩界革命在這一層意義上追求新名詞，正與漢賦以文字、

〔註16〕朱庭珍：《筱園詩話》卷四：「詩不可入詞曲尖巧輕倩語，不可入經
　　　書板重古奧語，不可入子史僻澀語，不可入稗官鄙俚語，不可入道
　　　學理語，不可入遊戲趣語，并一切禪語丹經修煉語，一切殺風景語，
　　　及爛熟典故與尋常應付公家言，皆在所忌，須掃而空之，所謂陳言
　　　務去也。自宋以來，如邵堯夫、二程子、陳白沙、莊定山諸公，則
　　　以講學爲詩，直是押韻語錄。其好二氏書者，又以禪機丹訣爲詩，
　　　直是偈語道情矣。……凌夷至今，風雅掃地。有志之士，急須別裁
　　　僞體，掃除群魔，力扶大雅，上追元音，勿爲左道所惑，誤入迷津。」
　　　《清詩話續編》第三冊，(臺北：藝文印書館，1985)，頁 2407。

名物訓詁寫作手法相同，只是所強調使用的材料不同，但依然造成相似的困境。因此，詩界革命之「新」在於所新者為西方事理思想，從創作意識來說，它仍是狹窄的。可見詩之創作並不是所運用的材料的古或今問題，而是詩人所貴者為何，以及何以貴其所貴，亦即詩人在乎的是什麼？

　　黃遵憲在乎的是政治，不在詩。其〈與丘菽園書〉：

> 思少日喜為詩，謬有別創詩界之論，然才力薄弱，終不克自踐其言。譬之西半球新國，弟不過獨立風雪中清教徒之一人耳，若華盛頓、哲非遜、富蘭克林，不能不望望於諸君子也。詩雖小道，然歐洲詩人出其鼓吹文明之筆，竟有左右世界之力。〔註17〕

視詩為小道，但是，其別創詩界之意，是借用這個小道卻可左右世界、鼓吹文明之力。黃遵憲五弟黃遵楷〈人境廬詩草跋〉亦云黃遵憲於詩「視為餘事」：

> 其於詩也，雖以餘事及之，然亦欲求於古人之外，自樹一幟。嘗曰：人各有面目，正不必與古人相同。……讀先兄病篤之書，謂平生懷抱，一事無成，惟古近體詩能自立耳，然亦無用之物，到此已無可望矣。

其中有著矛盾：既期望抒寫平生懷抱，何以視詩為無用之餘事？故其努力於詩的心理與梁啟超相同，意在利用「無用的」詩從事「有用的」改革。梁啟超看待詩的態度也是在「思想」的意義，《飲冰室詩話》有：

> 吾嘗推公度、穗卿、觀雲為近世詩家三傑，此言其理想之深邃閎遠也。

梁啟超推崇的三傑，在於他們的「理想」深閎。然而，以「詩中融入理想」來看，梁啟超又是厚此薄彼的，因為他視蘇軾以佛語入詩是「無當於理」，而黃遵憲的以西方思想入詩卻是「開新壁壘」：

> 自唐人喜以佛語入詩，至於蘇東坡王半山，其高雅之作，大

〔註17〕引自程亞林：《近代詩學》，頁134。

半為禪說語，然如溪聲便是廣長舌，山色豈非清淨身之類，
不過弄口頭禪，無當於理也。人境廬集中有一詩，題為「以
蓮菊花雜供一瓶作歌」半取佛理又參以西人植物學、化學、
生理學諸說，實足為詩界開一新壁壘。

黃遵憲之開新壁壘的作法是：半取佛理、參以西方植物學、化學、
生理學。梁啓超《夏威夷遊記》為詩界革命所下的定義包含三個條
件：新意境、新語句、古人之風格，對照其評論黃遵憲詩，很明顯
地，所謂的新思想、新境界其實就是「西方」的代用詞，「新語句」
指歐化名詞，所以，同為詩界革命三傑，黃遵憲與夏曾佑「新詩」
不同，《飲冰室詩話》云：

時彥中能為詩人之詩而銳意欲造新國者，莫如黃公度，其
集中有今別離四首，又吳太夫人壽詩等，皆純以歐洲意境
行之，然新語句尚少，蓋由新語句與古風格常相背馳，公
度重風格者，故勉避之也。夏穗卿、譚復生皆善選新語句，
其語句則經子生澀語、佛典語、歐洲語雜用，頗錯落可喜，
然已不備詩家之資格。〔註18〕

黃遵憲的特色是表現歐洲意境而少用新語，夏曾佑與譚嗣同則善用
包括經史、佛典、歐語之「新語句」，相形之下，梁啓超比較贊同黃
遵憲的風格。其實，梁啓超承認「新語句與古風格常相背馳」，並云
「每一句皆含一經義，可謂新絕」、「苦不知其出典，雖十日思不能
索其解」、「其意語皆非尋常詩家所有，……皆用此新體，甚自喜之，
然已漸成七字句之語錄，不甚肖詩矣」。如果用客觀標準來看詩的表
現力，只要能抒情達意者，其實已基本完成詩的創造，但是，諸如
沈曾植與黃遵憲的作法，其缺失在於將生硬、新的名詞直接置入詩

〔註18〕梁啓超所舉夏曾佑、譚復生詩如下：夏詩「帝殺黑龍才士隱，書飛
赤鳥太平遲，民皇備矣三重信，人鬼同謀百姓知。」，又「有人雄起
琉璃海，獸魄蛙魂龍所徒」。譚詩「大成大關大雄氏，據亂昇平及太
平。五始當王託獲麟，三言不識乃難鳴。人天帝網光中現，來去雲
孫腳下行。莫共龍蛙爭寸土，從知教主亞洲生。」又「眼簾繪影影
非實，耳鼓有聲聲已過。」

中，沒有經過適度的融轉，換言之，達到表現新思想目的，但是，表現力尚缺美感，罪亦不在該思想是佛語、西方思想等什麼樣的內容。

　　值得注意的是梁啓超尤其特別重視「歐洲之精神思想」，《夏威夷遊記》云：

> 所謂歐洲意境語句，多物質上瑣碎粗疏者，於精神思想上未有之也。雖然，即以學界論之，歐洲之眞精神、眞思想尚且未輸入中國，況於詩界乎？此固不足怪也。

詩界革命於詩中表現的「歐洲意境語句」瑣碎，在於所用的是物質名詞，而梁啓超希望提倡歐洲精神思想作爲詩料：

> 吾雖不能詩，惟將竭力輸入歐洲之精神思想，以供來者之詩料可乎？要之支那非有詩界革命，則詩運殆將絕，雖然，詩運無絕之時也。今日者，革命之機漸熟，而哥侖布、瑪賽郎之出世，必不遠矣。上所舉者，皆其革命軍月暉礎潤之微也，夫詩又其小焉者也。

所以，梁啓超提倡詩界革命的目的在「革命」，也不在「詩」。

　　許多評論家對詩人作品的評價，往往把「反映當前的時代和現實」解釋爲「反復古」及表現「民生疾苦」內容，並認爲能「反復古」就是有價值。錢仲聯〈清詩簡論〉：

> 同光體當然學古的傾向重一些，但並非不關心現實政治，陳三立詩中，就有不少從庚子事變到日俄戰爭時期一系列悲憤國事之作。其他各派，同樣如此。王闓運就曾寫過〈圓明園詞〉，可以說，晚清詩歌，其中精華的部分，都在不同程度上反映這一時代的現實，表現這一時期文學的主題。
> 〔註19〕

「關心現實政治」似乎是看待詩人作品的一大考量，錢仲聯說「悲憤國事」是晚清詩歌之精華，同光體的可貴在它尚關心現實政治。詩之內容是詩人心情的反映，若不關心現實則斥爲沒有價值，那麼，

〔註19〕錢仲聯：《夢苕盦論集》，（北京：中華書局，1993），頁180。

時代的現實必須只是「革命」方足以動人嗎？而並非每一個時代都處在革命之中；再退一步說，是否革命的時代就不能允許不關革命現實的作品？換言之，人生的現實只有「民生疾苦」而無其他，或者「疾苦」的現實不能有非現實的表達？如此之義的「反復古」評論，似乎時代惡劣，評論家們犀利之眼不容允詩人苦中作樂、在灰暗中照見自己的靈心一點。黃遵憲的詩、梁啓超的小說，宗旨都是爲了喚醒人民從事改革，雖然是「舊瓶裝新酒」，但是，這種方式所呈現的新酒，對詩與小說而言是否公平？在一個主體對待即已模糊的立場下，又如何談論那個主體呢？

　　晚清至民國詩壇，只有陳衍詩論比較純粹爲詩而說詩，就詩言詩並能以稍微貼近對詩之關懷的心態及立場談論詩的問題，不是以「餘事爲詩人」之心態作詩或評論詩。王闓運之摹擬固所不論，樊增祥之承襲李慈銘的「八面受敵，而爲大家」，梁啓超也明知新意境與舊風格兩相背馳，他們提倡的新與變，都不在詩的立場上說話，反而與社會革命或個人心態相當關聯，尤其「詩界革命」只是黃遵憲、梁啓超等人執以變維新爲革命的利器。詩界革命提出的在舊風格中融入新思想的方式，其新思想指的是西方思想，亦即西學，欲在詩中融入西學必先通西學，如果以一八九九年《夏威夷遊記》提出「詩界之哥侖布、瑪賽郎」開始，之後〈論小說與群治之關係〉、〈新民說〉等重鑄國魂的問題，其關注都在西學，利用西學改善民德、民智、民力、以至民族靈魂，詩界革命所革的重點在「西學」，而非詩的自身。故梁啓超《夏威夷遊記》說：

> 余雖不能詩，然嘗好論詩，以爲詩之境界，被千餘年來鸚鵡名士（余嘗戲名詞章家爲鸚鵡名士，自覺過於尖刻）占盡矣，雖有佳章佳句，一讀之，似在某集中曾相見者，是最可恨也。

「千餘年來」大約指北宋以後，如果千年以來的詩是老舊可恨的鸚鵡學舌，梁啓超爲了消此老舊之恨而改革政治社會，他們眞正關心的，

確實不在詩。故詩界革命在中國詩歌史上自有其價值，但其詩學意義不甚深厚。

第三節　錢仲聯

　　晚清同光體之反對者實分爲「反對宋詩」與「反對陳衍」兩種，前者是南社，後者是錢仲聯；詩界革命反對復古，革新詩界，並未將矛頭直接指向同光體或陳衍。

　　錢仲聯爲近代詩歌研究巨擘，然而，其評論文字多與陳衍相左，其研究方法亦屬於詩的外部論述而不是詩內部的觀念。從內部看問題，論題重要且焦聚清楚，從詩的外部看問題，可以增設許多切入點但容易模糊。例如陳衍並未視閩詩人爲同光體的同義詞，其云同光體乃「同光以來，不墨守盛唐者」而已，錢仲聯《近代詩鈔　前言》卻說：

> 同光體，是近代各種宋派的總稱。……同光體，按地域和
> 宗尚的不同，可以分爲三個主要的流派。一是閩派，……
> 二是贛派，……三是浙派。

同光體是陳衍與鄭孝胥所創之詩體名稱，並未以地域爲言，在陳衍論詩文字中亦未見諸如錢仲聯的以區域分派說法。同光體在晚清詩壇有極大的影響力，錢仲聯《近代詩鈔・前言》亦云「影響最大，也最爲人們所詬病的，是同光體派」，理由是：

> 由於這一派的詩人除少數曾參加維新運動以外，不少人都
> 是封建統治階級的高級官吏和封建文人，在近代尖銳複雜
> 的政治鬥爭中，思想保守，有的在清亡後以遺老自命，有
> 的在政治上墮落成爲人們所不齒的反動派，當時就遭到了
> 南社的攻擊，甚至被貶爲反動內容和復古形式合一的代表
> 而列入掃蕩之列。

陳衍論詩多從詩自身特質立言，〔註20〕錢仲聯所說的卻不是詩歌內在

───────────────

〔註20〕陳衍：《詩學概要》〈三百篇、楚詞〉：「詩三百篇，有六義焉。……

問題，而以詩人身份、政治環境討論同光體，也很少談論陳衍詩論。
陳衍〈沈乙盦詩敘〉指出沈曾植是同光魁傑，錢仲聯《近代詩鈔·前言》卻說「同光體的魁傑陳三立」，錢仲聯種種與陳衍不同的論調，可以說不只與當時人一樣詬病同光體，並且還更是反對陳衍。

　　錢仲聯〈論同光體〉一文，主要約有三個意思：一、同光體之名不恰當，故另以區域分派，二、陳衍意圖標榜，三、推重沈曾植。陳衍對於詩，曾提出「詩者，荒寒之路」的主張，但錢仲聯文章從沒有談論此「荒寒之路」；〔註21〕錢仲聯於同光體詩人中最推重沈曾植，錢仲聯、嚴明〈沈曾植詩歌論〉〔註22〕一文借「三關說」的意義指出：

> 不僅是把初學者的眼界從北宋、中唐、盛唐延伸至六朝，
> 而且還在於讓人們明白中國詩歌的發展歷程中存在著一種
> 「據變以復正」的規律，還啓示初學者詩歌創作雖然離不
> 開探索語言藝術的門徑，但同樣離不開鑽研儒學、佛學等
> 思想精華，只有融匯思想精華入詩，才能保持詩作有較高
> 的品位，不墮入小道。

其實整個清代詩論家幾乎都主張變化，所變之內容與方法不同而已，「只有融匯思想精華入詩，才能保持詩作有較高的品位，不墮入小道」這句話本身沒有錯，但用之形容沈曾植「三關」，則意謂詩應該融入沈曾植所專精的儒學、佛學之精華，那麼，詩歌不融入這些思想精華者，與沈詩對比，彼此之間就有高下之判的暗示了。錢仲聯又讚許沈曾植〈與金潛廬太守論詩書〉「理解精深，發千古未發之秘」，其〈沈曾植集校注自序〉云：

> 其隱文謫喻，遠嘆長吟，嗣宗、景純之志也；奧義奇辭，

降而漢、魏、六朝以迄唐、宋，比興日少，而賦日多，非風氣使然。
比興有限，而賦無窮也。」此言比興賦之運用，然而可知陳衍肯定
詩有本身的特質。《陳衍詩論合集》下冊，頁1029。
〔註21〕汪辟疆〈近代詩派與地域〉一文亦同。《汪辟疆文集》，（上海：上海
　　　　古籍出版社，1988）。
〔註22〕《文學遺產》，1999年第2期。

> 洞精駭矚，馬歌鷲鐃之餘也。剝落皮毛，見杜陵之真實；
> 飛越純想，契正始之仙心。一代大家，千祀定論。秀水演
> 派，上溯朱、錢，並世標宗，平揖陳、鄭。觀其早入樊南，
> 晚耽雙井，不薄李、何之體，期溝唐、宋之郵，則如竹垞；
> 掐擢肝腸，難昌黎之一字，冥搜幽怪，躡東野之畸蹤，則
> 如擇石。……孰如公囊括八代，安立三關，具如來之相好，
> 為廣大之教主乎？

「並世標宗，平揖陳鄭」，如此讚美沈曾植，錢氏之意，似乎沈曾植
才是同光體代表人，而「囊括八代，安立三關，具如來之相好，為廣
大之教主乎？」則意指陳衍之於同光體應該讓出教主之位。所謂「廣
大教主」乃汪辟疆〈光宣詩壇點將錄〉文中對陳衍的封號，〔註23〕
批評家對詩人的品評定位本有見仁見智之異，錢仲聯在汪辟疆之後
如此說，其欲以沈曾植代替陳衍之意甚明。

　　沈曾植「三關」雖與陳衍「三元」觀點不十分契合，但陳衍並未
一味抑制沈曾植：

> 嘉興王瑗仲{}遽常，沈乙菴高足也。與常熟錢仲聯{}萼孫，為文
> 字骨肉，刊有《江南二仲詩》。大略瑗仲祈嚮（案：疑嚮）
> 乙菴，喜鍛鍊字句。然乙菴詩雖多詰屈聱牙，而俊爽邁往
> 處正復不少。（《續編》卷一）

說明沈曾植詩風有詰屈聱牙、俊爽邁往兩種風格，故沈曾植詩的內
容並非單一性，錢仲聯、嚴明〈沈曾植詩歌論〉〔註24〕一文指出其
詩歌內容有「悼念戊戌變法的犧牲者和同情維新派中的受迫害者」、
「反映詩人富國強兵的主張和願望」、「流露出對國家前途的擔憂」，
但是也同意詰屈聱牙者居多。陳衍論詩強調真摯性情，沈曾植之詩
「雅健有意理」〔註25〕乃因其有別於「墨守盛唐」而被陳衍推重，
但是沈曾植喜以玄佛入詩，追求詩除了承載詩人性情之外的佛理哲

〔註23〕汪辟疆〈光宣詩壇點將錄〉，《汪辟疆說近代詩》，（上海：上海古籍
　　　　出版社，2001），頁56。
〔註24〕《文學遺產》，1999年第2期。
〔註25〕陳衍：《詩話》卷一。

思，是沈曾植雖作為「同光魁傑」但又與陳衍詩學理念相異之處，因為陳衍不喜禪詩，亦不喜艱深生澀。錢仲聯於同光體極力推崇沈曾植的理由卻在沈曾植的「融通經學、玄學、佛學思想內容以入詩」，〔註26〕在詩中融入這些內容，目的要以艱深避平庸，雖然陳衍肯定沈詩在聲牙鉤棘中復見精靈，但是與陳衍、鄭孝胥詩比較之下，沈詩仍呈現理解的困難，而且陳衍論詩主張與沈曾植詩的特色比較，兩者並不十分相容。錢仲聯《夢苕盦詩話》第一二三則：

> 余嘗推袁爽秋、沈乙庵詩為晚清浙中二傑，皆能以漢、魏、晉、宋為根柢，而化以北宋之面目者。乙庵辛亥以後所作，尤多沈鬱。……今錄其短篇之清癯幽峭者多首。〔註27〕

錢仲聯肯定沈曾植詩能融化漢魏六朝與北宋，所錄其短篇佳作為「清癯幽峭」者。如果說，同光體的陳衍、鄭孝胥、陳三立、沈曾植四人之中，陳三立與沈曾植詩的澀僻、寓哲思於詩比較符合宋詩情調，且「同光體宗宋」值得商榷，則錢仲聯對同光體偏義之沈曾植不遺餘力地推崇，筆者以為晚清以來所討論的「同光體宗宋」議題，錢仲聯於陳衍之後，以詩論家的影響力撰文推重沈曾植，故錢仲聯才是晚清宗宋之人。

錢仲聯沒有全盤討論陳衍詩論，談得比較多的是「學人之詩詩人之詩合」，其解讀有三個重點：其一，學人之詩詩人之詩合是由「以考據為詩」而來，其〈清代學風和詩風的關係〉〔註28〕：

> 以上所述清後期學風影響詩風的又一個局面，是主流。然而清中期以考據為詩的詩風，這時卻又以學人之詩詩人之詩合而為一的面目，重又出現於詩壇。其先導者是道光時的程恩澤。程氏門下，出了鄭珍、莫友芝、何紹基等著名

〔註26〕錢仲聯：《沈曾植集校注·前言》：「沈曾植為我國近代有國內外影響的著名學者，邃於舊學，經、史、音韻訓詁、西北與南洋地理、佛、道、醫、古代刑律、版本目錄、書畫、樂律，無不精通。……沈曾植在文學上的成就，以詩為第一。」，(北京：中華書局，1993)，頁4。

〔註27〕張寅彭編：《民國詩話叢編》第六冊，(上海：上海書店，2002)，頁244。

〔註28〕錢仲聯：《夢苕盦論集》，頁192。

　　詩人，他們都是漢古文考據家，同時又是宋詩派的名家。
錢仲聯說清代是繼魏晉後唯一學風影響詩風的朝代，並把「學人之
詩與詩人之詩合」視爲從清中期的「以考據爲詩」而來，乃宋詩派
的前導者。錢文下引鄭珍〈論詩示諸生時代者將至〉、何紹基〈題馮
魯川小像冊論詩〉及〈與汪菊士論詩〉，但是這幾首詩所說的是讀書
之要訣與功用，如此，是以「讀書」、「考據」爲判斷清代宋詩的標
準，然而，除了晚明王學末流外，誰人不讀書，主張神韻妙悟者尚
以爲空靈亦需從讀書來，至於考據是清代乾、嘉時期盛行之風潮，
此兩者並未與宋詩有何絕對關聯。

　　其一，錢仲聯重視「道」，推崇沈曾植是同光詩人中的「學者」，
馬衛中《光宣詩壇流派發展史論》一書肯定沈曾植的詩學主張，亦
在其淵博的學識。〔註 29〕錢仲聯〈清代學風和詩風的關係〉引用王
國維〈沈乙盦先生七十壽序〉，〔註 30〕中引沈曾植〈與金潛廬太守論
詩書〉所論，而云：「這才是道道地地的『學人詩人之詩二而一之』
者的現身說法，而『同光體』詩人卻不足語此的。」〔註 31〕據王國
維、沈曾植之文所說，看來錢仲聯所謂的「學人」即精通乾嘉之學、
遼金元史、四裔地理之人，〔註 32〕那麼，學人的名義是指一種「身

〔註 29〕馬衛中：《光宣詩壇流派發展史論》第四章〈光宣詩壇堅持傳統的主
　　　　要詩歌流派：同光體〉云：「正是沈曾植淵博的學識都貫通在詩歌創
　　　　作中，使得沈曾植的詩歌非但具有獨創性，還具有了極高的藝術價
　　　　值。」馬衛中承襲汪辟疆、錢仲聯的觀點，以區域分割同光體，故
　　　　又云「沈曾植的詩學主張就成了同光體浙派的主要理論而爲此派詩
　　　　人傳承。」，（蘇州：蘇州大學出版社，2000），頁 220。
〔註 30〕錢仲聯云：「沈氏學風，已大大超出鄭珍諸人的範圍，在某種程度上，
　　　　還影響到王國維，在舊學範圍內有了創新」。
〔註 31〕錢仲聯：〈清代學風和詩風的關係〉，《夢苕盦論集》，頁 194。
〔註 32〕錢仲聯：《沈曾植集校注·前言》：「沈氏的學人之詩，表現在其詩的
　　　　融通經學、玄學、佛學等思想內容以入詩，表現在腹笥便便，取材
　　　　於經史百家、佛道二藏、西北地理、遼金史籍、醫藥、金石篆刻的
　　　　奧語奇詞以入詩，從而形成了自己奧僻奇偉、沉鬱盤硬的風格，與
　　　　同時的江西派陳三立、閩派鄭孝胥、陳衍的『同光體』大異其趣。」
　　　　《沈曾植集校注》上冊，頁 4。

份」，而學人的學問是以經、史為主的「綜覽百家，旁及兩氏，一以
治經、史之法治之」（〈沈乙盦先生七十壽序〉）之內容。至於「道地
的學人詩人之詩二而一之」是由沈曾植〈與金潛廬太守論詩書〉的
「詩獨不可為見道因乎？」而來，詩為「見道之因」，那麼：一、詩
並不具獨立價值，二、詩為了見道，道是主體，則未必一定需要附
詩乃見，三、沈曾植教金蓉鏡要玩味《論語》皇侃疏、運用謝靈運
之善用《易》與顏延之之長於《書》，學詩要玩味此三書，但沈曾植
真正關心是以詩傳述佛老之道，則沈曾植之道與錢仲聯說的沈詩「因
詩見道」之道，似乎內容並不相同。

　　其三，以「身份」定義同光體，其〈清代學風和詩風的關係〉
云：

> 「同光體」詩，著重在錘字鍊句方面下工夫，個別人更注
> 意於謀篇布局的曲折，風格上的特色是生峭雋異。「同光體」
> 的作者有一大群，因而形成為一種詩風，但與晚清學風並
> 無關涉，不同於鄭珍、莫友芝合學人詩人為一的情況。個
> 別作者如陳衍，雖也博覽經史，畢竟只是詩人、古文家，
> 是「文苑傳」中人物。此外，「同光體」詩人，或以政治家
> （有的不過是政客）而為詩人，或是從事文學專業，在那
> 些代表人物中，卻舉不出學人。〔註33〕

這裡又包含兩個論點，一、同光體詩風與晚清學風不相涉；二、同
光體詩人不足語「學人詩人之詩二而一之」的原因是同光體代表詩
人中「舉不出學人」，因舉不出學人，故「學人詩人二而一之」是自
我標榜、不符合事實。如果據錢氏所言，中國文學史上學風與詩風
相涉者，只有魏晉一朝，則又何苦苛責於清代？再者，詩風何必一
定要與學風相涉？如果詩的創作是一種真正的自由，相涉或不涉都
無關緊要。故錢仲聯所討論者，主要為「學人之詩與詩人之詩合」，
且從「身份」說「學人」，學人既指博學如沈曾植者，則應該以「詩」

────────────────────

〔註33〕同前註。

或以「學人」談同光體呢？自古以來，政治家而爲詩人所在多有，
但其對「學人」的界定存在著矛盾，錢仲聯的「學人」指具備廣泛
而專精的學問之人，換言之，學者即學人，但何以沈曾植「通乾嘉
諸家之說，中年治遼、金、元史，治四裔地理」是學人，而陳衍「博
覽經史，畢竟只是詩人、古文家」就不是學人？再者，若沈曾植是
同光體唯一舉得出來的「學人」，而沈曾植所專精者爲佛學，則晚清
其他專精經史金石、目錄版本、地理碑帖等「學問」者，何以不能
是「學人」？錢仲聯並未將學人、詩人說清楚，而如果「畢竟只是
詩人」意謂「不是學人」，則錢仲聯推重的是學人與學問，不重詩人，
那麼，這一點正與陳衍重視詩人相反。故錢仲聯並不談詩與詩論，
所談者，乃詩人身份與環境。

　　《夢苕盦詩話》第一五八則也有矛盾之語：

> 丈（案：指陳衍）故學者，詩特餘事，然所著《石遺室詩
> 話》三十二卷，衡量古今，不失錙銖，風行海內，後生奉
> 爲圭臬，自有詩話以來所未有也。近於三十二卷之外，復
> 有續輯，海內詩流，聞石丈續輯詩話，爭欲得其一言以爲
> 榮，於是投詩乞品題者無虛日，至有千餘種之多。〔註34〕

這裡說陳衍是「學者」了，且「詩特餘事」，但是，如果陳衍視詩
爲餘事，何以有《石遺室詩集》《續集》、《石遺室詩話》《續集》、《宋
詩精華錄》、《遼金元詩紀事》、《詩品平議》、《近代詩鈔》等書之作？
反而，陳衍在晚清詩壇頗致力詩事，錢仲聯卻認爲陳衍爲盛名所
累。況且，題材也不能作爲評論詩人的重點，其〈清詩簡論〉云：

> 各派中影響最大，同時及近人痛罵最厲害的，是「同光體」，
> 幾乎成爲反動內容與復古形式合一的代稱。……「同光體」
> 詩人，如陳三立、林旭、沈曾植、陳衍諸人，也是戊戌變
> 法直接參加者或鼓吹者，他們與詩界革命派的康有爲、黃
> 遵憲、梁啟超，都有深厚交誼，雙方對於對方的詩都互相
> 推崇與讚揚。至於變法失敗以後，清亡以後，又倒退而成

〔註34〕張寅彭主編：《民國詩話叢編》第六冊，頁272。

爲清室遺老，則除梁啓超外，也無區別。就詩作本身，當
然詩界革命派題材較新，面目較新，但也不廢學古，黃遵
憲在〈人境廬詩・自序〉中就這樣主張，所以這派有「舊
瓶裝新酒」的稱號。「同光體」當然學古的傾向重一些，但
並非不關心現實政治，陳三立詩中，就有不少從庚子事變
到日戰爭時期一系列悲憤國事之作。〔註35〕

似乎「關心現實政治」之詩才是最好、最重要的。南社也譏誚「遺
老」，以政治觀點看同光體，則不是談詩，是在談政治，更何況，晚
清有以遺老自居者，但陳衍並不是，《詩話》卷二十九明確地說：

有鞠隱者，不知何許人，寄贈二律，警句云：……。又「遺
老襟期梅偃蹇，通人胸次竹低昂。」疏燈句最佳。惟余甚
不主張遺老二字，謂一人有一人自立之地位，老則老耳，
何遺之有？

如果錢仲聯認爲同光體之遺老心態殊不可取，陳衍自白不主張遺老
二字，豈非誤讀陳衍？錢仲聯《夢苕盦詩話》第九十六則引述其少
作〈近代詩評〉，將晚清詩壇略分五派：

余十九歲時，爲〈近代詩評〉一文，衡量並世詩流，凡一
百家，括以四派，略云：「詩學之盛，極於晚清，跨元越明，
厥途有四：辦香北宋，私淑江西，法梅王以煉思，本黃以
植幹，經巢、伏敔、蝯叟、振之於先；散原、海藏、蒼虬，
大之於後，此一派也。遠規兩漢，旁紹六朝，振采蚩英，
騷心選理，白香、湘綺，鳳鳴於湖衡；百足、裒村，鷹揚
於楚蜀，此一派也。無分唐宋，並咀英華，要以敷卷爲宗，
不以苦僻爲尚，抱冰一老，領袖群賢；樊易承之，拓爲宏
麗，此一派也。驅役新意，供我篇章，越世高談，自闢戶
牖，公度、南海，蔚爲大國；復生觀雲，並足附庸，此一
派也。」實則近代詩派，此四者外，尚有西崑一派。此派
極盛於光緒季年，爾時湘鄉李亦元希聖、曾重伯廣鈞、吳
縣曹君直元忠、汪袞甫榮寶、我鄉張璦隱鴻、徐少逵兆瑋

───────────

〔註35〕錢仲聯：《夢苕盦論集》，頁 179～180。

諸公，同官京曹，皆從事崑體，結社酬唱，相戒不作西江
語。稍有出入，輒用詬病，一以隱約褥麗爲工。〔註36〕

可以看出「近代詩派」雖言詩派區分，實只言唐宋兩派之別。另一個
問題是所謂「宋詩派」始終沒有作定義說明，易言之，什麼條件底下
稱作「宋詩派」？以錢仲聯此文來說，西崑一派「相戒不作西江語」，
則「西崑派」、「江西派」、「宋詩派」與宋詩之間的差別應如何分說？
它們爲何不能是「宋詩派」呢？

　　錢仲聯以地域說清詩，但陳衍論閩詩不在地域而在風格，陳衍
〈劍懷堂詩草敘〉云：

吾閩詩人，至宋而大昌，至明而力足以左右天下風氣。清
則苶然以衰，甌香、雁水後，莘田、荔鄉以風韻勝，檀河、
亨甫以才氣稱。此外驅馳中原，爲海內所指數者，未數數
然也。今之人喜分唐詩、宋詩，以爲浙派爲宋詩，閩派爲
唐詩，咎同、光以來，閩人舍唐詩不爲而爲宋詩。夫學問
之事，惟在至與不至耳，至則有變化之能事焉，不至則聲
音笑貌之爲爾耳。……因縱論唐、宋詩離合之故，非強以
聲音笑貌爲者，爲先生之詩敘。

陳衍因當時人視閩派爲唐詩，特辨明閩派實是宋詩。但是閩派詩並不
等於同光體，學界似因閩派爲宋詩、陳衍是閩人，就變成同光體是宋
詩。除了以地域分同光體爲三派之外，錢仲聯又從風格之外的種種方
面談同光體，除前述詩人身份外，亦從追溯詩人宗尚而言，例如〈論
同光體〉對陳衍提出道咸以來詩風之一的「生澀奧衍」〔註37〕有不同
意見：

沈、陳二派之同，在於刻意雕鏤，力求奇奧；而二派之異，
則在於沈追顏謝而陳則專宗江西，不是什麼陳尚奇字，沈
多僻典之別。

陳衍說明沈曾植詩中喜用僻典的風格特色，錢仲聯則從陳三立與沈

〔註36〕《民國詩話叢編》第六冊，頁217。
〔註37〕陳衍云：「近日沈乙庵、陳散原，實其流派，而散原奇字，乙庵益以
　　　　僻典，又少異焉，其餘詩亦不盡然也。」

曾植所崇尚的前輩詩人區分同光體的浙派與江西派，這也就是陳衍以風格論詩，而錢仲聯卻以區域論詩的差異所在。錢仲聯拓展了同光體更細緻、更多觸角的研究，但是從詩的外部談詩，似乎未能觸及同光體以及陳衍之意，引動了後世對陳衍、同光體之誤解。

錢仲聯之外，晚清反對同光體者，多以「意氣」。張之淦《遂園書評彙稿》介紹陳衍《近代詩鈔》引〈小瓶花齋詩集跋〉云：

> 此石遺解嘲解謗之言也，石遺非盡能若是，宗派地域親故之念深，在在有所蔽。……即於同光體閩派詩中，亦復緣意氣而有所左右。〔註38〕

張之淦與錢仲聯相同，以地域看待同光體，再以地域之親故觀念批評陳衍的意氣私心。反對同光體者，除了意氣情緒、摻有政治批判者之外，晚清詩學所共同承認的是詩人之「我」、「詩不可僞爲」，則何暇爭地域？創造力的特質本是一種能量，不可範限，如果正視詩的創造性特質，就不應區分地域之別。張之淦亦反對同光體者，其〈近人詩話四種析評〉與錢仲聯同對陳衍頗多負面評價。例如說陳衍「自以其詩鈔足以上繼麟經，毋乃言之不怍歟」；〔註39〕又對於《近代詩鈔》之張宗揚（陳衍僕人）小傳，認爲陳衍屢稱「余僕余僕」乃「不協於世論」，因爲民國建立，人權應平等。〔註40〕《近代詩鈔》在當時確屬工程浩大之役，選詩必然會牽扯選者之主觀好惡，所應批評的是詩的觀念而非詩之外的枝節，選者本身若無自信，又如何選詩？張之淦與錢仲聯也都認爲陳衍多選閩人爲不公，至於批評陳衍輕視「余僕」之語，則民國建立、人權平等，於「詩」有何關聯呢？

〔註38〕 張之淦：《遂園書評彙稿》〈近人詩話四種析評〉，（臺北：臺灣商務印書館，1986），頁89。陳衍：〈小瓶花齋詩集跋〉：「余生平見人詩古文詞，心所好樂，往往錄弆篋衍，故《詩鈔》中人，無雅素者居多，惟無雅素而鈔其詩，則實出心所好樂，無絲毫世故周旋與乎其間矣。」

〔註39〕 張之淦：《遂園書評彙稿》〈近人詩話四種析評·石遺之自負與解謗〉，頁89。

〔註40〕 張之淦：《遂園書評彙稿》〈近人詩話四種析評·詩鈔定例及其乖失〉，頁92。

又金松岑亦反對同光體，錢基博《現代中國文學史》論金松岑：

> 輓近詩派，鄭孝胥以幽秀，陳三立以奧奇，學詩者，非此
> 則彼矣！顧有異軍突起，為詩壇樹赤幟者，當推吳江金天
> 羽松岑。天羽才氣橫肆，極不喜所謂同光體，越世高談，
> 自開戶牖，論詩宗旨，可於其答樊山老人一書徵之。〔註41〕

陳衍於宋詩人中提倡梅堯臣，而金松岑的論詩主張則和陳衍唱反
調，對同光體之評議提出「偏霸」一詞，〔註42〕前述詩之創造性不
能以地域限制，但是，若有一個詩派形成了，其主要活動其實多賴
詩友唱和凝聚向心力，以此聯繫交誼並刺激創作，詩鐘盛行於閩地
即為有力的證明，但詩友集會作詩卻被解讀為以詩圖霸。金松岑又
批評陳衍「玩弄光景」，其〈與鄭蘇戡先生論詩書〉云：

> 即枚乘、阮籍、陶潛、李白、杜甫之倫，其詩皆有隱文複
> 義，而不盡以玩弄光景為工。郭眾說而為言，究其歸，雖
> 蟬笑之微，亦未嘗假人以飾我。……然則石遺之序海藏詩，
> 侔色揣稱於句律之間，評量古人，務輕彼而軒此者，其無
> 乃儀毫失牆，而未得帝之懸解乎？（《天放樓文言》卷十）

「玩弄光景」之語，恐因《詩話》所錄多為山水行遊、贈答唱酬之
作，因此，遊山玩水是喪志之行。金松岑以此要求詩應有微旨隱義，
其意陳衍論詩是虛偽偏頗的，此亦說明陳衍及同光體在晚清詩界備
受責難。究其因，沒有深悉陳衍論詩之旨，而同光體在陳衍、鄭孝
胥提出之後，又有沈曾植、陳三立的偏義，以及「不墨守盛唐」的
開放性意涵，獨取這一個開放性中的任何一點，就可以成為詰責陳
衍的基礎。而晚清詩壇，唯有陳衍有大量的詩評著作，一人而攤在
陽光下，陳衍評詩容易被視為「輕彼軒此」是人情意料中之事。

〔註41〕錢基博：《現代中國文學史》，頁 244。
〔註42〕〈答樊山老人論詩書〉：「有清一代，詩體數變，漁洋神韻，倉山性
　　　靈，張洪競氣於筆轂，舒王騁豔於江左，風流所居，遂成輕脫，夫
　　　口饜粱肉，則苦筍生味，耳勤箏笛，斯蘆吹亦韻。西江傑異，甌閩
　　　生峭，狷介之才，自成馨逸，纖文弱植，未工模寫，而辮香無已，
　　　標舉宛陵，洎夫臨篇搦翰，乃不中與鍾譚當隸圉，文質兩蔽，在乎
　　　偏霸，圖霸不成，齊晉分裂。」（《天放樓文言》卷十）。

晚清詩壇反同光體的言論值得深探，毀者與譽者的心態都可以用來剝解紛雜的晚清詩壇之絲縷。錢仲聯談陳衍論詩內容極少，而以地域、身份、沈曾植因詩見道討論同光體，均非陳衍之義。紀昀〈後山集序〉云：

> 向來循聲附和，譽者務掩其所短，毀者並沒其所長，不亦偵耶？〔註43〕

陳三立〈顧印伯詩集序〉也說：

> 自周漢以來，積數千餘歲之詩人，固應風尚有推移，門戶有同異，輕重愛憎，互爲循環，莫可究極。〔註44〕

門戶同異，各有愛憎是人心所同然，但是對於一個詩派與詩論，成派是一種形式象徵，以詩論詩，所應批判的是該派詩學的內在質素在歷史脈絡中的優與失，而並非詩派中個人的毀與譽。

〔註43〕紀昀：《紀曉嵐詩文集》，（揚州：江蘇廣陵古籍刻印社），頁159。
〔註44〕陳三立：《散原精舍詩文集》下冊，（上海：上海古籍出版社，2003），頁1091。

第十章　結　論
——陳衍詩學之時代意義

　　本書描述兩大背景，一是陳衍詩學，二是清代宋詩論，在兩大背景中提出同光體宗宋之商榷。目前流行的「清代宋詩派」、「宋詩運動」、「近代宋詩派」並沒有確實的義界，何謂「宗宋」一詞尚模糊，陳衍所提出的「同光體」，從其代表著作《石遺室詩話》、選詩之《宋詩精華錄》與《近代詩鈔》、及為詩友所寫的序跋文字整理出的詩學主張，陳衍重視的是詩人主體，此主體的深刻內質是詩人孤寂心境，因擺落利欲而澄澈而真摯的性情。在詩的創作方面，主張學習，但不必學得太肖似，作詩技巧要求掌握承襲宋詩之避俗、生新等。在詩的鑑賞方面，所評賞之詩並非完全是宋調，反而傾向唐音者多。在詩的批評方面，反對以禪論詩，反對身非詩人而論詩。因此，陳衍對於詩歌理論的創作實踐之表述是：以性情為主，精煉於學問，完成於性情與學問之融合，詩的風格主張生新變化與流暢含蓄並存，故陳衍詩學體系表現的詩之思考，所提出的詩論並非是宗宋的詩觀，而是「變宋」的詩觀，因為兼取唐宋，所以同光體不應以「宗宋」視之。

　　然而，「變宋」是否仍不失為「宋調」？唐宋詩各有特色，但唐風與宋調之間有某些摻合揉併的地方，正是陳衍所說「未易言也」。若從一些比較無異議的角度來說，宋詩重思理、唐詩多抒興，陳衍詩

學的總體特徵卻不重理致,對宋詩所取的是生新變化之創作意念,而創新並非無止無限制的作爲,所強調的在「創」,不是「奇」;對唐詩的興寄、流暢、含蓄、蘊藉風格則多所著意,在此,同光體是屬於唐風。在學習前人方面,陳衍的學古主張是有彈性的,因爲如果是極端學古,儘可以在「學杜學韓」上表明不可踰越的強硬態度,無須再提到以「邊際語」寫出,而「無窮新哲理」與「邊際之語」的內涵與江西詩詩派黃庭堅「奪胎換骨」、「師其意不師其詞」的表達模式是相似的,其主張由「法」到「味」的學習過程是一種「深造」工夫,那麼,在這裡又具有典型的宋詩精神。

　　雖然唐宋詩之爭在晚清的重要性已不如清初,但是,如果對時論「同光體宗宋」重新商榷的話,陳衍論詩的傾向是既唐既宋、非唐非宋,而唐宋詩無法也不必二分。如果將唐宋詩以一道彩虹視之,其光譜排列之紅橙黃綠藍靛紫,唐詩以時代在前及典範光環,屬於最前面之紅色,宋詩以新變特色而爲紫色;同光體在這一條光譜中位於橙黃至藍靛色地帶,並非唐詩之紅亦未是宋詩之紫。此即同光體之特色,而陳衍「變宋的詩觀」,在晚清的時代意義如下。

一、陳衍詩學的時代意義

　　鄭珍〈論詩示諸生時代者將至〉詩云:
　　　　從來立言人,絕非隨俗士。(《巢經巢詩集》卷七)
陳衍爲同光體立言人,若立言者非俗的話,所立之言必有特出於當代之意義。陳衍詩學並非毫無缺失,其中有承襲前人的舊調,以及體系不夠完整,這是任何一套詩學觀念必然產生的情況,況且其詩作並沒有完全符合其詩論。然而,有價值的詩學觀念,其時代意義與詩學本身同樣必須重視,陳衍詩學相較於前代可能沒有特別值得大書特書之處,但它有自身特殊性與時代總結性。陳衍詩學置於清代詩學背景中,其時代意義可由三個角度分述:詩之獨立、新舊文學之轉換、重提詩的理想。

（一）詩之獨立

陳衍《近代詩鈔‧夏敬觀》云：

> 劍丞爲皮鹿門高足，今之學人，於詩尤刻意鍛鍊，不肯作
> 一猶人語。……余嘗題其詩稿云：「命詞薛浪語，命筆梅宛
> 陵。散原實兼之，君乃與代興。」蓋喜其能自樹立，不隨
> 流俗爲轉移耳。

可知晚清當時「世有流俗」，夏敬觀是「學人」，表現於詩中有：刻
意鍛鍊、不肯與人同，陳衍讚揚他不與流俗轉移，所以是欣賞其能
自我樹立。「不肯猶人」，足見當時的流俗應足「猶人」模仿。晚清
已至帝制之末，士人不可能不思考中國以及中國文學的前途，一個
觀念若還在爭論，可見問題尚未解決，所不爭者，普遍已成定論。
客觀地說，晚清已不爭唐宋，但是，學界仍習慣以「學問」論宋詩、
清詩人講學問者即爲「宗宋」。然而，陳衍《續編》卷　有云．

> 桂省自米乏學人，至桂尊，振心爲振始治樸學，皆北流
> 人。……桂尊詩絕不規唐仿宋，縱筆所至，語必驚人。

若講學問是宗宋，此言治樸學之人並不規唐仿宋，晚清已不再分唐
界宋是事實。如果仍在爭唐宋，勢必還在唐宋的爭論裡遊轉，遊轉
著以學習唐宋名家爲務、以訓詁考據作詩，並在理所當然的唐宋追
求之中以爲是詩之必然，若此，此勢正所以使清詩轉不出去。晚清
的詩學觀念應該是明晰的，因爲經過前代的論辯，何事不明、何理
不清？關於詩之事、詩之理，清詩人應該比前代更清楚，而流俗所
媚足以扼殺可見與不可見的生機，陳衍主盟晚清詩壇，重點並不在
錢仲聯所謂的標榜聲氣，陳衍的用心，在於他身爲一位主盟者的眼
光與晚清詩壇之作爲。

　　陳衍詩學以詩人性情爲主體，在晚清重提了詩人個性自覺、賦與
詩之獨立性格。陳衍詩學若從「宋詩」角度來看，其實試圖將詩歌從
宋詩理致與學問中拖出來，不再與「理」或「學」有太多瓜葛，所以
宋詩給陳衍的啓發是「學」或「學問」的關注成爲一種作詩態度，否
則詩無詩之自身意味。陳衍不只融合唐宋，亦融合詩與我，其重要性

是：融合唐宋只有解決性情與學問之間如何契合的問題，當以實學的態度作成的「詩」與以詩人性情爲主體的「我」是一種不費力的、觀念上的融合時，古典詩在晚清詩壇的面目始現，此呈現未必是汪辟疆認爲的世變下才具有的眞面目，它可以是任何環境下的詩之自身。晚清詩的自覺內容是什麼？是詩人意識到自我的存在，不論此自我所陷落的世界如何，最能表現自我的文類是詩，所以，晚清詩人「以詩爲性命」，陳衍〈山與樓詩敘〉：

> 西園一生無他嗜好，以師友文字爲性命，長議會十餘年，客死會城，年不滿五十。臨歿所惓惓者，獨此區區心血。嘗爲俯仰百餘年間，殆與武進黃景仁、建寧張際亮，傷心人同懷抱矣。然其詩之瘦硬清摯，視黃、張之爲太白、岑、高者不同，則所處之治亂不同也，黃、張所以牢愁幽憂者關於一身，西園所以牢愁幽憂者，及乎斯世。憂之無如何，詩酒佯狂，遁而爲輕世肆志，若不難樂以忘死者，此又古今文人所不同而同者也。

〈疑始詩敘〉云：

> 陳子伯嚴有詩弟子曰胡朝梁，嚴子幾道有詩弟子曰侯毅，……胡子侯子，皆以詩爲性命。

〈林天遺詩序〉云：

> 余嘗謂樊山一生以詩爲茶飯，無日不作，無地不作，故至萬首。天遺斷自歸里時，不越一紀，足不出其鄉，非亦以詩爲茶飯，所作能夥頤若此哉？

詩友之間以詩寫性命、以詩爲茶飯、寫詩遣生涯，而人間許多死生交情與忱摯心思，均以詩深透而出：

> 堯生……〈憑石遺寄海藏樓〉云：「前歲曾吟鄭君里，櫻花紅白閉禪關。悠悠世事憑翻覆，落落詩流倦往還。誰識心雄萬夫上，無窮事在一樓間。未來天地從君卜，大海潮頭壁立山。」……而讀之使人累欷者，莫如〈讀石遺室詩話記慨〉云：「故人各各風前葉，秋盡東西南北飛。今日長安餘幾個，前朝大夢已全非。一燈說法懸孤月，五夜招魂向

四圍。當作楞嚴千偈讀，老無他路別何歸。」又〈上石遺叟〉云：「我自入山無出理，計難相見只相思。長安如日行不到，前歲傳書今始知。數欹陶江應有宅，一貧匡鼎坐談詩。因風夜下啼鵑拜，并訊人間老帝師。」「老無他路」句，「我自入山」三句，真沉痛矣。「一燈說法」二句，括余十數卷詩話中許多議論，許多生死交情，沉摯心思，出以深透筆力。余既報以五言二首，君復寄數詩，乃令大兒聲暨代報一律云：……。（《詩話》卷十六）

所以，在晚清詩人心目中，詩是「真事業」。《詩話》卷十載陳仁先〈贈念衣并懷左周二丈〉詩：

> 昔從周左爲秋社，長憶先生鄂渚間。
> 今見黃州新句法，更懷青瑣舊朝班。
> 南能北秀天難并，京洛江湖意等閒。
> 料理詩篇真事業，漫辭蕭瑟對江山。

詩之獨立性，乾隆時之袁枚早有說法，認爲詩與書卷、考據、鋪陳無關，《隨園詩話》卷五第三十三則：

> 人有滿腔書卷，無處張皇，當爲考據之學，自成一家；其次，則駢體文，盡可鋪排。何必借詩爲弄？

故袁枚有「誤把抄書當作詩」之語，考據之學可以梳理學問、駢體文可以鋪排，詩實在不必介入而企圖改變考據學、駢體文本色。如果將清詩學視角定在「唐宋之爭」或「以學問爲詩」，是沒有看到詩之獨立。桐城派姚鼐〈與王鐵夫書〉：「詩之與文固是一理」將詩與文視爲一理而出，是詩與文爲一，而陳衍「荒寒之路」、「詩人之詩」從詩人性情的主體提出詩的獨立性。雖然桐城派以文爲主，陳衍談詩，但是看待詩的角度不同。李瑞明〈沈曾植詩學『三關』說〉承錢仲聯之論點，對於沈曾植「三關說」認爲是屬於禪宗的概念，意指修道過程，在思維方法上借用禪理：

> 借用禪理說詩，代指詩家的三種境界或進境，每過一關，每境愈進，如此精進不已。更爲重要的是，無論禪宗，還是詩學，通過此三關，還意味著對人生的層進歷練，這表

現了沈氏的卓識。

所言沈曾植提出「三關」的重要價值是代表了「人生的層進歷練」，此所謂「爲人生而藝術」，沈氏談詩而詩的成分與獨立性亦不多。錢仲聯反對陳衍者，在於兩人對詩的切入點有異，陳衍詩論圍繞著「詩」本位，所以，鄭孝胥與之共創同光體之理念相同，鄭孝胥〈散原精舍詩序〉云：

> 余竊疑詩之爲道，殆未能以清切限之者。世事萬變，紛擾於外，心緒百態，騰沸於內，宮商不調而不能已於聲，吐屬不巧而不能已於辭。若是者，吾固知其有乖於清也。思之來也無端，則斷如復斷，亂如復亂者，惡能使之盡合？興之發也匪定，則儵忽無見，惝怳無聞者，惡能責以有說？若是者，吾固知其不期於切也。並世而有此作，吾安得謂之非眞詩也哉？〔註1〕

「清切」是張之洞論詩主旨，鄭孝胥認爲詩不能以清切爲限，詩人感於外物而作，詩之聲與辭都是「不能已」者，不能已之情不要再受學、道、鍛鍊等的干擾才是「眞詩」。唐宋詩之爭其實是美感價值之重新評估，陳衍力破宋調之餘地，所破者在宋調之學理思致，陳衍的變化融合觀，意謂促成了清代唐宋風格爭論的收場並扭轉爲重新評估詩之獨立。

詩之獨立意識成就了創造的勇氣。不論同光體「不專宗盛唐」或「不墨守盛唐」兩語之間有什麼小差異大相同，陳衍論詩其實並不把焦點放在於哪一個朝代，而在於「創造的勇氣」。宋詩的開創動機是因爲位於唐後，所以開闢難爲，翁方綱《石洲詩話》卷四指出唐詩妙境在虛、宋詩在實，並以盛唐爲唐詩之高點，唐宋詩的基礎本不平衡：

> 若夫宋詩，則遲更二三百年，天地之精英，風月之態度，
> 山川之氣象，物類之神致，俱已爲唐賢占盡，即有能者，

〔註1〕陳三立：《散原精舍詩文集》下冊，（上海：上海古籍出版社，2003），頁1216。

> 不過次第翻新，無中生有，而其精詣，則固別有在者。宋
> 人之學，全在研理日精，觀書日富，因而論事日密。……
> 南渡而後，如武林之遺事，汴士之舊聞，故老名臣之言行、
> 學術，師承之緒論、淵源，莫不借詩以資考據，而其言之
> 是非得失，與其聲之貞淫正變，亦從可互按焉。〔註2〕

宋詩之於唐詩，由於時代在後，基礎地位的不平衡促使宋詩轉而朝
向他方發展，轉向之動機在「宋詩難為」之下別闢新途，可以說，
在此動機下的宋詩新途，反而因為它的動機限制，故踰離詩之抒情
寫意、心聲傳達等特質愈遠，它努力用另外一種特質取代唐詩已說
盡的部分。陳衍亦認為好詩已被唐人說盡，但是他並未有別闢蹊徑
之說，而是在詩中求生機，陳衍之意仍回到詩本身中去。《詩話》卷
十云：

> 余謂吾輩生古人後，好詩已被古人說盡，尚有著筆處者，
> 有無窮新制哲理出，可以邊際之語寫之也。

陳衍並未說明什麼是「以邊際語寫新哲理」的內涵，但此論承陳仁
先論詩而來。〔註3〕陳仁先所論是宋理學家詩，從邊緣說理以入是
使說理詩不腐之法，故陳衍論詩之以邊際語、「淺意深一層說，直意
曲一層說，正意反一層說、側一層說」（《詩話》卷十六）、才又關學，
其實都在取消唐宋詩對立，不必再困於從「唐」、「非唐」之宋，以
及「學」、「不學」的兩個對面抵制，陳衍據以說明好詩雖已被古人
道盡，而「尚有著筆處」是對詩的表現力之信心。所以，當清人感
嘆「宋人生唐後，開闢真難為」時，而陳衍對於「生古人後」覺得
值得慶幸，其〈復趙堯生書〉云：

> 生古人後，有不幸焉，亦有幸焉。今人所知，古人先已知
> 之，今人所欲言，古人先已言之，此生古人後之不幸也。
> 然事物之理，日出而無窮，體會之神，日入以無厚，古人

〔註2〕《清詩話續編》第二冊，頁1428。

〔註3〕《詩話》卷十：「仁先論詩，極有獨到處。……讀蘇詩有悟，以極邊
際之語，達極圓滿之理，乃妙。否則如程、邵之作，不免腐氣，且正
面說理，亦并不能圓滿。」

　　　　所未及知未及言也，善言者，最古人所以言之法，棄取變
　　　　化而言之，則生古人後之幸耳。〔註4〕

面對一個似乎沒有辦法改變的局面，陳衍對詩的觀念，表現出一種
相信創造力的勇氣。

　　從歷史演進看晚清，它已走近因新時代與新文學將壓至而古典
詩弱之勢，陳衍並未在此弱勢下對古典詩失去信心，不能說陳衍不
談新體詩是落伍，畢竟他所接觸的詩是古典詩，詩在晚清而言即是
古典詩，因為民國前後的詩人所受到的詩之薰陶仍是古典詩。談論
古典詩卻在新文學逼進之下被視為落伍，則陳衍詩學更展現了創造
的勇氣。Rollo May 著《創造的勇氣》（"The Courage to Create"）
指出「什麼是創造力」：

　　　　它的真正形態是「促使新東西存在」的一種過程。……他
　　　（案：柏拉圖）認為，這些詩人與其他創作者，都是表達
　　　了「存有」（being）本身的人。以我的話來說，他們是擴展
　　　了人類意識領域的人。他們的創造力是一個人活在世界
　　　上，為了滿足自己的存在而展現之最基本的作為。〔註5〕

西方心理分析學將創造力的理論化約為窄化的「神經症」，視為「為
了保護自我而後退」的歷程，Rollo May 則提出創造力未必然是神經
症的產物。對於「何謂勇氣」，引述齊克果、沙特等人的宣稱：

　　　　勇氣並非取消絕望，而是意指：即使絕望伴隨在身邊，也
　　　有繼續前進的能耐。〔註6〕

勇氣也不是依仗頑固的態度來維持或以魯莽去混淆從前的怯懦，它
要求在生命中確立核心，以落實存在與成長。陳衍在晚清中國文學
新舊交替之際談古典詩，他面臨時代變局與新學之下，展現古典詩
在接受檢驗後，一種並非取消絕望的勇氣，而以古典詩的獨立性之
創造的勇氣接引民國以後的新文學。所以，同光體不必是唐宋詩之

〔註4〕《陳石遺集》上冊，頁 575。
〔註5〕Rollo May 著"The Courage to Create"，傅佩榮譯：《創造的勇氣》，
　　　（臺北：立緒出版社，2001），頁 41～42。
〔註6〕同前註，頁 3～5。

爭中的「宗宋」。

　　晚清詩學不在唐宋之爭，而在融合唐宋以成清詩自己的獨立特色。晚清對其前代的輝煌之詩所作的選擇是融合，大多數詩人都「兼取唐宋」，不同者在兼取的方式或所取之淺深重心各異。葉燮以「地之生木」比喻唐宋詩，在「體用觀」上說一棵樹之有根有枝、花開花謝，則中國詩史只成一棵樹；詩之獨立性，自《詩經》以後各代之詩，不必同在一棵樹上，漢、魏、六朝、唐、宋、元、明、清均可各自爲一樹，而各自有根有葉、花開花謝、花謝復花開。晚清所出現的詩歌流派，或以宗漢魏、宗唐、宗宋的立場，作爲一種自立範疇，目的在從《詩經》至明詩的領域中，擇取途徑，以明立場。所以，同光體的總結意義在全盤整理詩歌傳統，開出一面新局，此新局不是一人一派獨居擅場，而是重新洗牌，規劃古典詩歌該如何面對新文學並呈交一份別具新意的報告書。

　　晚清藉由爭唐宋過渡到新舊文學之爭。同光體雖以古典之姿立足於中國詩壇，但是其詩學觀念是五四新文學運動新詩的過門檻。

（二）新舊文學之轉換

　　清初詩壇以摹擬唐詩之「陳熟」爲復古，故提倡宋詩者爲務趨奧僻、追求「生新」之「反復古」，將晚清同光體視爲「宗宋」者又云同光體「復古」，則此時宗宋是「復古」的，那麼，宋詩在清代可以同時被看成復古與反復古，這樣的宋詩矛盾，暗示晚清唐宋詩之爭其實已從爭唐宋悄悄過渡到爭「新與舊」了。新舊文學所爭者也是內容與形式問題，只是唐宋詩之爭的性情與學問尚包含在古典文學範疇中，新舊文學所爭者已牽涉非中國舊有的詩內容與形式。在對應前代的條件下，同光體宗宋是「復古」，在對應摹擬唐詩的條件下，同光體宗宋則是「反復古」，兩者都是往後看而結論相反，但是，如果往前看，倒不如說陳衍「學人詩人之詩合」以融合性情與學問之間的關係，而接軌中國詩壇之新文學的來臨。

　　唐、宋兩代是中國古典詩歌發展的高峰，清代有再度反省啓自

南宋嚴羽的唐宋之爭之風潮，歷經元、明、清初、盛清，直至晚清，似乎公案未了，依舊稍有絮絮叨叨之語。在錢鍾書的「天下有兩種人，斯分兩種詩」語下，成為當世公論，但是，除了唐宋詩非關時代，而是風格之異外，還有一個問題必須在晚清唐宋詩之爭中看到的，就是唐宋詩之爭從爭唐宋遞變為「爭新舊」。近代所謂「新」，多以詩界革命為說，詩界革命之宗旨本在革古典詩之命，陳衍的「新」卻與詩界革命不同。清詩的困難和宋詩相同，其實都有著時代的無奈，趙翼〈連日翻閱前人詩戲作效子才體〉云：

> 古來好詩本有數，可奈前人都占去。（《甌北集》卷三十五）

〔註7〕

陳衍詩學試圖說明在唐宋兩代高峰之後如何寫作古典詩歌，其詮釋方法是從肯定詩歌之表現真實自我開始，透過學習的鍛鍊，綜合唐詩蘊藉情韻、宋詩力破餘地的衝刺下，融合成一股新成物，此新成物是同光體在晚清以至近代詩壇沒有被觀察出來的形象，更值得注意的是，陳衍「新」是在舊學的範疇內生出來的新的精神結構。但是，縱觀近代文學史，陳衍之受到近代詩評家詰責，卻在於同光體形式內容兩方面仍在使用「舊」的東西，並未接納所謂新思想，問題是，如以這個標準看同光體，詩界革命也是「舊」（形式），何以同光體與詩界革命有差別待遇？

陳衍之「新」乃運用「變宋」方式，提示不要再以唐為宗，不墨守盛唐同時又不崇尚江西，正蘊釀出中國古典詩的「新詩境」，但是此新詩境不同於詩界革命的使用新名詞之新，陳衍並不反對新名詞入詩（例如：飛機、鐵路、照片、留聲機），但是新名詞入詩，陳衍所取者是「以前未之見」的「新」的意義，可惜此新詩境並不能以什麼特殊形式或內容表達出它的實際意識，它是一種已不再被傳統影響與塑型的自己的詩之意境。陳衍詩學顯示一開放空間，呈顯他對傳統詩歌發展到晚清時的一種「非取消絕望」之理解，以及自

〔註7〕《趙翼詩編年全集》第三冊，（天津：天津古籍出版社，1996）。

「不墨守盛唐」反射回去對宋詩的接受程度（接受一部分宋詩），當相信傳統具有包容性，而非排他時，傳統方有能力發揚自己。

　　假設同光體是晚清詩壇的代表性據點，陳衍詩學所給予的是一個足夠的開放空間，由於同光體對古典詩的解脫，預留五四新文學的新詩之餘地。中國新詩的形式在胡適《嘗試集》確立，但是在胡適之前，中國詩的形式始終運用舊形式，即使如詩界革命之改革還是使用舊體形式寓「新思想」，其「新」其實是詩之語詞使用西學名詞的意義。錢仲聯〈論沈曾植〉一文，所推崇沈曾植者，也在於題材、內容上的運用：

> 在學術上，要求探索西方科學，研究西北、南洋的邊陲和域外地理等等，主張「中學爲體，西學爲用」。……至論詩與繪畫、宗教的相互關係問題，更可以給研究我國古代文藝史者以新的線索，他說：「密宗神秘於中唐，吳、盧畫皆依爲藍本，讀昌黎、昌谷詩皆當以此意會之。顏、謝設色古雅如顧、陸、蘇、陸設如與可、伯時，同一例也」；論開元之盛，也以文學與書法繪畫等藝術作聯繫考察，指出它們「盡華、竺變通之用」，「爲通變復古之中權」。這些見解，顯然不是舊時代一班的詩文家所能道的。〔註8〕

同光體所開放的一個不只題材上使用新名詞的新境，尚包含詩的作法、態度、觀念之不再墨守盛唐的「新」，此新是精神結構，它不是某一種限制，這樣的開放意義使得同光體的影響從晚清延展至民國，民初詩人的詩歌觀念的創新是同光體意識而非詩界革命的，易言之，陳衍之「新」不指內容亦不指形式，是作詩的「意念」之新。

　　貴今賤古與貴古賤今均是相對的偏見，大力讚美龔自珍、魏源與詩界革命之餘，何不認眞審視被目爲復古餘毒的同光體？新不一定好、舊不一定不好，反之亦然。如果首先認定同光體是舊的復古，在西學傳入的近代詩壇局勢底下，陳衍何苦傾力著作與選輯「古典詩」的實際努力，如果姑且讓我們解讀陳衍心態，他身在詩壇，又是歷經

〔註8〕錢仲聯：《夢苕盦論集》，（北京：中華書局，1993），頁437～442。

清末民初時代，難道不明白復古的大勢已去嗎？反之，如視同光體爲
一個獨立存在的個體，就有可能出現其自身的意義。近人論述中國與
中國現代化，著眼在對西方現代化的吸收與反芻的過程，然而，中國
文學內部是否可能有自身轉變的運轉機制？如果承認一個文化有自
身的反省能力，答案應該是肯定的。所以，從中國古典詩來看，陳衍
詩學之「精神結構」基礎於焉所在。

陳衍的「新」不是舊的相反義，以題材而論，並非寫當世題材即
爲新。但是學者多以詩中題材之是否表現時代「亂離」爲準而從事批
評，陳衍《續編》卷四評：

> 星樵詩多亂離之作，……〈癸酉紀事〉云：「壘在始知兵善
> 走，民窮翻冀賊生憐。」〈贈陳任之〉云：「烽火光陰愁裡
> 過，淒涼詩卷客中看。」……〈移居奉直會館後園〉云：「借
> 得園林屋數楹，不妨久客寄浮生。夕陽紅作可憐色，池水
> 綠含無限情。芥芥乾坤自烽火，滔滔歲月任殤彭。閉門便
> 是神仙境，敢向哀鴻說避兵。」……

題材爲亂離之世，但更重要的是「隨便說來，多未經人道語」，陳衍
所重在以尋常習見語再創未經人道語，這是陳衍對於詩意「新」的界
說。反觀晚清不論新舊學家均重視學問，但新學與古書之間的意味仍
有本末高下：

> 侯官嚴幾道先生，每教人以瀏覽古書，熟精西文，爲研究
> 新學之根柢。(《詩話》卷六)

嚴復是清末民初主張新學者，視古書爲新學根柢，其內心深處對於
古典依然有深切想念。而光緒中期以後，中國詩壇並駕齊驅的是同
光體與新派詩，由於唐宋詩之爭遞變爲新舊文學之爭，所以同光體
因爲「宗宋」之復古在民國以後備受指責。陳子展《中國近代文學
之變遷》〈詩界革命運動〉認爲黃遵憲成功的緣故有三：一、取材豐
富，二、以作文之法作詩，三、他想做到「我手寫我口」，不避流俗
語。〔註9〕但是，細思這三點，不正是宋詩已具之「特色」，何待黃

〔註9〕陳子展：《中國近代文學之變遷》〈詩界革命運動〉云：「想在古舊的

遵憲？爲什麼以「新派詩」看待黃遵憲則爲進步、以「宗宋」看待同光體則落伍？

　　可以說，晚清貶「同光體宗宋」其實在貶中國舊學。《晚晴簃詩話‧黃遵憲》：

> 公度負經世才，少遊東西各國，所遇奇景異態一寫之以詩，其筆力識見，亦足以達其旨趣，子美集開詩世界，爲古今詩家所未有也。〔註10〕

陳衍《詩話》所錄詩，友朋之間的唱和外，行遊山水作品極多，詩人寫下所游之山水與自我感懷，但是與黃遵憲對照，黃遵憲「所遇奇景異態一寫之於詩」爲「筆力識見」，而同寫所遊山水，只是所遊在國內者，則被批評家視爲牢騷滿腹、寄愁言愁，絲毫沒有價值。因此，當時推崇黃遵憲詩，詩界革命開啓的詩之「新局」，關鍵就在於他所寫的「東西各國」山水了，陳衍《詩話》所錄之山水詩寫的是中國山水，晚清出使外國的詩人寫外國山水，後者是新詩，前者則爲舊，這裡面揚西抑中的思想是不言可喻的。無人看到同光體的「新意」，反而因爲被指斥爲宗宋復古而代罪了新學進入中國的首當其衝之犧牲，有同光體「復古」的對照，詩界革命或維新派之新學才有了價值。

　　以詩中「新思想」而言，晚清維新派、改革派詩，在今日看來，當年改革派醉心的所謂「新名詞」入詩，閱讀起來多少也頗覺齟齬，詩的價值似乎不能以詩的內容之「新」作爲標準，因爲「新」的意義難以持平，所以，是在詩人表達能力的問題。例如，晚清詩人普遍傾心佛教，佛語道學或風花雪月非不能入詩，而在於表現能力與寫作追求，詩若能以平常語詞寫悟道，表示佛道經由詩人體悟後，可以成就一種藉由尋常語言表達出來的能力，風花雪月亦同。觀之沈曾植以佛語寫詩，但只表現學問，並未將釋家清寧深曠之境融合於詩，再以非

詩體範圍中創造出詩的新生命，譚、夏不過揭竿而起的陳勝、吳廣；黃遵憲即不能成爲創業垂統的劉邦，以他的霸才，總可以譬於『力拔山兮氣蓋世』的項羽。」，（上海：上海古籍出版社，2000），頁16。

〔註10〕《清詩匯》下冊，頁2753。

艱深之語表達，完成表現自己、也達成與讀者意會融通。陳衍《詩話》所錄山水行遊詩極多，此選錄可說明其意圖所嚮，多錄山水詩、自己喜行遊亦喜寫作此類詩，其想法不是以山水逃世，而是以山水拓詩境，所以，如果詩界革命必以新名詞、新思想去改變詩至晚清已呈陳腐酸舊的敗象，陳衍所主張的是詩人自身意想的改變。行遊江山可以滌洗胃腸，由心的滌洗爲出發點，重新再造詩歌創作的心靈，未必是在創作技巧上的滌洗，所以陳衍並不特別強調宋詩，因爲宋詩所重在以新的寫作技法調整詩的面貌，就這一點來說，詩界革命所倡，採取的方法才是宋人所思考的方式，即：同樣面對一個必須革新的詩界，其啓示的革新途徑在創作方法上。晚清不只承襲唐宋，甚至位於古典制度之末，多數維新派人士均從「不與前代相似」的基礎去考量文學、社會、制度等問題，所以，除了漢魏六朝詩派、中晚唐詩派之「非盛唐不爲」外，反復古者都在從事改良，思以成就新的文學，陳衍由於從來被誤解爲「宗宋」，因此被歸類於復古。但是，在梳理陳衍詩學之後，陳衍雖然不能免於被時代要求創新的命運，但是，其詩學以「新變」爲主要焦點，而察考陳衍「新變」的內容，並非是宋詩相對於唐詩所力尋的改變出路，換言之，陳衍的新變脫離了技法追求，其所注重的「別創新意」是返回要求詩人內在的修練，此修練在很大程度上是「心態」的修行，而非詩的技法鍛煉。

在陳衍的時代，新舊文學之轉換又牽涉文學該何去何從的問題。從寫作背景、詩歌表現、詩人詩觀來看，沈曾植、鄭孝胥、陳三立三人或多或少以他們人生的困境寫詩，只有陳衍泰然接受影響詩歌的重要因素——世變，並在世變壓擠下，依然以開放態度承認詩的自由，並肯定詩歌主體在詩人，而詩人主體在：面對外在世界時的一種不悔不改之眞摯。所以，晚清，比較上而言，陳衍冷靜看待位於唐宋之後那個必須改變的詩，以及冷靜地說明此時的詩該何去何從。

聞一多〈文學的史動向〉：

> 從西周到宋，我們這大半部文學史，實質上只是一部詩史。

但是詩的發展到北宋實際也就完了，南宋的詩已是強弩之末。就詩本身來說，連尤、楊、范、陸和稍後的元遺山似乎都是多餘的、重複的，以後更不必提了。我們只覺得明、清兩代關於詩的那許多運動和爭論都是無謂的掙扎，每一度掙扎的失敗，無非重新證實一遍那掙扎的徒勞無益而已。本來從西周唱到北宋，足足二千年的工夫也夠長的了，可能的調子都已唱完了。……從此以後，是小說、戲劇的時代。〔註11〕

如果詩的「可能的調子」都已唱完了，以後是小說戲劇的時代了，這樣的說法，是把藝術表達的可行性，以「形式」的孤掌來框定而已。民初維新人士基本上認定詩有特別的形式與內容，即：詩只能談風說月、細述心事、再現山水風塵，所以，二千年調子必已唱完而有待於小說戲劇，但是，不論詩、小說、戲劇，所蘊含的內容都是人性的所有可能，在內容上是大致相似的，只是它們所據以表現的形式不同。既然首先認定詩的特別，詩又何必再與小說、戲劇互相比秤？而，詩的可能調子如果都唱完了，同樣的，小說、戲劇的調子應該再唱什麼呢？

中國新詩真正的變革在五四以後，因為它開始以不講平仄押韻、散行方式為取向，而內容上，幾千年來不變，凡人生的所有一切都曾是詩所充盈的內容。所以，若言變革，有兩種做法，一是必須拋開「古風格」以及古格律，例如蔣智由〈盧騷〉詩：

　　力填平等路，血灌自由苗。文字收功日，全球革命潮。

此詩形式是「古」絕句，思想是「新」理想，而此詩是否具備「古風格」就可能大有異議了。第二種方式則為「創新詩意」，這一種無需膠著於形式或內容，而可以用一種觀念，即改變向來對古典詩的要求典範開始。朱庭珍《筱園詩話》卷二云：

　　本朝漢學最盛，皆經術湛深，考據淹博，宗康成而不滿程、

〔註11〕　《聞一多全集》第十冊，（武漢：湖北人民出版社，1994）。原載《當代評論》第四卷第一期，1943 年 12 月。

朱，詩文則非所長也。〔註12〕

當晚清內不以詩而以經術考據自重，外以吸收西學，連詩歌也要從根翻耘，改以西方名詞寫詩時，陳衍提出的同光體是晚清詩壇的一個改觀，就是不必流連古代或爲了復古而自卑，也不必爲求改革而棄守古典。程亞林《近代詩學》評論黃遵憲，說：「他的『別創詩界之論』就是要求詩歌口語化、自由化、當代化。這已朦朧地描繪出了白話自由詩的輪廓。這正是他的詩論對近現代詩學的最大貢獻。」〔註13〕陳衍開拓的是詩的創作意識，在宋詩的「創新」特徵上開拓，徐復觀〈宋詩特徵試論〉一文云：

> 從素樸平淡的基線去開擴詩的境界，這是由梅堯臣、蘇舜
> 卿、歐陽脩、王安石，中經東坡、山谷以至最後江西派的
> 四靈、江湖，是沒有分別的。這是宋詩特徵的基線。〔註14〕

宋詩特徵的基本路線是「開擴詩的境界」，陳衍身處晚清末代，其詩學觀念從宋詩之「創新」而來，只是他不斤斤於形式或內容之新，是詩之「意」新，又再進一步，是「態度」之新，在這一點上，它避開了詩界革命舊形式與新內容的抵觸，也成就了不必復古的追尋。《續編》卷四：

> 余序纕蘅癸酉登高雅集詩，言過重三重九必有集，集必有
> 詩矣，難在意不重複，語皆得體。

題材內容重複沒有關係，重要的是「意不重複」，此亦爲陳衍「新」意。陳衍詩論因「變」而「新」之新，不是詩界革命所提倡的新名詞的內容，而是以舊形式仍寫舊詩歌，只是創作的意念是新的，此新是：態度上的新，所以陳衍主張以平常語詞寫未經前人道之語，〔註15〕亦即意新。比較之下，王闓運、易順鼎與樊增祥沒有「新」

〔註12〕《清詩話續編》第三冊，頁2351。
〔註13〕程亞林：《近代詩學》，（長沙：湖南人民出版社，2000），頁135。
〔註14〕徐復觀〈宋詩特徵試論〉，《中華文化復興月刊》第十一卷第十期。
〔註15〕陳衍主張「每於常處見清新」，《續編》卷三錄其門人形容其師之詩：
「振心詩稿，在余處者，尚有可摘佳句。……〈呈石遺師〉：「公詩獨造原無法，我語平心儗或倫。羞與時賢共窠臼，每於常處見清新。

的觀念，陳衍有，但是又還不似詩界革命的專指西方思想，陳衍在
傳統中談「新」，不同於晚清民國之間的維新人士之「在新中談新」，
後者導致中國文化在近代世局的不白知的消亡，以及對傳統失去信
心的在列強中節節敗退。所以，陳衍評閨秀詩之弊：

> 閨秀能詩者，多未深造，以眞肆力者少，脫不了女兒口氣
> 也。同邑劉秀明有〈都門出遊遇雪〉云：「花飛六出畫漫漫，
> 踏遍瓊瑤不畏寒。梅爲爭春新璀璨，松堪耐冷老盤桓。得
> 時自覺平吳易，乘興何嗟訪戴難。且趁良辰娛美景，慢將
> 高臥學袁安。」次句有易安居士在建業城上披簑戴笠氣象，
> 後二聯有議論，與但工寫景者不同。……〈七夕後二日風
> 雨大作即事有感〉云：「忽似驚濤半夜生，天公慣作不平鳴。
> 雨摧電桿燈無焰，風震山樓壁有聲。大木拔教橫逕臥，飛
> 花捲向隔牆索。幾多茅屋無乾土，愁倚危床坐到明。」竟
> 有杜陵懷抱，誰謂女人不可作丈夫語耶？(《詩話》卷三十一)

女子由於生活環境限制眼界，故陳衍認爲閨秀詩之弊在於沒有深
造、格局小，所以讚賞閨秀詩之有議論、有懷抱者。這樣評鑑閨秀
詩，可以看出：陳衍所重在眼界之開闊而非貶低女子人身價值，丈
夫語即丈夫氣，丈夫氣即四方之志、拓展的眼界。以「開拓」觀點
來看，陳衍處於晚清末年，其詩學主張有別於一味以西學爲尙而開
啓五四新文學運動之潛在契機。

（三）重提詩的理想

　　晚清詩不是衰落的。以詩人主觀意識而言，宋代詩人以詩爲茶
飯，例如晏殊、陸游、楊萬里詩作之多，足見其用力於詩之熱忱與努
力，而晚清詩人更以詩爲骨肉，其視詩之價值更爲深刻。陳衍詩學與
當時的流行詩話相較，並無明顯尊唐或抑宋，也沒有強烈情緒化意
見，陳衍比較冷靜看待「詩是什麼」問題。
　　宋詩是有別於唐詩之外的一個典範，清初至盛清尙在此唐典範

旁人錯比陳無已，肯作江西社裡人。」

與宋典範之中爭論哪一種典範將成爲被選取的標竿。時至晚清，典
範的追求意念鬆散了，陳衍的同光體架構了非典範的意識重建；典
範的追求是一種由外圍向中心點靠攏的聚集，非典範的提出則是從
中心位置向四周幅射的游離，所以，陳衍提出的詩論，若以「點」
來看，被學者誤解爲復古的傳統，「同光體宗宋」成爲典範的「流行
答案」，但是卻恰恰相反地，從古典詩論脈絡的「面」的角度來看，
「新」不一定要從「反傳統」中去建立，〔註16〕此意義上的同光體
是非宗宋、非典範之建構，使這一支位於古典詩學之末的詩體向未
來展開了創新與接受的可能，於是下啓民國八年的五四新文學在中
國近代文學史面對典範時可以鬆動的可能。

　　所以，陳衍並沒有提出一個詩最高的審美標準，四要四弊只是
「救濟之法」，它是開放性，陳衍亦未固守一種特定。陳僅《竹林詩
話》說到一種「混沌盡死」的局面：

　　　　宋人之論詩也鑿，分門別式，混沌盡死。明人之論詩也私，
　　　　出奴入主，門戶是爭。近人之論詩也蕩，高標性靈，蔑棄
　　　　理法，其下者則摘句圖而已。〔註17〕

宋、明、清三代說詩，都難逃「說死」之勢，而講究詩法，非宋莫
屬。所謂「鑿」，陳僅答「說詩之道」又云：

　　　　說詩當去三弊：曰泥，曰鑿，曰碎。……厭舊說而求新，
　　　　強古人以就我，謂之鑿。〔註18〕

相較之下，陳衍爲晚清詩勉力爭取一種趨中之道，即不講虛飄也不
求澀硬，故陳衍反對神韻、不錄禪詩，與沈曾植追求僻典生澀漸行
漸離。

　　陳衍詩論從唐宋詩之爭、新舊文學交替的脈絡中，重提「詩是什
麼」的問題。徐復觀〈宋詩特徵試論〉一文云：

〔註16〕「創新」的典範通則，經常是以「反傳統」的方式產生。錢仲聯：《近
　　　　代詩鈔·前言》說：「近代最重要的詩派是詩界革命派。」理由正是
　　　　因詩界革命之「反復古」。（上海：江蘇古籍出版社，2001），頁19。
〔註17〕《清詩話續編》第三冊，頁2251。
〔註18〕《清詩話續編》第三冊，頁2253。

　　我在前面以「熟練的感情」解釋宋詩的主意，但天眞的感
情的自身，即是藝術性的，而熟練的感情，便含有反藝術
性的因素在裡面。我的推測，黃山谷一生的努力，是要在
「非詩」的方向中，做出更眞的詩，要在含有反藝術的因
素中，創造出更深的藝術。〔註19〕

據徐復觀所言：黃庭堅所代表的宋詩，是要在「非詩」中做出更眞
的詩，陳衍並不採取這樣一條「非詩」之路，而是回過頭來再走「詩」
的路，不只在「傳統」中做出「新」詩，「在詩中」做出眞實的詩。
所以，陳衍《詩話》與詩論若震動晚清詩壇的話，即重提理想的「詩」
之討論。綜合陳衍詩學所呈現的詩的理想約有本色、樂趣、寄託二
要旨。

　　龔鵬程〈論本色〉一文對「本色」有詳細解說，本色指藝術上
的成規，代表公眾的語言社會標準，合乎本色就被視爲正常、不合
本色則不正常。〔註20〕文學創作是對語言的開發重塑，故語言可以
被摧毀破壞而重建，本文所言的本色是不論詩創作過程中，語言如
何被破壞重塑之後仍與詩俱存者，亦即陳衍所說的「精神結構」。詩
之本色，具體言之，即詩人性情，它不必依附什麼事物才能表現，
也不必從書典釀出才是偉大，從詩人之心眞誠出發者，詩必能動人。

　　詩是什麼？是一種可以得到樂趣的創造過程。當寫詩是一種精
神結構或精神狀態，才能不計詩題、詩料、詩機的一種混成，而此
混成之樂則自得於詩人，不論「一吟淚雙流」或「撚斷數莖鬚」或
「如萬斛泉源，不擇地皆可出」都是詩人自覺的樂趣，不論詩的內
容形式如何改變，這是詩自爲詩而必須自我成就的，所以詩作、詩
人同時被陳衍所優先關注。陳衍不喜苦澀之詩，因爲使人讀之不懂，
所以，詩之樂趣，除了詩人自得外，亦須兼顧閱讀者，陳衍的「荒
寒之路」並不是教人走入生命的絕境與哀愁，其論詩之樂趣兼顧創
作者與欣賞者，所以，詩之傳與不傳亦在陳衍選詩、錄詩的考量中，

〔註19〕徐復觀〈宋詩特徵試論〉，《中華文化復興月刊》第十一卷第十期。
〔註20〕龔鵬程：《詩史本色與妙悟》，（臺北：臺灣學生書局，1986），頁110。

詩的樂趣是一種共創的溝通欣悅，不獨詩人自賞自得。

　　一九一三年三月初三日，梁啓超於北京西郊之萬生園聚友修禊作詩，陳衍有和詩，並作〈京師萬生園修禊詩序〉云：

> 今歲爲永和後二十六癸丑，海宇騰沸，四裔交軼，視永和
> 殆有過之。南北諸君子其未忘右軍經世之志，與脫屣塵壒
> 之本心者，感遇不同，所以寄託其感遇者同也。〔註21〕

從東晉永和癸丑山陰蘭亭之會聯想到今日之會，千百年後之詩人感遇不同，而所以寄託感遇者同，此即以詩寄託的永世價值。

　　「不墨守盛唐」是同光體之宣言，本來具有開闊性意義，此語是對外開放的，不僅對「不墨守盛唐」開放，也對「墨守盛唐」之外者開放。陳衍在此開放中維持詩的抒情特質並開啓創造的勇氣，但沈曾植的「三關」之強調以經史、以佛語入詩，以及陳三立努力繼承黃庭堅的生澀艱僻，變成詩的表達能力之挑戰，沈曾植與陳三立所偏離之同光體本義，在於其創作必須等待特殊的理想讀者。詩必須有寄託，寄託若是一座橋樑的話，此橋必須是創作者與欣賞者共同能使用的，它不能只讓其中一方過橋而對方卻望橋興嘆而回。所以，一首詩需要考量的，還包括是否只能等待特殊的讀者。錢仲聯《夢苕盦詩話》第八十則評論沈曾植：

> 沈乙庵詩深古排奡，不作一猶人語。人謂其得力於山谷，
> 不知於楚騷八代，用力尤深也。才學所溢，時時好用僻典
> 生字，更益以佛典。有包舉萬象之力，故不覺其瑣碎。確
> 足震聾駭俗，而人亦不能好之。與散原齊名，而後輩宗散
> 原者多，宗乙庵者絕無。有之，僅一金甸丞蓉鏡，亦不過
> 得其一體。豈以其包涵深廣，不易搜窮故耶？然用此知乙
> 庵高於散原矣。〔註22〕

錢仲聯認爲沈曾植詩好處在「包舉萬象」，但事實上「人不能好之」，這兩種情況正是有橋不能過的憾恨，因爲詩人創作，除非甘心作一

〔註21〕《陳石遺集》上冊，頁518。
〔註22〕《民國詩話叢編》第六冊，頁204。

隻孤獨的夜鶯，在漆黑的夜裡唱著孤獨的歌，否則，與他人達成共鳴是創作的潛在需求，如今，他人不能好之，則其作品的包羅萬象或種種好處，是缺憾或是快慰呢？錢仲聯也指出，沈曾植之追隨者僅金蓉鏡一人，並且只得沈曾植一體，「包涵深廣」是沈曾植的特色，錢仲聯據此而認爲沈曾植高於陳三立，故知錢仲聯只重「深廣」而不顧橋樑之可行與否，這也就與陳衍重視詩之流傳、人人易懂的理念念漸行漸遠了。

陳衍詩學與詩作，並不以奇險怪絕爲勝，陳衍與鄭孝胥所預設的理想讀者是可以走在作者所搭建的橋梁之上，並悠然來往者。所以陳衍不主張生澀冷僻，詩之寄託應「寄託」在使人能懂的條件底下，《石語》云：

> 陳散原詩，予所不喜。凡詩必須使人讀得、懂得，方能傳得。散原之作，數十年後思慮過問者。早作尚有沈憂孤憤一段意思，而千篇一律，亦自可厭。近作稍平易，蓋老去才退，并艱深亦不能爲矣。〔註23〕

陳衍認爲詩之最終在於傳與不傳，而這個「傳」並非欲想偏霸的意義，是在使人讀得、懂得、寄託得，所以，詩需要與人溝通才能顯其存在價值。陳衍論詩，在社會意義上，何嘗不是將詩從士大夫階層往下放，是一種人文精神的窗口移轉。

錢仲聯〈怎樣研究清代詩文〉指出：

> 一代有一代突出的有代表性的新興的文學體式，這當然是事實。但問題該看全面，新的文學體式登上文學舞臺以後，並非是原有的文學體式便一定無發展餘地，便不可能有傑出的作家作品出現，原有的文學體式便不可能反映時代現實。〔註24〕

此論強調對文學問題應採取全面論述，但錢仲聯又以「時代現實」爲最終考量。許多學者主張能表現人民困苦、民生血淚、吏治黑暗爲內

〔註23〕錢鍾書：《錢鍾書集·石語》，（北京：三聯書店，2001），頁7。
〔註24〕《夢苕盦論集》，頁165。

容者，爲詩之上品，莫非這是另一種極端，現實可能是文學作品的唯一現實嗎？而民生血淚是否即是文學的唯一現實寄託？不容許詩人在作品中以各種視角觀照人生、昇華苦悶無奈，反而又是轉入一個隅限的範限，風月花鳥何嘗不是詩人的現實。所以，錢仲聯提出一個看法，同時也限制住了此一看法自身。

二、結　論

　　從陳衍詩學的時代意義，本書提出清詩有自己面目，清詩之集大成是因爲它展現了能容、能思辨的肚量，清詩何至於宗唐宗宋、非唐即宋？清詩可以有自己的時代特色。晚清複雜的詩壇如果是一個謎團，謎團之所以是謎團，因爲後人接受了典範的流行答案，江西詩派作爲一個典範結構而成就宋詩宋調，陳衍無意區唐分宋，那麼，「不墨守盛唐」意謂著不需宗唐亦不必宗宋，同光體不宗宋亦不宗唐，清代詩學毋需從唐或宋去看待，因爲清詩有自己。

　　在近代詩壇，陳衍比較冷靜地看待詩的問題，願意回到詩的基本面。唐詩之後，詩必須爲自己尋找出路，所以，宋詩以「新變」轉換跑道並呈現自己的特色。時至清代，經過宋詩的別意創新，清詩再度於歷史流轉中，回眸詩的審美感受之重估，此時，宋詩的陌生之美雖被再度敘述，但畢竟是一種典範的重造，是覆述的。清代的宋詩觀承襲唐之後的新變代雄價值，在新變才能代雄的觀念下，清詩論家所看到的宋詩並未脫離在技巧上以各種「不與唐詩同」的要求而創作，所以，清代所謂宋詩，在這一點來說，的確就是宋的詩而不是清代的詩。至少，陳衍所欲反轉的，方法上仍以宋詩作爲唐詩的對立面而企圖以創新的理念，寫作清詩。清代以宋詩面對唐詩的方式存在，所以唐宋之爭成了檯面上的問題。

　　然而，一代有一代之詩，清詩如果只追隨宋之對立於唐的意義，到底並未發展出自己的特色，則清詩何必是清詩而存在？時至晚清，陳衍提出的同光體，其詩學思求在舊有的宋詩意義中突破，新與變依

舊是陳衍詩學的重點，但是，陳衍的同光體新變意義不同於清代宋詩觀念的舊式──為了反唐──的新變，陳衍提出在詩自己的本色之中新變，所以，不必以驚人之語作不休的奮鬥，所以，詩是荒寒之路、是自家性情、是實在的一件事情。

　　晚清少有詩人願意以比較透近詩的內部的態度為一詩派立言。王闓運雖列名漢魏派，提倡漢魏盛唐詩，但心之所向仍在政治與革命，黃濬《花隨人聖盦摭憶》記載王闓運一樁往事，〔註25〕王闓運介入政治革命，而且顯然是深謀激進者。而沈曾植之以佛理、佛語寫詩，以佛教的「關」觀念論詩，錢仲聯推崇沈曾植，其詮釋理念也是從宋詩不同於唐的觀念力挺沈曾植之「學人」意義；陳三立的家國之思甚於其對於詩的理解詮釋，只有陳衍願意並單純地從詩自身內部出發，且在不踰越詩自身的本色內提出同光體詩論。陳衍所提出的同光體，正因為「不宗宋」，所以，晚清以來，被以「宗宋」的角度誤解為復古，也被詩論家在推舉沈曾植與陳三立為「宋詩派」時，因陳衍不完全宗宋而對陳衍詩學抱著懷疑摒棄態度者居多。陳衍雖曾佐張之洞幕，但是相對於政務，所用力於詩話與詩選之論述、方志之刊行，較之其政治活動更見努力之功，陳衍寫作《詩話續編》時，自云是「苦役」，編《全閩通志》時，已是八十高齡的老人了，相較於同光體甚至晚清詩評家，沒有人像陳衍如此對詩評與詩選如此著力。從陳衍一生行跡看來，他十分努力促成與詩友結社作詩，隨著其宦遊之地點，此風便帶動晚清南北詩壇交流，晚清詩壇及詩社作詩之風，不能遺忘陳衍這一個人。這何嘗不是陳衍對詩之誠篤，這樣的行事，對照其詩學，顯現陳衍在晚清詩論界的價值，同時，此價值卻是近代以來對同光體的

────────────────

〔註25〕黃濬：《花隨人聖盦摭憶》〈曾、左二人賦性不同〉條：「王壬秋，本為一跅弛之才，且有帝王思想，嘗以萬方有罪，罪在朕躬，日昃君勤，君無戲言等語，入於日記中。又嘗勸曾文正革清命，兩人促膝密談，及王去，曾之材官入視，滿案皆以指醮茶書一妄字，蓋文正畏禍，不敢也。使湘綺稍後數十年生，必一革命黨無疑。」，（上海：上海書店出版社，1998），頁138。

誤會。

時代劇變時，所謂保守復古思想便以遺老之姿存活著，清代作爲中國最後一個帝制王朝，若清代之前的任何一種詩論都是「復古」，然而同光體在眾多「復古」當中提出「不墨守盛唐」、以及《詩話》中陳衍的評論見解，其實展現一種開放性思維，此乃陳衍詩學在晚清之特殊性意義，同光體在晚清的此一重要性，乃本書所提出的結論。

晚清詩壇不再以宗唐宗宋劃歸，唐宋詩亦不能截然二分，因爲問題不出於宗唐或宗宋，所謂「宋詩」的杜韓蘇黃、奪胎換骨，或者蘊藉直露、主情主氣都已經不是癥候。陳衍詩學之表述使得晚清詩壇改觀，本書以此提出「同光體宗宋之商榷」。至於晚清詩人關於詩的體製之思考、宋詩如何被清詩人誤讀、同光體除了陳衍、鄭孝胥、沈曾植、陳三立代表詩人之外的詩人、以及同光體與五四新文學運動之關係等論題，請以他日俟。

近代以來的同光體研究，從「宗宋」的唯一指標切入，在宋詩範圍內討論同光體以及陳衍。陳衍在晚清詩壇最重要的《石遺室詩話》與《宋詩精華錄》之論述選評，無法說明同光體宗宋，因此，以陳衍詩學爲出發點的「同光體宗宋」之說法必須重新對待。同光體有原義與偏義，它由一種體製轉變爲被圈定成區域詩派的觀念，並且偏義與區域詩派觀念反被後世不斷執著地論述是一個事實，不論其間的有心或無意，這一層變異正是同光體自晚清至民國以後的改變與影響的隱形之跡，此隱跡亦是晚清詩壇因「同光體宗宋」的流行答案而複雜化的消息。

參考書目

一、陳衍與同光詩人（以作者卒年為序）

1. 林昌彝：林昌彝詩文集，上海：上海古籍出版社，1989。

2. 袁昶，《漸西邨人初集》，臺北：文海出版社，1969。

3. 王闓運，《湘綺樓說詩》，臺北：廣文書局，1978。

4. 王闓運，《湘綺樓詩集》，臺北：世界書局，1985。

5. 嚴復，《瘉壄堂詩集》，臺北：臺灣商務印書館，1977。

6. 嚴復，《嚴幾道詩文鈔》，臺北：文海出版社，1983。

7. 沈曾植，《海日樓札叢‧海樓題跋》，瀋陽：遼寧教育出版社，1998。

8. 陳衍，《近代詩鈔》，上海：上海商務印書館，1923。

9. 陳衍，《石遺先生集》，臺北：藝文印書館，1964。

10. 陳衍評點、曹中孚校注，《宋詩精華錄》，成都：巴蜀書社，1992。

11. 陳衍撰、陳步編，《陳石遺集》，福州：福建人民出版社，2001。

12. 陳三立，《散原精舍詩文集》，上海：上海古籍出版，2003。

13. 鄭孝胥，《海藏樓詩集》，上海：上海古籍出版社，2003。

14. 曾克耑，《頌橘廬叢槀》，香港：新華印刷公司，1961。

15. 金天羽，《天放樓文言》，臺北：文海出版社，1969。

16. 夏敬觀，《忍古樓詩》，臺北：臺灣中華書局，1970。

17. 夏敬觀、趙熙原著、曾克耑纂集，《梅宛陵詩評注》，臺北：臺灣商務印書館，1983。

18. 錢仲聯編校，《陳衍詩論合集》，福州：福建人民出版社，1999。

19. 錢仲聯編，《近代詩鈔》，南京：江蘇古籍出版社，2001。
20. 錢仲聯校注，《沈曾植集校注》，北京：中華書局，2001。

二、別集（以作者卒年爲序）

1. 朱彝尊，《曝書亭集》，臺北：臺灣商務印書館，1963。
2. 厲鶚，《樊榭山房全集》，臺北：文海出版社，1983。
3. 袁枚，《小倉山房詩集》，上海：上海古籍出版社，1988。
4. 袁枚，《隨園詩話》，南京：鳳凰出版社，2000。
5. 章學誠，《文史通義》，臺北：臺灣中華書局，1970。
6. 程恩澤，《程侍郎遺集》，北京：中華書局，1985。
7. 龔自珍，《龔自珍全集》，臺北：河洛圖書出版社，1975。
8. 鄭珍，《巢經巢詩鈔》，臺北：世界書局，1985。
9. 劉熙載，《藝概》，臺北：華正書局，1985。
10. 黃遵憲，《人境廬詩草》，臺北：世界書局，1985。
11. 黃遵憲，《日本國誌》，上海：上海古籍出版社，2001。
12. 王國維，《人間詞話》，臺北：三民書局，1994。
13. 梁啓超，《飲冰室文集》，臺北：臺灣中華書局，1983。

三、專著（以出版年月爲序）

（一）文獻史料

1. 鄭方坤，《清朝詩人小傳》，臺北：廣文書局，1971。
2. 邵鏡人，《同光風雲錄》，臺北：鼎文書局，1978。
3. 孟森，《明清史講義》，臺北：里仁書局，1982。
4. 沈雲龍主編，《近代中國史料叢刊》，臺北：文海出版社，1983。
5. 徐珂，《清稗類鈔》，臺北：臺灣商務印書館，1983。
6. 張維屏，《國朝詩人徵略》，臺北：明文書局，1985。
7. 費正清、劉廣京編，《劍橋中國晚清史》，北京：中國社會科學出版社，1993。
8. 徐曉望，《閩國史》，臺北：五南圖書公司，1997。
9. 黃濬，《花隨人聖盦摭憶》，上海：上海書店出版社，1998。

（二）詩話及相關著作

1. 臺靜農編，《百種詩話類編》，臺北：藝文印書館，1974。

2. 臺靜農編,《清詩話續編》,臺北:藝文印書館,1985。

3. 郭紹虞,《滄浪詩話校釋》,臺北:里仁書局,1987。

4. 杜松柏主編,《清詩話訪佚初編》,臺北:新文豐出版社,1987。

5. 蔡鎮楚,《中國詩話史》,長沙:湖南文藝出版社,1988。

6. 丁福保輯,《歷代詩話續編》,臺北:木鐸出版社,1988。

7. 丁福保編,《清詩話》,臺北:木鐸出版社,1988。

8. 何文煥,《歷代詩話》,北京:中華書局,1992。

9. 蔡鎮楚,《詩話學》,長沙:湖南教育出版社,1992。

10. 張健,《清代詩話研究》,臺北:五南圖書公司,1993。

11. 林淑貞,《詩話論風格》,臺北:文津出版社,1999。

12. 張寅彭主編,《民國詩話叢編》,上海:上海書店,2002。

(三)文學理論

1. 劉若愚,《中國文學理論》,臺北:聯經出版社,1981。

2. 杜書瀛,《文學原理:創作論》,北京:社會科學文獻出版社,1989。

3. 胡有清,《文藝學論綱》,南京:南京大學出版社,1992。

4. 陳良運,《詩學·詩觀·詩美》,南昌:江西高校出版社,1992。

5. 享竹桂,《文學理想論》,濟南:齊魯書社,1992。

6. 黃保真等,《中國文學理論史:明清鴉片戰爭前時期》,臺北:洪葉文化公司,1994。

7. 陳良運,《中國詩學體系論》,北京:中國社會科學出版社,1998。

8. 劉運好,《文學鑒賞與批評論》,合肥:安徽大學出版社,2002。

9. 吳中杰,《文藝學導論》,上海:復旦大學出版社,2002。

(四)文學史、文學批評史

1. 錢基博,《現代中國文學史》(增訂本),臺北:粹文堂,1974。

2. 敏澤,《中國美學思想史》,濟南:齊魯書社,1989。

3. 郭紹虞,《中國文學批評史》,臺北:文史哲出版社,1990。

4. 葉易,《中國近代文藝思潮史》,北京:高等教育出版社,1990。

5. 盧善慶,《中國近代美學史》,上海:華東師範大學出版社,1991。

6. 聶振斌,《中國近代美學史》,北京:中國社會科學出版社,1991。

7. 馬亞中,《中國近代詩歌史論》,臺北:臺灣學生書局,1992。

8. 朱則杰,《清詩史》,南京:江蘇古籍出版社,1992。

9. 許總，《宋詩史》，重慶：重慶出版社，1992。

10. 敏澤，《中國文學理論批評史》，長春：吉林教育出版社，1993。

11. 郭延禮，《中國近代文學發展史》，濟南：山東教育出版社，1995。

12. 張大明等著，《中國現代文學思潮史》，北京：十月文藝出版社，1995。

13. 劉世南，《清詩流派史》，臺北：文津出版社，1995。

14. 李繼凱、史志謹，《中國近代詩歌史論》，長春：吉林教育出版社，1995。

15. 韓經太，《宋代詩歌史論》，長春：吉林教育出版社，1995。

16. 黃霖，《近代文學批評史》，上海：上海古籍出版社，1996。

17. 鄔國平、王鎮遠，《清代文學批評史》，上海：上海古籍出版社，1996。

18. 蕭華榮，《中國詩學思想史》，上海：華東師範大學出版社，1996。

19. 林伯海主編，《近四百年中國文學思潮史》，北京：東方出版社，1997。

20. 嚴迪昌，《清詩史》，臺北：五南圖書公司，1998。

21. 陳子展，《最近三十年中國文學史》，上海：上海古籍出版社，2000。

22. 劉誠，《中國詩學史：清代卷》，福州：鷺江出版社，2002。

23. 錢基博，《現代中國文學史》，上海：上海書店出版社，2004。

（五）詩文選集、彙編

1. 吳宏一、葉慶炳編，《清代文學批評資料彙編》，臺北：成文出版社，1979。

2. 吳芹編，《近代名人詩選》，臺北：新文豐出版公司，1980。

3. 蔡英俊主編，《中國文學新論：文學篇——意象的流變》，臺北：聯經出版社，1982。

4. 郭紹虞、羅根澤編，《中國近代文論選》，臺北：木鐸出版社，1988。

5. 黃永武、張高評編，《宋詩論文選輯》，高雄：復文圖書出版社，1988。

6. 中國古典文學研究會主編，《五四文學與文化變遷》，臺北：臺灣學生書局，1990。

7. 錢鍾書，《宋詩選註》（增訂本），臺北：書林出版社，1990。

8. 張高評編，《宋詩綜論叢編》，高雄：麗文文化事業公司，1993。

9. 熊向東編，《首屆中國近代文學國際學術研討會論文集》，南昌：百花洲文藝出版社，1994。

10. 徐世昌輯，《清詩匯》，北京：北京出版社，1995。

11. 吳之振等，《宋詩鈔》，北京：中華書局，1996。

12. 劉大特，《宋詩派同光體詩選譯》，成都：巴蜀書社，1997。

13. 舒蕪等編選，《近代文論選》，北京：人民文學出版社，1999。

14. 蔣述卓、洪柏昭等編，《宋代文藝理論集成》，北京：中國社會科學出版社，2000。

15. 胡萬川等著，《中國文學新境界反思與觀照》，臺北：立緒文化事業公司，2005。

（六）其　他

1. 繆鉞，《詩詞散論》，臺北：臺灣開明書店，1982。

2. 龔鵬程，《江西詩社宗派研究》，臺北：臺灣學生書局，1983。

3. 齊治平，《唐宋詩之爭概述》，長沙：岳麓書社，1984。

4. 張之淦，《譯園書評彙稿》，臺北：臺灣商務印書館，1986。

5. 龔鵬程，《詩史本色與妙悟》，臺北：臺灣學生書局，1986。

6. 簡恩定，《清初杜詩學研究》，臺北：文史哲出版社，1986。

7. 蕭馳，《中國詩歌美學》，北京：北京大學出版社，1986。

8. 錢鍾書，《談藝錄》，臺北：藍燈文化事業公司，1987。

9. 汪國垣，《汪辟疆文集》，上海：上海古籍出版社，1988。

10. 胡曉明，《中國詩學之精神》，南昌：江西人民出版社，1990。

11. 張堂錡，《黃遵憲及其詩研究》，臺北：文史哲出版社，1991。

12. 李瑞騰，《晚清文學思想論》，臺北：漢光文化事業公司，1992。

13. 陳燕，《清末民初的文學思潮》，臺北：華正書局，1993。

14. 錢仲聯，《夢苕盦論集》，北京：中華書局，1993。

15. 葉維廉，《中國詩學》，北京：三聯書店，1994。

16. 魏仲佑，《黃遵憲與清末「詩界革命」》，臺北：臺灣國立編譯館，1994。

17. 王廣西，《佛學與中國近代詩壇》，開封：河南大學出版社，1995。

18. 張高評，《宋詩的新變與代雄》，臺北：洪葉文化事業公司，1995。

19. 林毓生，《中國傳統的創造性轉化》，北京：三聯書店，1996。

20. 吳淑鈿，《近代宋詩派詩論研究》，臺北：文津出版社，1996。

21. 周裕楷，《宋代詩學通論》，成都：巴蜀書社，1997。

22. 張仲謀，《清代文化與浙派詩》，北京：東方出版社，1997。

23. 周振鶴，《中國歷史文化區域研究》，上海：復旦大學出版社，1997。

24. 葛曉音，《詩國高潮與盛唐文化》，北京：北京大學出版社，1998。

25. 劉納，《嬗變：辛亥革命時期至五四時期的中國文學》，北京：中國社會科學出版社，1998。

26. 周裕楷，《文字禪與宋代詩學》，北京：高等教育出版社，1998。

27. 周嘯天，《唐絕句史》，合肥：安徽大學出版社，1999。

28. 陳槻，《詩人陳衍傳略》，臺北：臺北市林森文教基金會，1999。

29. 蕭占鵬，《韓孟詩派研究》，天津：南開大學出版社，1999。

30. 尚小明，《學人遊幕與清代學術》，北京：社會科學文獻出版社，1999。

31. 張健，《清代詩學研究》，北京：北京大學出版社，1999。

32. 張伯偉，《中國詩學研究》，瀋陽：遼海出版社，2000。

33. 查屏球，《唐學與唐詩：中晚唐詩風的一種文化考察》，北京：北京商務印書館，2000。

34. 張高評，《會通化成與宋代詩學》，臺南：成功大學出版組，2000。

35. 程亞林，《近代詩學》，長沙：湖南人民出版社，2000。

36. 李世英、陳水雲，《清代詩學》，長沙：湖南人民出版社，2000。

37. 馬衛中，《光宣詩壇流派發展史論》，蘇州：蘇州大學出版社，2000。

38. 錢鍾書，《錢鍾書集‧石語》，北京：三聯書店，2001。

39. 羅中峰，《中國傳統文人審美生活方式之研究》，臺北：洪葉文化事業公司，2001。

40. 蔡英俊，《中國古典詩論中「語言」與「意義」的論題：「意在言外」的用言方式與「含蓄」的美典》，臺北：臺灣學生書局，2001。

41. 汪辟疆，《汪辟疆説近代詩》，上海：上海古籍出版社，2001。

42. 張高評，《宋詩特色研究》，長春：長春出版社，2002。

43. 鄒雲湖，《中國選本批評》，上海：上海三聯書店，2002。

44. 馮天瑜、黃長義，《晚清經世實學》，上海：上海社會科學院出版社，2002。

45. 詹杭倫，《方回的唐宋律詩學》，北京：中華書局，2002。

46. 王明見，《劉克莊與中國詩學》，成都：巴蜀書社，2004。

四、譯　著

1. M.H.Abrams 著，*The Mirror and the Lamp*《鏡與燈》，北京：北京大學出版社，1989。

2. Harold Bloom 著，*The Anxiety of Influence:A theory of Poetry*，徐文博譯《影響的焦慮：詩歌理論》，臺北：久大文化公司，1990。

3. Harold Bloom 著，*A Map of Misreading* 朱立元、陳克明譯《比較文學影響論——誤讀圖示》，臺北：駱駝出版社，1992。

4. Thomas Kuhn 著，《科學革命的結構》，臺北：遠流出版公司，1994

5. Rollo May 著，*The Courage to Create* 傅佩榮譯《創造的勇氣》，臺北：立緒文化公司，2001。

6. Philip Koch 著，*Solitude:A Philosophical Encounter*，梁永安譯《孤獨》，臺北：立緒文化公司，2004。

五、學位論文

1. 楊淙銘，《石遺室詩話研究》，臺灣師範大學國文研究所碩士論文，1988 年 5 月。

2. 吳明德，《工閭運及其詩研究》，臺灣師範大學國文研究所碩士論文，1989 年 5 月。

3. 吳彩娥，《清代宋詩學研究》，臺北政治大學中文所博士論文，1993 年。

4. 龐中柱，《晚清宋詩運動研究》，臺北中國文化大學中文所碩士論，1995 年 6 月。

5. 楊淑華，《方東樹《昭昧詹言》及其詩學定位》，臺南成功大學中文系博士論文，1994 年 1 月。

六、期刊學報論文

1. 尤信雄，〈清代同光詩派研究〉，師大國文研究所集刊第十五期。

2. 徐復觀，〈宋詩特徵試論〉，中華文化復興月刊第十一卷第十期，1978 年。

3. 鄭朝宗，〈陳衍的詩話〉，古代文學理論研究叢刊第三輯，1981 年 2 月。

4. 楊松年，〈詩選的詩論價值：文學評論研究的另一個方向〉，中外文學第十卷第五期 1981 年 10 月。

5. 易新鼎，〈梁啓超和中國詩歌史論〉，北京師院學報，1987 年第 4 期。

6. 杜松柏，〈錢鍾書宋詩選注之評論〉，中華文化復興月刊第二十二卷第五期，1989 年 5 月。

7. 龔鵬程，〈俠骨與柔情：論近代知識份子的生命型態〉，中國學術年刊，1990 年 2 月。

8. 葛兆光，〈從宋詩到白話詩〉，文學評論，1990 年第 4 期。

9. 陳一琴，〈經學思想的鉗制與『緣情』思潮的反撥——儒家『詩言志』

説辨析之二〉，福建師大學報哲社版，1991年第4期。

10. 鄭亞薇，〈侯官陳石遺年譜之研究〉，中國工商學報第 14 期，1993年6月。

11. 曾憲輝，〈論愛國詩人陳三立〉，福建師大學報哲社版，1995年第1期。

12. 張麗珠，〈清代學術中的『學』『思』之辨〉，漢學研究，1996 年 6月。

13. 胡守仁，〈論陳三立詩〉，江西社會科學，1997年第2期。

14. 龔鵬程，〈從杜甫、韓愈到宋詩的形成：文學史的構成〉，歷史月刊1997年8月號。

15. 涂小馬，〈同光體研究綜述〉，蘇州大學學報哲學社會科學版，1998年第1期。

16. 錢仲聯、嚴明，〈沈曾植詩歌論〉，文學遺產，1999年第2期。

17. 李金濤，〈中國近代詩歌轉型論綱〉，江漢論壇，2000年9月。

18. 李壽岡，〈論海藏樓詩及其作者鄭孝胥〉，中國韻文學刊，2000年第1期。

19. 周霞，〈論陳衍的學人之詩〉，黔東南民族師專學報，2001年2月第1期。

20. 李瑞明，〈沈曾植詩學三關説〉，杭州師範學報人文社會科學版，2001年3月。

21. 林朝成、張高評，〈兩岸中國佛教文學研究的課題之評介與省思——以詩、禪交涉爲中心〉，成功大學中文學報第九期，2001年9月。

22. 李瑞明，〈華嚴詩境：沈曾植詩學三關説的意向〉，文藝理論研究，2001年第5期。

23. 張永芳，〈黃遵憲和『新世界詩』〉，遼寧大學學報（哲學社會科學版），2001年9月。

24. 方寶璋，〈清代至民國時期閩臺詩鐘〉，福建師大學報哲社版，2002年第1期。

25. 王曉文，〈閩文化的多元性及其地緣環境分析〉，福建師大學報哲社版，2002年第1期。

26. 張高評，〈清初宗唐詩話與唐宋詩之爭：以「宋詩得失論」爲考察重點，《中國文學與文化研究學刊》第一期，2002年6月。

27. 李瑞明，〈變風變雅：陳衍詩學的認同取向〉，安徽教育學院學報，2003年1月。

28. 胡迎建，〈論南社與同光體〉，中國韻文學刊，2003 年第 1 期。

29. 李瑞明，〈才學與性情：陳衍的學人詩觀念〉，嘉興學院學報，2004 年 1 月。

30. 周薇，〈論陳衍《詩品平議》中的學人之詩〉，西南師範大學學報（社科版），2004 年 3 月。

31. 吳淑鈿，〈從夏敬觀《唐詩說》看同光體後期詩人的詩史觀〉，文學遺產，2004 年第 3 期。

32. 張高評，〈清初宋詩學與唐宋詩學之異同〉，《第三屆國際暨第八屆清代學術研討會論文集》，國立中山大學清代學術研究中心主辦，2004 年 7 月。

33. 孫老虎，〈陳三立養氣詩學論〉，蘇州大學學報哲社版，2004 年 9 月第 5 期。

後　記

　　本書爲筆者 2006 年 7 月通過國立成功大學中國文學系博士論文。自學業告一段落，歲月倏忽，諸事繁雜，後又涉及晚清詩論以外之研究，故此擱置書閣多年。今付梓花木蘭出版社，以誌一段求學心得，全書僅校對文字，並未增加參考資料與文獻。囿於學殖，疏漏之處，尚祈博雅方家，不吝指正。

　　　　　　　　　　　　　　吳姍姍　　識於臺南，2015 年 11 月